KB078589

며운 장편 소설
FUSION FANTASTIC STORY

진공

삼국지

三國志

# 전공 삼국지 16

멱운 장편 소설

초판 1쇄 찍은 날 § 2016년 8월 29일
초판 1쇄 펴낸 날 § 2016년 9월 5일

지은이 § 멱운
펴낸이 § 서경석

편집책임 § 이지연

펴낸곳 § 도서출판 청어람
등록번호 § 제387-1999-000006호
등록일자 § 1999. 5. 31
어람번호 § 제1-2515호

주소 § 경기도 부천시 원미구 부일로 483번길 40 서경B/D 3F (우) 14640
전화 § 032-656-4452  팩스 § 032-656-4453
http://www.chungeoram.com
E-mail § chungeorambook@daum.net

ISBN 979-11-04-90948-1 04810
ISBN 979-11-04-90353-3 (세트)

16

멱운 장편 소설

FUSION FANTASTIC STORY

진공

삼국지

도서출판 청어람

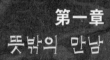

第一章
뜻밖의 만남

이튿날 아침, 양징은 어젯밤 잔뜩 취해 돌아왔음에도 새벽같이 일어나 평소처럼 정좌하고 『손자병법』을 배송했다. 그가 하인이 떠온 세숫물에 막 얼굴을 씻으려 하는데, 문 밖에서 정적을 깨는 요란한 발자국 소리가 들리더니 달뜬 목소리가 울려 퍼졌다.

"아민 아우, 아민 아우는 안에 있는가?"

양징은 비단 수건을 내려놓고 소리가 나는 바깥으로 고개를 돌렸다. 멀리서 유생 차림에 방건을 쓴 20대 중반의 말끔한 남자가 안으로 뛰어와 먼저 고랑에게 아는 체했다.

"고랑, 그동안 잘 있었는가?"

그러더니 그 남자는 양징을 보고 미소를 지으며 말했다.

"아우, 내가 누군지 알아보겠나?"

눈치 빠른 양징이 이를 모를 리 있겠는가. 그 남자의 나이와 용모, 그리고 고랑에 대한 격의 없는 말투를 보고 양징은 재빨리 무릎을 꿇고 예를 갖추고서 정중하게 인사했다.

"아우 양징이 유기 형님께 절을 올립니다. 형님이 양양성에 계신 줄 꿈에도 몰랐습니다."

"하하, 역시 스승님의 자제로서 부끄럽지 않구먼. 보자마자 날 알아보고!"

호방하게 웃음을 터뜨린 유기는 양징을 일으켜 세운 뒤 말을 이었다.

"오늘 새벽에야 양양성으로 돌아왔네. 그런데 이렇게 아우를 만나게 될지 나도 몰랐다네. 스승님은 잘 계신가?"

"부친은 아주 건강하십니다."

양징은 반갑게 대답한 뒤 곧바로 말을 돌렸다.

"형님은 강하에 계시지 않았습니까? 오늘 갑자기 양양으로 돌아온 연유가 무엇인지요?"

"하구에서 군사훈련이 있는 관계로 부친의 명을 받으러 왔다네. 그런데 오는 길에 뜻밖에도 아우가 원매의 일 때문에 양양성에 들렀다는 소식을 듣고 내 동문 형제를 만나기 위해 한달음에 달려오지 않았나?"

"아, 그랬었군요."

양징은 탄성을 지르고 고개를 끄덕이더니 웃음을 흘리며 말했다.

"부친이 항상 아우의 학문과 재주가 형님에게 크게 미치지 못하고, 용모는 더욱더 비교 불가라고 말씀하셔서 이에 전혀 승복하지 않았는데, 오늘 형님을 보니 부친의 말이 거짓이 아니었습니다. 말쑥하고 기품 있는 형님 곁에 분명 미녀가 많겠지요? 멀리서 온 이 아우에게도 인심을 좀 베푸시지요."

"하하, 그야 물론이지. 물론이고말고."

유기는 큰 소리로 웃음을 터뜨리고는 양징의 손을 잡아끌고 밖으로 나가며 말했다.

"가자고. 표향루(飄香樓)에서 내 한턱내지. 맘에 드는 미녀가 있으면 얼마든지 고르게나."

이리하여 유기와 양징은 이른 아침부터 양양성 최대 기루인 표향루를 찾아가 기녀들 치마폭에 싸여 진탕 술판을 벌였다. 기녀들의 간드러진 웃음과 교태, 음탕한 말들이 기방 안을 가득 채우며 이들은 체통도 잊고 주지육림을 즐겼다. 양옆에 미녀들을 끼고 한창 분위기가 무르익었을 때쯤, 유기가 양징에게 술잔을 권하며 은근슬쩍 물었다.

"참, 아우는 양양에 와서 누구를 만났는가?"

품속에 안은 미녀에게 정신이 팔린 양징은 눈을 게슴츠레 뜨고 대꾸했다.

"어제야 양양에 도착해서 먼저 유 사군을 뵙고 밤에 잠깐 채 도독과 채훈 장군을 만났습지요."

"채 도독을?"

유기는 낯빛이 변해 못마땅한 투로 뇌까렸다.

"내가 그와 어떤 사이인지 알면서 만나러 갔다고?"

양징은 헤헤하고 웃으며 대답했다.

"일부러 그를 만나러 간 게 아니라 주공의 명 때문에 잠시 들렀습니다. 주공이 유주 정벌에 나선지라 남쪽 전선에 신경을 쓸 겨를이 없어, 채 도독이 엉뚱한 마음을 품지 않도록 비위를 맞춰주라고 해서요. 허도로 돌아가는 길에 신야에 들러 황 장군까지 만날 예정입니다요."

유기는 알겠다며 고개를 끄덕인 뒤 다시 물었다.

"참, 도 태위의 북방 정벌은 현재 어떻게 진행되고 있는가?"

"그게……."

양징은 잠시 머뭇머뭇하더니 머리를 긁적이며 대꾸했다.

"용서하십시오. 제가 술 마시고 노래 듣는 것 외엔 전혀 관심이 없어서……. 그렇지, 고 숙부, 고 숙부!"

양징의 외침에 고랑이 문을 열고 안으로 들어와 무슨 분부가 있느냐고 물었다.

"그, 주공의 북방 정벌은 얼마나 진행됐습니까?"

양징의 물음에 고랑이 솔직하게 대답했다.

"지난달에 남피를 점령하고 심배를 포로로 잡았습니다. 심배가 끝까지 투항을 거부하는 바람에 그에게 자진을 명했고요. 이어 곧바로 유주로 진격해 지금은 유주군과 역수(易水)에서 대치하고 있을 것입니다."

양징이 유기에게 고개를 돌리고 웃으며 말했다.

"형님, 들으셨지요? 북방 전쟁에 관심이 있다면 고 숙부에게 뭐든지 물어보십시오. 저보다 훨씬 잘 알고 있으니까요. 제가 아는 거라곤……."

양징은 말끝을 흐리더니 기녀의 속곳 속으로 능숙하게 손을 집어넣으며 음탕하면서도 흐뭇해하는 표정을 지었다.

"제가 아는 건 이 아이의 두렁이가 붉은색이고, 그 위에 물 위를 노니는 원앙 한 쌍이 수놓아져 있다는 것뿐입니다."

양징 품 안의 앳된 미녀는 얼굴이 발그레해져 섬섬옥수로 양징의 가슴을 가볍게 두드리며 아양을 떨었다. 유기는 한심하다는 듯 이를 지켜보고 웃다가 말했다.

"됐네. 지나가는 말로 한번 물어본 것뿐이네. 고랑도 좀 쉬시게나. 기루 주인에게 일러 아이 둘을 보내주겠네."

고랑은 감사를 표하고 기방을 나갔다. 양징은 그 사이에도 기녀들을 희롱하고 술을 독째로 들이키며 온갖 추태를 부렸다. 그 모습이 어찌나 비루하던지, 유기의 얼굴에는 절로 미소가 지어지는 한편으로 눈살이 찌푸려졌다. 놀다가 지쳤는지 양징이 자리로 돌아와 숨을 몰아쉬자 유기가 대뜸 말했다.

"내 스승님께 한 가지 부탁할 일이 있는데, 아우가 잘 좀 말해줄 수 있겠나?"

양징은 술잔을 입 안으로 털어 넣고 거드름을 피우며 대꾸했다.

"뭐든 말씀만 하십시오. 조정의 관직이나 작위를 원한다면 지금이 바로 절호의 기회입니다. 제 부친이 주공의 신임을 듬뿍 받고 있지 않습니까? 제 부친의 부탁이라면 주공이 다 들어주실 테니까요. 다만……."

양징은 길게 목청을 빼더니 간사한 미소를 지었다.

"형님도 부친의 취향을 잘 아시잖습니까? 여기 있는 미녀 몇 명만 데리고 가면 형님이 대사공(大司空)직을 요구해도 분명 힘닿는 데까지 도울 것입니다."

유기는 호탕하게 웃어젖히고 말했다.

"하하, 맘에 드는 아이가 있으면 얼마든지 데려가도 좋네. 하지만 내가 무슨 자격으로 삼공의 직위를 탐하겠나? 그저 도 태위 앞에서 몇 마디만 해주면 그만이네."

"어, 무슨 얘기인가요?"

"아주 간단하네. 훗날 익주의 유장이 도 태위에게 구원을 청할 때 스승님이 나서서 이를 만류해 달라고 청해주게."

"네? 익주의 유장이 주공에게 구원을 청할 때 부친이 나서서 이를 만류하라고요?"

양징은 다시 한 번 천천히 이 말을 되뇌더니 얼굴 가득 멍한 표정을 짓고 물었다.

"그게 무슨 말인가요? 아우가 우둔하여 전혀 못 알아듣겠습니다."

유기는 아무 대꾸도 하지 않고 양징을 뚫어져라 쳐다보며 그가 짐짓 모른 체하는 건 아닌지 확인했다. 잠시 후 유기가 마침내 입을 열었다.

"아우는 스승님에게 이 말은 전해주기만 하면 되네. 스승님은 무슨 뜻인지 알고 계실 걸세."

"그 정도라면 아주 쉽지요. 당장 부친에게 편지를 써서 이 사실을 알리겠습니다."

그러더니 양징은 허리에 낀 미녀를 보고 음흉하게 웃으며 말했다.

"가서 네 연지와 흰색 속옷을 가지고 오너라. 본 공자가 부친에게 서신을 써야겠다. 서신을 다 쓴 뒤 널 속량해 주겠다."

연지와 속옷을 가져오면 자유를 얻게 해주겠다니, 기녀는 농을 던지지 말라며 까르르 웃었다. 양징은 농담이 아니라며 짓궂게 웃고는 기녀에게 입을 맞추고 그녀의 몸을 더듬으며 갖은 추태를 다 부렸다.

"정말이라니까! 속옷만 가져와라. 내 당장 널 자유의 몸으로 풀어주지. 못 믿겠다면, 내 전대가… 이런 제길, 깜빡하고 전대를 놓고 온 모양이구나. 고 숙부, 고 숙부!"

유기는 이를 보고 속으로 코웃음을 쳤다.

'흥, 버러지 같은 놈. 이런 놈 때문에 그간 머리를 싸매고 있었다니. 더는 걱정하지 않아도 되겠어.'

기루에서 한나절 동안 농탕친 유기와 양징은 오후 신시가 넘어서야 만취한 상태로 기방을 나왔다. 유기는 양징을 자신의 마차에 태우고 역관까지 바래다주었다. 가는 길에 양징이 유기 대신 서주군의 익주 구원을 막아 달라는 편지를 써서 보이자, 유기는 크게 기뻐하며 이를 양굉에게 전해 달라고 당부했다. 또한 양징의 귀띔으로 스승의 문안을 묻는 친필 편지를 쓴 뒤 양징에게 주었다.

신시가 절반쯤 지나 유기는 양징을 역관까지 전송하고 작별 인사를 고했다. 하지만 양징은 비틀거리는 몸으로 유기를 붙잡고 다음에 같이 사냥을 나가 자신의 뛰어난 활 솜씨를 보여주겠다며 한참 동안 떠벌였다. 빨리 자리를 피하고 싶었던 유기는 건성으로 이에 응하고 역관을 떠났다.

이어 유기의 마차가 시야에서 사라지자마자 양징의 얼굴에서 취기가 온데간데없이 사라지고 흐리멍덩한 눈이 초롱초롱 빛났다. 주위를 힐끔힐끔 살핀 양징은 걸음걸이마저 제자리로 돌아와 성큼성큼 역관 안으로 들어갔다.

"유기가 자꾸 엉뚱한 소리를 하는 것이 수상해. 혹시 시상과 팽려택을 기습하려는 것이 아닐까?"

여기까지 생각이 미친 양징은 좀 더 숙고에 잠기더니 고개를 절레절레 저으며 자신이 너무 상상의 나래를 편 건 아닌지 의심했다. 불과 1년 전에 서주군에게 박살 난 형주군이 대담하게 강동을 공격할 리가 있을까? 하지만 아무리 생각해 봐도 형주군이 일반적인 실전 연습을 거행하거나 익주를 침공할 가능성보다 시상과 팽려택을 급습할 확률이 훨씬 더 높았다. 그 근거는 이러했다.

가장 큰 의문점은 유기로부터 비롯되었다. 유기가 정말 오늘 새벽 양양에 돌아왔다면 당연히 몇 년간 못 만난 부친을 먼저 보러가는 게 정상이었다. 아무리 자기가 성안에 있다는 소식을 들었다 한들, 얼굴도 모르는 동문 형제를 만나는 것이 무에 중요하단 말인가!

이런 허점이 드러나자 문득 채모를 만나러 갈 때 미행이 따라붙고, 또 자신과 채모의 대화를 누군가 몰래 엿들었다는 고랑의 말이 떠올랐다. 처음에는 대수롭지 않게 여겼는데, 이것이 사실이라면 유기는 일찌감치 양양에 돌아와 자신의 일거수일투족을 감시했던 게 분명했다.

채모는 자신과 얘기를 나누는 도중에 무심코 형주군이 하구에서 실전 훈련을 거행한다는 말을 꺼냈다. 유기는 이 사실을 알고 혹시나 자신의 계획을 그르칠까 두려워 동문 형제를 만난다는 핑계로 날 찾아왔던 것이다. 먼저 이 일에 대한 내 태도를 넌지시 떠본 다음 일부러 익주를 공격한다는 거짓 정보를 흘림으로써, 하구의 훈련에서 시상 기습이 연상되지 않도록 유도한 것이다.

즉, 유기의 이런 행동들은 양징에게 사족이자 진상을 감추려는 것처럼 비쳐, 도리어 형주군이 강동 공격을 준비한다고 확신하게 만들었다. 이것이 단순한 대규모 군사훈련이라면 유기가 군이 민감하게 반응할 이유는 없었다.

왜냐하면 형주군이 강동을 쳐들어갈 일이 없는데 자신이 그 사실을 안다고 무슨 대수겠는가. 또한 익주를 침공한다고 군이 밝힐 필요가 없고, 더욱이 자신의 부친에게 익주의 구원 요청을 거절해 달라고 호들갑을 떨 필요도 없었다. 서주군은 현재 북쪽 전선에 병력이 집중돼 멀리 익주까지 신경 쓸 여력이 없었기 때문이다.

양징은 이런 의문점들을 종합해 보고 마침내 형주군이 머지않아 시상을 기습해 강동 토지를 다툴 계획이라는 결론을 내렸다. 이에 그는 당장 고랑을 내실로 끌고 가 자신의 생각을 밝히고 함께 대책을 논의했다.

"그럼 얼른 시 상서와 노 도독에게 철저히 대비하라고 일러야 합니다. 당장 편지를 써주십시오. 소인이 허도로 달려가 이 사실을 알리겠습니다."

양징은 당장에라도 출발할 기세로 분주해하는 고랑을 진정시키고 말했다.

"허도에 즉각 이 사실을 알리는 게 맞지만 시일이 지체될까 걱정됩니다. 채모 말로는 이번 달 말에 군사훈련을 거행한다고 했으니, 형주군의 출병 시점도 그때가 될 겁니다. 지금은 바야흐로 한겨울에 접어든지라 서북풍이 강하게 불어 하구에서 시상까지 기껏해야 이틀이면 도착합니다. 오늘이 11월 열엿새, 월말까지는 보름도 안 남아 전령이 허도에 당도하고 다시 허도에서 이 소식을 시상과 단양에 알리고 노 도독이 증원에 나설 때면 때가 늦고 맙니다."

양징의 말이 일리가 있다는 듯 고랑은 고개를 끄덕이고 다시 건의했다.

"그럼 교유 장군과 노 도독에게 직접 소식을 전하십시오. 도련님이 보낸 경고를 전적으로 믿진 않더라도 대비를 철저히 하지 않겠습니까?"

하지만 양징은 고개를 내저었다.

"형주군이 한수 중, 하류를 장악하고 있어서 길목마다 초소가 설치되어 있습니다. 더욱이 하구로 병력을 집결하라는 명이 떨어져 장강 항로의 경비가 삼엄할 게 확실합니다. 이런 상황에서 전령이 시상에 서신을 전달하기는 어렵습니다."

"그거 곤란하게 됐군요. 허도로 서신을 보내면 시간적 여유가 없고, 시상으로 통하는 길은 막혔으니 어찌해야 좋겠습니까?"

"걱정 마세요. 내 이미 방법을 생각해 두었으니까요."

그러더니 양징은 고랑에게 필묵과 비단을 가져와 달라고 이른 다음 유기가 자기 부친에게 보내는 편지를 꺼내 필체를 똑같이 베껴 이렇게 썼다.


이 두 아역(衙役)은 매우 긴급한 임무를 수행 중이다. 연도의 초소는 이들을 막지 막고 즉시 길을 열어주어라. 강하태수 유기의 명이다.


고랑은 진위를 구별할 수 없을 정도로 똑같은 필사에 감탄한 뒤 물었다.

"그런데 이 친필 명령서만 가지고 될까요? 유기의 증표가 있어야……."

고랑의 말이 채 끝나기도 전에 양징이 소매에서 영패 하나를 꺼내 만지작거리며 말했다.

"마차에 떨어져 있길래 주웠습니다. 유기 본인의 영패면 증표로 충분하지 않겠습니까? 유기가 이미 만취한 데다 집으로 돌아가는 데 영패가 굳이 필요 없으니 얼마간은 찾지 않을 겁니다."

고랑이 손뼉을 치며 쾌재를 부르는 사이, 양징은 태사자에게 이 일을 알리고 시의에게 대신 소식을 전해 달라는 편지를 썼다. 그런 다음 이 편지와 유기의 서신, 자신이 부친에게 보내는 서신을 모두 고랑에게 건네며 분부했다.

"지금 당장 믿을 만한 수종 둘을 골라 이 편지 세 통을 주고 완성으로 보내십시오. 혹시 도중에 검문을 만날 경우에는 제 서신과 유기의 서신만 내보이고 태사 장군에게 보내는 서신을 감추라고 이르십시오. 그러면 절대 의심받을 일은 없을 겁니다."

고랑이 명을 받고 밖으로 나가려는데 양징이 그를 불러 세우고 다시 지시했다.

"참, 나가는 김에 우리 둘이 입을 허름한 옷 두 벌만 준비해 주세요. 그리고 금과 보석도 조금이요. 성을 나가는 대로 어선을 사서 시상으로 가야 하니까요."

"네? 우리가 편지를 전하러 간다고요?"

고랑은 눈이 튀어나올 듯 놀라 소리를 질렀다.

"도련님, 농담하십니까? 다른 사람을 보내도 되는데 왜 굳이 우리가 가야 하나요?"

"다른 사람은 아무래도 믿기 어렵습니다. 게다가 이번 임무는 너무 위험해서 조금이라도 빈틈이 보이는 날엔 편지가 발각되고 전령도 살아남지 못합니다. 그래서 숙부와 내가 가야만 합니다. 그래야 설사 발각되더라도 임기응변으로 위기를 모면하지요."

"그럼 이번 임무는 어쩌시려고요? 원매 공자를 데려오라는 임무를 잊으신 건 아니겠죠?"

"열 살도 안 된 아이를 누가 신경이나 쓰겠습니까? 걱정 마세요. 그는 안전할 겁니다. 다음에 주공이 다시 사람을 파견해 데려가면 그만입니다."

고랑은 혹여 변고가 생길지도 모른다며 거듭 만류했지만 양징의 태도는 요지부동이었다. 나중에는 양징이 짜증 섞인 목소리로 재촉했다.

"숙부, 얼른 나가 보세요. 우리에겐 한시가 급하다고요. 성문이 아직 닫히지 않았을 때 빠져나가야지, 자칫하다간 내일까지 기다려야 할지 모릅니다. 이번 일을 성공하면 공을 똑같이 나누고, 실패할 경우에는 모든 책임을 나 혼자 질 터이니 염려 말라고요."

고랑은 물끄러미 양징을 응시했다. 어려서부터 자라는 걸 옆에서 봐온지라 자식 같은 애정이 드는 아이였다. 그래서 너무 위험한 이 일을 더 말리고 싶었는지도 몰랐다. 하지만 젊은 혈기에 간절히 공을 세우고 싶어 하는 그의 마음을 외면할 수 없어 정중히 공수하고 준비를 서두르러 밖으로 나갔다.

홀로 남은 양징은 재빨리 백성의 의복으로 갈아입고서 다음 계획을 머릿속으로 차근차근 그려 보았다. 이어 그는 수종 하나를 방 안으로 불러 귓속말로 조곤조곤 명을 내렸다.

잠시 후, 전령 하나가 양징의 편지 두 통과 유기의 편지를 지니고서 먼저 성을 나갔다. 육수 나루에 이른 그는 배를 타고 곧장 완성으로 돌아갔다. 이어 양징의 수종 몇 명이 마차를 끌고 역관을 나와 거리 풍경을 감상하는 것처럼 양양성을 유유히 돌아다녔다. 물론 이는 양징을 감시하기 위해 유기가 보냈을지 모를 밀정의 주의를 끌기 위함이었다.

백성의 옷으로 갈아입은 양징과 고랑은 이 틈에 담장을 넘어 역관을 몰래 빠져나왔다. 이들은 미행이 없음을 확인하고 동문을 통해 성을 나가 한수 나루에 이르렀다. 거기서 민간 어선 한 척을 빌려 순풍에 돛 단 듯 시상으로 동진했다.

기루에서 보인 양징의 철없는 행동에 만취한 유기는 안심하고 잠에 들었다. 또한 시선을 마차로 유인한 양징의 기지에 밀정은 양징이 마치에 있는 줄로만 여겼다.

유기는 이튿날 아침잠에서 깬 뒤에야 영패가 사라졌음을 알았다. 그는 실수로 마차나 기루에 영패를 떨어뜨렸으리라는 생각에 사람을 시켜 얼른 찾아보라고 일렀다. 하지만 어디서도 영패가 발견되지 않자 유기는 그제야 의심이 들기 시작해 양징이 묵는 역관으로 사람을 보내 혹시 영패의 소재를 알고 있는지 물어보고 오라고 명했다.

하지만 이미 양징의 명을 받은 수종들은 양징과 고랑이 아침 일찍 양양의 명승지 만산(萬山) 유람을 떠났다고 대답했다. 유기는 이 소식을 듣고 대로해 밀정들에게 감시를 게을리한 죄를 물었고, 즉각 사람을 만산으로 보내 양징을 끌고 오라고 명했다.

당연히 만산에서는 아무 소득도 얻지 못했고, 유기는 큰 의혹에 휩싸여 사방으로 사람을 보내 양징의 행방을 찾아내라고 명했다. 이때 양징의 수종들이 다시 분탕을 치기 시작했다. 이들은 관부로 달려가 양징의 실종 사실을 알리는 한편, 채모의 부중을 찾아가 자초지종을 설명하고 이 사건에 채모와 채훈을 끌어들였다.

유기의 꼬투리를 잡는 데 혈안이 된 채모 형제가 이 좋은 기회를 놓칠 리 없었다. 쾌재를 부른 이들은 이 일을 크게 확대하기 위해 유표에게 조정 사신의 실종 사건을 철저히 조사해야 한다고 요구했다.

이로써 양징과 유기가 표향루에서 있었던 일에 대한 조사가 이뤄졌다. 다행히 유기가 내내 양징과 호형호제하며 허물이 없었고, 또 두 기녀를 속신해 양징의 첩으로 들이려 했다는 기녀들의 증언이 나왔다. 여기에 양징이 제 발로 성을 나갔다는 수종들의 증언까지 더해지자, 채모 형제는 유기에게 당장 양징 살해 죄를 덮어씌우기 어렵다는 판단하에 어쩔 수 없이 이 사건을 엄중 조사해야 한다고 유표를 다그칠 뿐이었다.

결국 유기는 양징의 실종을 확인한 지 이틀째 되는 날에 동정 대계를 주관하러 하구로 총총히 돌아갔다.


유기는 이미 옛날의 나약하고 무능한 백면서생이 아니었다. 6년 전인 건안 2년에 양굉을 만난 이후, 야심만만하고 공명심에 불타는 청년으로 성장해 있었다. 황조가 반란 진압으로 강하를 비운 사이에 대신 강하태수 직을 맡게 된 유기는 수군력을 극대화하는 것만이 형주의 유일한 활로임을 깨달았다.

이에 먼저 강하의 수군을 서서히 자기 수중에 편입시키고, 황조의 수하 장수들을 덕으로 감화해 자기 밑에 두었다. 도응과 겉으로 우호 관계를 유지하며 수군 조련에 매진하던 유기는 막강한 수군력을 갖추게 되자, 도응이 북방 정벌에 나선 틈을 타 강동을 점령하고 도응과 천하를 다툴 야심을 품었다. 천험의 요새 장강을 장악한 뒤 형주를 넘어 서진해 익주까지 차지하는 천하이분지계를 꿈꾸었다.

어쨌든 유기로서는 양징이 자신의 의도를 알아채고 먼저 경계심을 늦추게 한 뒤 기회를 엿봐 양양성을 빠져나갔다고 직감했다. 하지만 유기는 이에 대해 조금도 두려워하지 않고 오히려 코웃음을 쳤다.

"네깟 놈이 소식을 알릴 수 있는지 두고 보자. 남쪽의 한수 수로에는 길목마다 초소가 설치돼 있어서 절대 통과할 수 없고, 북쪽 허도에 이 사실을 알리고 시상을 지원할 때는 모든 일이 끝난 뒤일 것이다. 또 한 가지, 우리가 시상으로 출병할 때 네놈들이 상상도 못 한 원군이 아군을 접응할 것이다!"

\*        \*        \*

며칠 뒤, 유기의 영패와 친필 명령서 덕에 양징과 고랑은 별 탈 없이 서주군 통제 구역인 평려택에 이르렀다. 나루에 다다르자마자 이들은 곧바로 시상 수장인 교유와 수군 대장 장흠을 찾아갔다. 교유는 허도에 있어야 할 양굉의 아들이 형주를 통해 평려택에 온 것을 보고 놀라 대체 어찌 된 영문인지 물었다.

"장군, 그건 조금 있다가 말씀드리기로 하고, 제가 얻은 정보에 따르면 형주의 주력군 8만 명과 전선 6천 척이 수일 안에 시상으로 쳐들어올 가능성이 있습니다. 주요 목표는 평려택의 수군이 될 것입니다."

밑도 끝도 없이 형주군이 쳐들어올 것이라는 말에 교유와 장흠은 펄쩍 뛰며 사실이냐고 묻자, 양징은 이번에도 질문에 대꾸하지 않고 말했다.

"노 도독의 소호 수군이 여기에 이르려면 얼마나 걸립니까? 지금은 엄동설한이라 풍향과 수류 모두 아군에게 매우 불리해서 소호의 수군이 제때 구원 오지 못하면 큰일입니다!"

교유와 장흠은 서로 얼굴만 바라볼 뿐 아무 대답이 없었다. 둘이 눈짓을 교환한 뒤 교유가 양징에게 낮은 목소리로 대답했다.

"형주군의 수상한 움직임은 우리도 이미 포착했네. 다만 유기가 일찌거니 사신을 파견해 실전 연습을 핑계로 채모와 장윤의 수군 병권을 거두려고 하니 오해가 없길 바란다고 통보하는 게 아닌가? 그래서 우리도 서둘러 노 도독에게 구원을 요청하지 않았는데, 닷새 전에 세작이 돌아와 하구에 대규모 형주 수군이 집결했다는 보고를 받고서야 쾌선으로 노 도독에게 사람을 보내 구원을 청했다네."

"악, 이는 형주군의 완병지계가 틀림없습니다!"

비명을 지른 양징이 급히 교유에게 물었다.

"장군이 보기에 소호의 수군은 언제쯤 평려택에 이를 것 같습니까?"

교유는 난처한 표정을 짓고 곰곰이 생각해 보더니 대답했다.

"소호 수군은 현재 두 부대로 나뉘어 있네. 일군은 춘곡, 일군은 강도에 주둔해 장강 항로를 보호하고 있다네. 정확히 예측하긴 어렵지만 겨울 풍향과 수류가 아군에게 몹시 불리한지라 빨라야 다음 달 초닷새 이후에나 원군이 도착할 것으로 예상되네."

여기까지 말한 교유는 문득 가장 중요한 일이 머릿속에 떠올랐다.

"참, 형주 수군의 침공 날짜는 언제가 될 것 같나?"

이 물음에 양징이 쓴웃음을 지으며 대답했다.

"제 예상으로는 이번 달 말이 될 듯합니다. 오늘이 스물둘째 날이니 이레나 여드레 후면 형주 수군이 들이닥칠지 모릅니다."

이 말에 교유와 장흠의 얼굴은 하얗게 질려 버렸다. 멍하니 있던 교유가 정신을 차리고 다그쳤다.

"그런데 그 정보가 정말로 정확한 것인가?"

교유와 장흠은 아무런 증거도 없이 모든 게 자신의 추측일 뿐이라는 양징의 말을 신뢰하지 않았다. 부친의 명성을 등에 업고 설치는, 일개 애송이의 입에서 나온 군기 대사를 어찌 함부로 믿겠는가. 이에 이들은 의심의 눈초리를 보이며 양징에게 이것저것 따지듯 추궁했다.

하지만 양징은 전혀 답답해하거나 실망하는 기색을 드러내지 않고 침착하게 대꾸했다.

"제 말을 온전히 믿기 어렵다지만 형주 수군이 하구로 집결하고 있다는 건 분명한 사실입니다. 따라서 적군에게 일호반점의 침공 기회도 주지 않도록 방비를 철저히 해주십사 요청드립니다. 이를 게을리했다가 적군이 돌연 기습하는 날에는 병력과 전력에서 모두 열세에 처한 아군은 미처 손쓸 틈이 없어집니다."

양징의 말처럼 시상과 평려택은 서주군의 강동 문호여서 이곳이 뚫리는 날에는 장강 전체가 위험해질 수 있었다. 이런 이유로 교유와 장흠은 목소리를 낮춰 상의한 뒤 교유가 나서서 말했다.

"자네의 말은 지극히 당연하네. 자네가 그런 얘기를 하지 않아도 나와 장 장군이 이미 병마를 집결하고 무기를 적재적소에 배치해 언제든지 전투에 투입할 준비를 해두었네."

이때 장흠이 뭔가 생각난 듯 다급히 물었다.

"아 참, 형주군을 통솔하는 대장이 누군지 알고 있나?"

"그건……."

양징은 유기라고 사실대로 대답하려다가 급히 말을 바꾸었다.

"아마도 유표 본인이 아닐까 사료됩니다. 제가 원매 일로 유표에게 접견을 신청했는데, 어찌 된 일인지 자사부에서 갖가지 핑계를 대며 접견을 거절하더군요. 그래서 유표가 양양이 아니라 하구에 있는 건 아닌지 의심이 들었습니다."

"뭐? 유표가 직접 왔다고?"

교유와 장흠은 자리에서 벌떡 일어나며 괴성을 질렀다. 긴장감과 경계심이 가득한 얼굴로 방비 강화 방안에 대해 논의하는 이들의 모습에 양징은 속으로 흐뭇하게 웃고 말했다.

"두 분 장군에게 잠시 제 졸견을 말씀드립지요. 지금 최선의 방책은 아군 전선에 양초와 무기를 가득 싣고 수군 영지를 포기한 다음, 적의 예봉을 피해 동쪽으로 내려가 수군 역량을 최대한 보존하는 것입니다. 그래서 적이 비어 있는 시상 성지에 눈독을 들이는 틈을 타 주력군과 회합해 다시 적과 교전하십시오."

교유는 고개를 돌려 양징을 위아래로 훑어보더니 가소롭다는 표정으로 쏘아붙였다.

"전쟁이 애들 장난인 줄 아나? 전쟁은 지상담병(紙上談兵)이
아니라고! 평려택은 수면이 아주 넓어 수군이 결전을 펼치기
최적의 장소네. 이런 평려택을 포기하고 동쪽으로 내려갔다
가 적의 수군이 좁다란 호수 입구를 틀어막으면 우리 수군은
서쪽으로 통하는 길이 막혀 버리고, 시상은 고립된 성이 된다
고!"

양징은 아무 대꾸도 하지 않고 입을 꾹 다물었다. 이는 교
유의 판단에 동의한다는 의미가 아니라 지위가 낮으면 말도
무시당한다는 사실을 잘 알았기 때문이다. 교유와 장흠이 절
대 자신의 의견을 수용할 리 없는 상황에서 공연히 논쟁을 벌
이느니 차라리 그들과 원만한 관계를 유지하는 편이 낫다고
여겼다.

이렇게 생각한 양징은 화제를 돌려 물었다.

"참, 원요군 쪽 상황은 어떻습니까? 최근에 수상한 움직임
은 없었는지요?"

교유는 인상을 찌푸리고 마지못해 대꾸했다.

"원요 쪽은 아무 일도 없다고. 게다가 원요는 지금 꼭두각
시일 뿐인 데다 대오가 둘로 갈라져 전혀 위협이 되지 않네.
자, 먼 길을 오느라 피곤한 테니 이만 돌아가 쉬게. 일이 있으
면 사람을 보내 부르겠네. 여봐라, 양 공자를 객방으로 안내해
라."

교유의 대답에 양징은 이상한 느낌이 들어 상황을 좀 더 자세히 캐묻고 싶었다. 하지만 교유의 친병이 어느새 다가와 나가자고 청하는 통에, 양징은 어쩔 수 없이 교유 등에게 인사하고 자리에서 물러 나와 객방으로 향했다.

 하지만 궁금증만 안고 이대로 포기할 수는 없는 법. 객방에 이른 후 교유의 친병이 인사를 고하고 나가려는데, 양징이 슬쩍 그의 소매를 잡아당기고 웃으며 말했다.

 "한 가지만 묻고 싶은 게 있소이다. 방금 전 원요가 꼭두각시가 되고, 원요군이 둘로 나뉘어졌다는 게 대체 무슨 말입니까?"

 교유의 친병이 대답을 거절하려 하자 양징은 다시 한 번 간청하며 그의 손에 슬그머니 진주 몇 알을 쥐어주었다.

 "나 또한 군정을 정탐하려는 것이 아닙니다. 내 일찍이 어렸을 때 원요와 우애 좋게 지낸 사이라, 그가 지금 어떤 상황에 처했는지 꼭 알고 싶어서 묻는 것뿐입니다."

 진주 때문인지 아니면 양징의 간절한 부탁 때문인지 몰라도 교유의 친병이 그제야 입을 뗐다.

 "양 공자, 사실 소인도 아는 게 많지 않습니다. 원술이 병사한 뒤 그의 대오를 원요의 숙부 원윤이 지휘하자 노장 유훈이 이에 불복해 둘 사이에 치열한 싸움이 벌어졌습니다. 원윤이 중간에서 이를 만류했지만 아무 소용도 없었다고 합니다."

"원윤과 유훈의 권력 다툼으로 원요가 실권을 모두 잃어버렸다?"

양징은 눈을 번뜩 뜨고 다시 물었다.

"그럼 원윤과 유훈의 대오가 각기 어디에 주둔하고 있는지 아십니까?"

"원윤은 원요를 보위해 남창(南昌)에 주둔해 있고, 유훈은 해혼(海昏)에 주둔하고 있습죠."

남창과 해혼은 모두 시상 남쪽 멀지 않은 곳에 위치한 성지였다. 교유의 친병은 이 말을 마지막으로 표표히 자리를 떴고, 객방에 남은 양징은 골똘히 생각에 잠겼다.

이때 곁에 있던 고랑이 입이 댓 발은 나와 불평을 터뜨렸다.

"교 태수와 장 장군이 무례하고 거만하기 짝이 없습니다요. 도련님은 생명의 위협을 무릅쓰고 천릿길을 달려와 소식을 전했는데, 마치 범인을 심문하듯 묻고 질문을 던지면 귀찮은 표정이 역력하더군요. 호의를 이런 식으로 받는 경우가 어디 있답니까?"

양징은 엷게 미소만 지을 뿐 아무 대꾸도 하지 않았다. 양징의 무반응에 김이 샌 고랑은 머쓱한 표정을 하더니 목소리를 낮춰 물었다.

"그런데 왜 형주군 주장이 유표일 수도 있다고 말했습니까? 여기 오기 전까지만 해도 유기라고 확신하지 않았습니까?"

"형주군 주장이 유기라고 말했다면 교 장군은 내 말을 쉬이 믿지 않았을 겁니다. 유기는 아군과 줄곧 좋은 관계를 유지해 왔고, 따지고 보면 시상도 유기 도움으로 얻은 것이나 마찬가지니까요. 그래서 일부러 유표가 친정에 나섰다고 속여 교 장군의 경각심을 높이고 전쟁 준비를 강화하도록 만들 수밖에 없었습니다."

고랑은 양징의 기지와 임기응변에 찬탄을 연발한 뒤 다시 물었다.

"그리고 원요의 일에 이토록 관심을 보인 건 그와 죽마고우 사이이기 때문입니까?"

"알다시피 내가 회남에서 그와 친하게 지낸 건 맞지만 내 관심은 오로지 그의 군대에 있습니다. 원술군이 아무리 몰락했다 하나 충분히 일전을 겨룰 여력은 남아 있습니다. 그들이 형주군과 몰래 결탁하고 유기가 시상을 기습할 때 함께 출격한다면 우리 대오는 양쪽으로 적의 공격을 받게 됩니다. 그래서 원요군의 현재 상황을 필히 알아야 했습니다."

"하, 교 태수가 도련님의 재능을 몰라주는 것이 안타까울 따름입니다! 그렇지 않았다면 원요가 유기와 결탁했는지 진즉에 알아냈을 텐데요."

고랑의 탄식에 양징이 미소를 띠며 말했다.

"원요 쪽에서 별다른 움직임이 없다는 얘기를 듣고 모든 사실을 간파했습니다. 이는 곧 원요가 이미 유기와 몰래 결탁했다는 증거입니다."

"네? 그게 대체 무슨 말입니까?"

고랑이 깜짝 놀라 묻자 양징이 자신만만하게 대답했다.

"아주 간단한 이치입니다. 우리 측에서 형주군이 하구에 집결한다는 정보를 알아냈는데, 원요 쪽에서 이를 몰랐을 리 없습니다. 터전을 빼앗기고 군대를 몰살당해 아군과 철천지원수 사이가 된 저들이 형주 수군의 수상한 움직임을 포착했다면 당연히 이 틈을 타 복수에 나서는 것이 정상입니다. 그런데도 전혀 이상한 행동을 드러내지 않았다는 건 원요가 이미 형주군과 비밀 협약을 맺고 시상 협공에 나서려 함을 증명합니다. 즉, 안으로는 철저히 대비하면서도 밖으로는 아무 일 없는 척하여 아군을 안심시킨 연후 돌연 시상을 기습해 우리가 손쓸 새 없는 기회를 노리려는 것이죠."

고랑은 눈이 동그래져 반신반의하는 표정으로 물었다.

"그게 정말입니까? 이런 의심이 들었다면 왜 교 장군에게 알리지 않았습니까?"

"고 숙부도 내 분석에 긴가민가한 표정을 짓는데, 과연 저들이 내 말을 쉽게 믿을까요?"

양징은 쓴웃음을 짓고 반문한 뒤 고랑에게 분부했다.

"서신을 보내야 하니 필묵과 비단을 좀 준비해 주세요. 참, 비단은 두 벌이 필요합니다."

고랑이 재빨리 필묵과 비단을 대령하자 양징은 책상 앞에 단정히 앉았다. 그는 먼저 원요에게 편지를 썼다. 내용인즉, 소년 시절의 우정을 들먹이며 가능한 한 빨리 조정에 귀순하고 부친의 영구를 여남으로 모셔가 안장하라는 것이었다. 지난번 원요 측은 원술의 시신을 고향으로 데려가라는 도응의 호의를 거절한 바 있다.

이어 원윤에게 다시 편지를 썼는데, 몇 글자 쓰지 않았을 때쯤 고랑이 깜짝 놀라 소리쳤다.

"이게 뭔가요? 왜 어르신을 자칭하는 것입니까?"

양징이 엷게 미소 지으며 대꾸했다.

"나는 직위가 미천한 일개 애송이인 데다 열두 살 때 회남을 떠나 원윤과 일면식도 없는지라 부친의 이름을 빌리는 방법밖에 없습니다. 이 정도야 부친도 이해해 주시겠지요."

양징은 붓을 들어 계속 편지를 써 내려갔다. 양굉의 이름으로 각종 이해관계를 간곡하게 설명하며 서주군에게 투항한다면 관직과 후록을 보장하겠다고 권유했다. 그러더니 서신 말미에 돌연 필봉을 휘둘러 강력한 어조로 고했다.

그대가 형주군과 결탁해 시상을 습격하려는 일은 유훈이 일찌 감치 몰래 아군에게 알렸소이다. 이에 우리는 시상 주위에 천라 지망을 펼치고서 그대가 죽으러 오길 기다리고 있고, 유훈은 이 공으로 진남장군에 더해 건성후(建成侯)에 봉해졌소이다. 그러니 그대도 형주군의 화살받이가 돼 스스로 사지로 뛰어들지 말고 유훈을 본받아 아군에게 투항하길 권하는 바요!

오늘 고랑은 여러 번 깜짝깜짝 놀란 탓에 벌렁거리는 심장 이 진정될 틈이 없었다.

"도련님, 이게 가능하다고 보십니까? 원윤과 유훈의 사이를 이간하다니요?"

하지만 양징은 아주 침착하게 대꾸했다.

"불가능할 것도 없습니다. 방금 전 교 장군의 친병이 말하 길, 원윤과 유훈이 죽기 살기로 싸운다고 하지 않았습니까? 이런 때에 유훈이 기밀을 누설했다는 편지를 원윤이 보게 된 다면 유훈이 배신해 적에게 투항했다고 믿을 수도 있습니다. 더구나 이간질에 실패한다 해도 우리에겐 아무 손실이 없습니 다."

"하지만 교 장군에게 알리지 않고 우리 멋대로 편지를 보냈 다가 나중에 이 사실이 알려지면 뒷감당은 어찌하려고요?"

"그건 염려 마세요. 내 이미 이 편지 두 통을 정식 경로로 적의 손에 전할 방법을 생각해 두었으니까요."

양징은 초조해하는 고랑을 아랑곳하지 않고 여유로운 웃음을 띠었다.

第二章
골목상대

　이튿날 아침 일찍 양징은 예장태수부로 곧장 달려가 교유에게 뵙기를 청했다. 하지만 교유는 마침 형주군의 기습 공격 준비에 눈코 뜰 새 없이 바빴다. 당상에서 시상의 뭇 관원들과 공무를 처리하느라 양징을 만날 짬이 나지 않았다.

　양징은 이를 보고도 전혀 조급해하지 않고 대당 밖에서 인내심 있게 기다렸다. 양징이 아침부터 정오까지 한시도 자리를 뜨지 않는 가운데 교유도 힐끔힐끔 밖을 바라보며 그의 존재를 인식하고 있었다.

　오시가 절반쯤 지나서야 마침내 회의가 끝나고, 교유는 휘하 장수들을 이끌고 성 방어 상황을 시찰하러 대당을 나섰다. 양징이 황급히 뒤로 물러나며 길을 비키자, 교유는 감히 자신에게 말을 꺼내기 어려워 내내 자리만 지키고 있던 양징이 측은했는지 그 앞에서 발걸음을 멈추고 말했다.

"무슨 일인가? 내 바쁘니 얼른 말하게."

"장군, 이걸 잠시 봐주십시오."

양징은 원요에게 쓴 서신을 재빨리 건넨 뒤 단도직입적으로 짧게 말했다.

"남창에 이 편지를 전할 사신 한 명만 빌려주십시오."

교유는 원요에게 보내는 투항 권유 편지를 대충 훑어보았다. 속으로는 전혀 쓸모없는 짓이라고 여겼지만 지금까지 기다린 끈기를 가상히 여겨 호위병에게 편지를 보낼 사신 하나를 붙여 주라고 분부했다.

이어 교유는 호위병에게 서신을 넘겨준 뒤 무리를 거느리고 총총히 자리를 떴다. 그제야 양징은 앞으로 나서 호위병에게 간절히 사정했다.

"번거롭겠지만 저도 함께 사신을 보러 가도 되겠습니까? 그에게 꼭 직접 당부할 말이 있어서요. 부탁드립니다."

호위병은 대수롭지 않게 여기고 양징을 사신에게 데리고 갔다. 사신을 만난 양징은 원요에게 줄 편지와 함께 원윤에게 쓴 편지와 금덩이 하나를 슬그머니 내밀며 말했다.

"상황이 매우 긴급합니다. 이틀 안에 이 편지들을 남창성에 전하고 나흘 반 안에 회신을 가지고 돌아온다면 금덩이 하나를 더 드립지요. 그리고 현재 조정의 상서복야인 부친에게 잘 말해 관직 하나쯤은 너끈히 챙겨 드릴 수 있습니다."

사신은 너무 기쁜 나머지 입이 쩍 벌어져 들뜬 목소리로 대꾸했다.

"염려 마십시오. 시상에서 남창까지는 수로가 연결돼 있어서 밤낮으로 길을 재촉한다면 시간 안에 충분히 편지를 전할 수 있습니다."

양징은 그거 잘됐다며 고개를 끄덕이고 다시 조곤조곤 일렀다.

"듣자니 현재 남창은 원윤이 실권을 장악하고 있다더군요. 따라서 원윤에게 편지를 주러 왔다고 말해도 무방합니다. 어쨌든 원윤이 편지를 원요에게 전하면 되니까요."

사신은 알겠다고 대답하고는 교유의 호위병으로부터 영패를 건네받은 뒤 서둘러 성을 나가 쾌선에 올라탔다.


이튿날인 11월 스물넷째 날, 양징은 또다시 교유를 찾아갔다. 마침 장흠과 군정 회의를 끝낸 교유는 양징이 또 찾아온 것을 보고 귀찮은 기색을 드러냈다. 하지만 매몰차게 내칠 수가 없어 그를 당상으로 불렀다. 당 위에 오른 양징은 거두절미

하고 진언했다.

"교 태수, 장 장군, 해혼 일대의 감시를 강화해 주십시오. 제 예측이 틀리지 않다면 내일이나 모레에 그곳에서 변고가 발생할 것입니다."

그러더니 양징은 벌떡 일어나 뒤도 돌아보지 않고 나가 버렸다. 교유와 장흠은 어안이 벙벙해져 양징의 뒷모습과 서로의 얼굴을 번갈아 바라보다가 혀를 끌끌 차며 중얼거렸다.

"저 아이가 제대로 미쳤구먼. 내일이나 모레에 해혼에서 일이 생긴다니? 밑도 끝도 없이 무슨 일이 생긴다는 건지……."

＊　　　　＊　　　　＊

스무닷새 날 하루는 평온무사했다. 이날 양징은 교유와 장흠을 찾아가지 않고 객방에 틀어박혀 책을 읽고 있었다. 곁에서 시간을 손꼽아 계산해 보던 고랑은 아무래도 오늘 소식이 들어오기 어렵다고 중얼거리면서도 그다지 초조해하지는 않았다.

하지만 스무엿새 날이 되자 고랑은 점점 애가 타기 시작했다. 아침부터 계속 문 앞을 서성거렸지만 정오가 다 되도록 아무 소식도 들려오지 않았다. 그런데도 양징은 여유롭게 책상 앞에 앉아 글자 연습을 하고 있었는데, 글씨가 반듯하고 또박또박해 전혀 흐트러짐이 없었다.

초조해진 고랑이 더는 참지 못하고 양징에게 얼굴을 들이밀며 물었다.

"도련님, 아직까지 아무 소식이 없는 것이 이간계가 실패한 건 아닐까요?"

"실패하면 실패하라지요. 우리에겐 아무 손해도 없잖습니까?"

마치 남의 일 얘기하듯 태평한 양징의 대답에 고랑은 제 혼자 맘고생을 한 것이 억울했는지 따지듯 물었다.

"이게 어떻게 우리만의 일입니까? 교 태수에게 해혼에서 변고가 일어날 것이라고 큰소리 떵떵 쳤는데 아무 일도 벌어지지 않으면 도련님 입장이 난처해……."

"아민! 아민! 아민은 방에 있는가?"

고랑의 말이 채 끝나기도 전에 문 밖에서 돌연 교유와 장흠의 고함 소리와 다급한 발자국 소리가 크게 들렸다. 이들은 문을 부술 기세로 방 안으로 들이닥쳤다. 그제야 양징은 손에 든 붓을 놓고 교유와 장흠에게 미소 지으며 물었다.

"제 예측이 맞는다면 원윤이 유훈 공격에 나서지 않았나요?"

있는 힘껏 고개를 끄덕인 교유와 장흠은 경탄하는 표정을 지으며 이구동성으로 물었다.

"그걸 어찌 알았나? 그저께부터 이런 일이 일어날지 알고 있었단 말인가? 그리고 원윤이 전장에서 유훈이 아군과 결탁해 주군을 팔아먹었다고 욕을 퍼부었다던데?"

고랑도 펄쩍펄쩍 뛰며 기뻐했다.

"도련님, 성공했습니다! 도련님의 이간계가 드디어 성공했다고요! 하하하!"

"이 모든 걸 자네가 준비했다고?"

"외람되지만 원윤과 유훈의 내분은 제가 꾸민 것이 맞습니다."

양징은 아주 침착한 어조로 대꾸한 뒤 정중히 공수하고 말을 이었다.

"지금 제가 두 분의 작전 수립에 참여할 자격이 있는지요? 만일 절 믿어 주신다면 노 도독의 원군이 도착할 때까지 형주 수군의 공격을 격퇴하는 데 진력하여 돕겠습니다. 다만 그 전에 아군의 병력과 전선 현황, 그리고 그동안 수집한 정보들을 꼭 알아야겠습니다."

*　　　　*　　　　*

양징의 걱정처럼 평려택 수군의 상황은 그다지 좋지 못했다. 대소 전선을 합쳐야 1천2백 척도 되지 않았고, 총병력은

1만 6천여 명에 불과했다.

게다가 실전 경험이 부족해 수적(水賊)을 몇 차례 소탕한 것 외에 대규모 수전을 치른 적이 없었다. 날마다 전술 훈련에 매진했다고 하나 당대 수상의 패자 형주 수군과 교전할 때 과연 실력을 발휘할 수 있을지는 미지수였다.

이와 비교해 주력인 소호 수군의 상황은 훨씬 더 나았다. 총병력 3만 이상에 전선 수도 2천5백여 척이나 됐다. 하지만 애석하게도 소호 수군은 빨라야 12월 초닷새에나 평려택에 이를 예정이어서 전투 초기에는 평려택 수군 홀로 적의 공격을 감당해야만 했다. 물론 양 부대가 힘을 합친다 해도 형주 수군에게 역부족이긴 하지만 말이다.

평려택 수군과 형주 수군 간의 현격한 전력 차를 확인했지만 양징은 크게 실망하지 않았다. 그 이유는 시상 등 육지 방어력이 견고했기 때문이다. 시상에 7천 명, 역양에 3천 명, 그리고 장강 북쪽 심양에 2천 명 등 총 1만 2천 명이 넘는 병력을 보유해 육전에서는 형주군과 충분히 자웅을 겨뤄볼 만했다.

더욱이 시상의 성 방어는 수성에 뛰어난 교유의 지휘 아래 이미 철옹성을 구축해 놓고 있었다. 성벽이 높고 참호가 깊은 것은 기본이고, 지세가 높아 적의 수공에도 전혀 끄떡없었다.

또한 성 곳곳에 우물을 파놓아 물이 끊길 염려가 없는 데다 적의 땅굴 공격을 막는 효과도 있었다. 동시에 성안에는 3만 대군이 반년은 먹고도 남을 양초를 저장해 두어 형주군과 장기전을 벌이는 것도 가능했다.

시상의 병력 현황을 대략적으로 파악한 양징은 지금까지 척후병이 수집한 적정까지 취합해 다각도로 분석에 들어갔다. 한참 뒤 양징은 자신을 전과 다른 눈으로 바라보고 있는 교유와 장흠에게 공수하고 말했다.

"오래 기다리시게 해서 송구합니다. 음, 저는 전과 마찬가지로 적의 예봉을 피하는 것이 상책이라고 생각합니다. 장 장군은 먼저 수군을 거느리고 장강 하류로 철수해 소호 수군과 회합하십시오. 저와 교 태수는 육전의 우세와 견고한 성 방어에 의지해 형주군과 대치하며 장군과 노 도독의 구원을 기다리겠습니다."

하지만 교유와 장흠의 얼굴에는 동의할 수 없다는 빛이 역력했다. 장흠이 먼저 말을 꺼냈다.

"우리도 수군 역량을 보존해야 한다는 데에 이견이 없네. 하지만 평려택 수군이 철수할 경우 두 가지 문제가 발생하네. 첫째로 형주 수군이 호수 입구를 봉쇄해 버리면 하류에 위치한 데다 맞바람을 맞는 아군 수군은 수상전에서 더욱 불리해지네. 둘째로 수군이 철수하면 장강 북쪽의 심양과 시상 남부의 역양은 어찌한단 말인가? 형주군과 원요군에게 모두 각개 격파당할 위험이 있네."

양징은 자신만만한 어조로 대꾸했다.

"심양과 역양은 지킬 수 있으면 지키고, 지키기 어려우면 버리면 그만입니다. 아군의 현재 전력으로 성지 하나하나의 득실에 연연해서는 안 됩니다. 이곳들은 나중에 다시 찾아오면 되니까요. 우리에게 가장 중요한 곳은 시상 요지입니다. 시상을 단단히 지키기만 하면 형주군은 함부로 남하해 예장을 병탄하거나 강동 내지로 침입하기 어렵습니다. 따라서 평려택 서쪽인 이곳에 말뚝을 박아놓은 뒤, 평려택의 통제권을 탈환한다면 형주군을 강하로 내쫓아 버릴 수 있습니다."

잠시 숨을 고른 양징은 여유롭게 한마디 더 덧붙였다.

"형주 수군이 호수 입구를 봉쇄하는 것도 별문제가 되지 않습니다. 노 도독이 황급히 구원에 나서면 틀림없이 준비가 부족해 전투에 불리해집니다. 기왕 그럴 바에야 두세 달 충분히 준비를 갖춘 연후 평려택 수군과 연합해 시상을 구원해도 늦지 않습니다. 그때는 동남풍이 불기 시작하는 계절이므로 풍향이 외려 형주군에게 불리하게 작용하니까요. 철통같은 시상성을 공격하는 형주군도 인마가 모두 지쳐 결국 싸울 마음을 잃게 될 겁니다."

하지만 교유는 이 건의를 받아들일 수 없었다. 원칙을 중시하는 그로서는 이유 없이 성을 버리는 행동은 꿈에도 생각해 보지 않았다. 이는 장흠도 마찬가지였다. 이에 교유와 장흠은 고개를 가로젓고 쓴웃음을 지으며 말했다.

"자네의 건의가 이치에 합당할지도 모르지만 성을 무단으로 포기하는 건 절대 작은 일이 아니라네. 주공이나 노 도독의 명령 없이 함부로 위험을 무릅쓸 수는 없네."

심혈을 기울인 자신의 책략이 뜻밖의 반대에 부딪히자 양징은 목소리를 더욱 높였다.

"노 도독은 자그마한 두 성보다 평려택 수군을 더욱 중히 여길 것입니다. 우리의 수상 전력이 형주군보다 약소한지라 만일 평려택 수군을 잃게 된다면 형주군에 대적하기 더욱 어려워지기 때문입니다. 제가 감히 단언합니다. 노 도독은 우리가 심양과 역양을 포기하고 수군을 평려택 밖으로 철수시키는 데 분명 찬성할 것입니다!"

양징의 간곡한 청에도 교유는 눈 한 번 꿈쩍하지 않았다. 이를 본 양징은 이를 악물고 소리쳤다.

"그럼 제가 군령장을 쓰겠습니다. 만약 주공과 노 도독이 제 책략에 찬동하지 않고 심양과 역양을 버린 책임을 추궁한다면, 이는 온전히 제 책임일 뿐, 두 분 장군과는 무관합니다!"

교유는 양징의 당돌한 태도에 입꼬리가 살짝 올라갔다.

"자네가 무슨 자격으로 이렇게 엄청난 책임을 진단 말인가? 자네가 군령장을 쓴다 해도 추후 주공과 노 도독에게 추궁을 받으면 나와 장 장군이 연루되지 않을 수 없네."

이 말에 양징은 돌연 낯빛이 바뀌더니 자리에서 벌떡 일어나 큰 소리로 외쳤다.

"노 도독의 지원이 제때 불가능한 상황에서 8만 형주군이 강을 따라 내려오면 막아낼 수 있다고 생각하십니까? 평려택 수군이 적에게 격퇴된 뒤 견고한 시상이야 지켜낼 수 있다지만 심양과 역양 두 성은 어찌한단 말입니까? 병력이 절대적으로 우세한 형주군의 공격 앞에 어떤 결말을 맞을지 빤히 보이는데, 두 분은 주공과 노 도독에게 문책을 당할 것만 걱정하고 1만여 수군과 심양, 역양의 5천 장사는 전혀 걱정되지 않습니까? 설마 책임을 회피하기 위해 생때같은 군사들을 사지로 내몰려는 것은 아니겠지요?"

양징의 울부짖듯 내뱉는 독설 앞에 정작 가장 놀란 이는 고랑이었다. 얼굴이 하얗게 질린 고랑은 행여 교유와 장흠이 분노를 참지 못하고 해코지를 할까 두려워 다급히 양징을 만류했다. 하지만 양징은 고랑을 옆으로 밀치고 다시 목소리를 높였다.

"맞습니다! 제가 군령장을 쓴다 해도 두 분이 이 일에 책임을 져야겠지요. 이는 분명한 사실입니다! 하지만 전 조금

도 두렵지 않은데 두 분은 뭘 무서워하십니까? 두 분은 무
기를 들고 전투에 나가는 전사입니까, 아니면 시장에서 물
건 값을 깎으려 흥정하는 아낙네입니까? 스스로 아녀자임
을 인정한다면, 좋습니다. 원하는 대로 하십시오. 저는 위기
에 빠진 심양으로 가 그곳의 장사들과 생사를 같이하겠습니
다."

"도련님, 그만하십시오. 제발 그만두세요!"

두려움에 온몸이 식은땀으로 흠뻑 젖은 고랑은 흥분한 양
징의 소매를 힘껏 잡아끌며 소리쳤다.

"이는 교 태수와 장 장군의 일입니다. 도련님과는 전혀 무
관하다고요! 이렇게 빕니다. 제발 아무 말 말아 주십시오!"

그런데 고랑의 우려와 달리 양징의 포효를 들은 교유와 장
흠은 얼굴이 붉으락푸르락하며 노기를 드러내면서도 아무 대
꾸도 하지 않았다. 잠시 뒤 교유는 천천히 자리에서 일어나 장
흠에게 말했다.

"공혁 장군, 아민의 말이 옳소이다. 우리는 주공의 문책만
걱정하고 있었을 뿐, 장사들의 목숨은 신경 쓰지 않고 있었
소. 이제 장군은 철군을 준비하고 있다가 적이 쳐들어오는 대
로 수군을 이끌고 하류로 철수하시오. 나는 세 성의 병력을
집결하고 시상을 굳게 지키리다. 난 주공이 봉한 예장태수요.
책임이 있다면 모두 나 혼자서 지리다. 그리고 아민도 함께

데리고 가 노 도둑을 만나 주공께 공로를 아뢰어 달라고 청하시오."

장흠 역시 교유의 뜻밖의 반응에 한동안 침묵하다가 고개를 끄덕이고 공수하며 말했다.

"소장, 태수의 명을 받들어 심양의 주둔군을 시상으로 이동시킨 뒤 철수하겠습니다."

"소질의 무례함을 벌로 다스려 주십시오."

장흠의 말이 끝나기가 무섭게 양징은 냉큼 꿇어 엎드려 죄를 청했다. 교유와 장흠은 함께 양징을 일으켜 세우며 자신들이 도리어 부끄럽다고 사과했다. 이어 교유가 탄식하며 말했다.

"아, 자네는 부친과 달라도 어찌 이리 다른가. 이런 자식을 둔 걸 안다면 자네 부친도 틀림없이 기뻐할 걸세."

양징은 급히 몸 둘 바를 모르겠다고 겸사한 뒤 화제를 돌렸다.

"지금 시간이 촉박하고 형주군이 언제 출병할지도 모르는 상황입니다. 따라서 가능한 한 빨리 아군의 배치를 완료하는 동시에 적의 동진을 늦출 방법을 찾아야 합니다. 그렇지 않았다가 적이 불시에 들이닥쳐 우리 수군이 평려택을 나가지 못하거나 두 성의 주둔군을 미처 시상으로 옮기지 못하는 날엔 낭패를 겪고 맙니다."

"맞는 말이네만 어떻게 시간을 끌 수 있겠나?"

난처한 표정을 짓는 교유에게 양징이 미소를 짓고 대답했다.

"제가 미리 대책을 세워두었으니 너무 걱정 마십시오. 앞에서 언급했다시피 유기가 돌연히 동진하려는 목적은 아군이 미처 손을 쓰지 못하는 틈을 노리기 위해서입니다. 그렇다면 우리는 현고(弦高)의 계책을 모방하면 그만입니다. 아군이 이미 철통같은 방어를 구축해 놓았다고 꾸며 유기가 함부로 진격하지 못하도록 막는 것이죠. 그 사이 군대와 양초를 옮길 시간을 벌 수 있습니다."

장흠이 고개를 갸우뚱하며 현고가 누구냐고 묻자 세가 출신인 교유가 설명했다.

"현고는 춘추시대 정(鄭)나라의 상인이오. 진(秦)나라가 정나라로 갑자기 쳐들어가는 바람에 정나라는 아무 준비도 없었는데, 마침 현고가 소를 팔러 가는 도중에 진나라 군대를 목격했소. 이때 현고는 기지를 발휘해 사람을 정나라로 보내 이 사실을 알리는 동시에 자신이 정나라의 사신인 것처럼 가장해 진나라 장수에게 살진 소 12두를 선물하며 원정 오느라 지친 군사들을 배불리 먹이라고 위로했소. 진나라 장수는 결국 정나라에 만반의 준비가 갖춰졌다고 여겨 감히 진병하지 못하고 군대를 거두어 돌아갔다는 이야기요."

장흠은 정말 좋은 계책이라며 손뼉을 치고 기뻐했다.

"그럼 얼른 유기에게 보낼 편지를 쓰고 선물까지 함께 보내십시오. 유기는 우리가 철저히 대비하고 있다고 여겨 위험을 무릅쓰고 진격하지 못할 것입니다."

이에 교유가 필묵을 대령하라 명하고 편지를 쓰려는데 양징이 슬그머니 다가와 말했다.

"태수의 편지로는 유기가 놀라 철수하지 않을지도 모릅니다. 반드시 노 도독의 서신이어야 효과를 발휘할 수 있습니다. 제가 노 도독의 필적을 위조해 유기에게 보낼 편지를 쓰겠습니다."

그러면서 양징이 자기에게 붓을 달라고 청하자 교유와 장흠은 어안이 벙벙해져 다시 서로의 얼굴을 바라보다가 속으로 중얼거렸다.

'이 아이가 정녕 탐욕의 끝을 모르는 양 장사의 친자식이 맞단 말인가?'

\*　　　　\*　　　　\*

11월 스무이레 날, 유기는 하구의 형주 수군 대영에서 돌연 문무 관원들을 모두 불러 모아 회의를 소집했다. 그는 그 자리에서 유표의 친필 명령을 내보이며 원윤과 유훈이 함께 형주에 투항했다고 공포한 뒤, 맹우를 구원하고 국적 도응을 토벌한다는 구실로 서주에 재차 전쟁을 선포하고 직접 8만 형주 수군을 거느리고서 시상으로 출격했다. 또한 감녕을 선봉장으로 삼아 즉시 동쪽으로 출격해 주요 목표인 평려택의 서주 수군을 섬멸하라고 명했다.

시상의 서주군에게 양징이 위조한 노숙의 편지는 그야말로 구명 서신과 같았다. 기습을 노린 유기가 양징의 예상보다 사흘 앞당겨 출격한 상황에서, 교유가 보낸 사신은 역풍을 견디며 힘겹게 물길을 거슬러 올라가다가 형주 경내 기춘(蘄春)에서 형주군 선봉대인 감녕의 전선과 맞닥뜨렸다. 시상의 사자는 즉각 감녕을 만나 노숙의 서신을 올리는 한편 배에 가득 실은 미주와 고기 등 예물을 바쳤다.

시상까지 한나절 거리밖에 남겨 놓지 않은 감녕은 편지를 보자마자 대경실색했다. 서주의 주력 수군까지 평려택에 집결해 응전 태세를 갖추고 있다면 자신의 군대만으로는 중과부적일 수밖에 없었다. 이에 그는 진격을 멈추라고 명하고 사람을 급히 유기에게 보내 이 사실을 알렸다.

유기 역시 노숙이 보낸 편지를 받고 깜짝 놀랐다. 그럴 리 없다고 생각했지만 만에 하나 서주군이 만반의 준비를 갖추고 있다면 초전부터 예기가 꺾일 가능성이 있었기 때문에 그는 하는 수 없이 감녕에게 함부로 진격하지 말라 이르고, 기춘의 감녕 부대와 회합하러 서둘러 진군하는 한편 대량의 척후선을 남하시켜 서주군의 동태를 정탐하도록 했다.

이리하여 서주군은 하루가 넘는 귀중한 시간을 벌 수 있었다. 그 사이 심양과 역양 두 성의 군사와 양초, 군수를 전부 시상성 안으로 옮겼고, 장흠이 이끄는 수군도 수성에 필요한 일부 선박만 남겨 놓은 뒤 유유히 평려택을 빠져나가 소호의 주력 수군과 합류하기 위해 전속력으로 철수했다.

평려택 수군이 철수할 때, 교유와 장흠은 양징에게 수군을 따라 전장을 벗어나라고 일렀다. 하지만 양징은 한사코 이를 거부하고 시상에 남아 교유의 수성을 돕겠다고 고집을 부렸다. 누구의 권유도 들으려 하지 않자 교유와 장흠은 양징의 의기를 칭찬하고 시상 잔류에 동의했다.

평려택 수군은 현고를 본뜬 양징의 계책으로 적의 주력군이 전장에 당도하기 전에 무사히 장강 수로로 빠져나갔다. 적에게 속았다는 사실을 알고 발연대로한 유기는 당장 전군에 남하 명령을 내려 11월 그믐날 오후에 시상성 아래에 당도했다.

형주군은 육지에 올라 영채를 차린 후 총공격을 준비했고, 이때 마침 적에게 속았음을 깨달은 원윤과 유훈도 함께 군사를 이끌고 북상해 형주군과 회합했다. 이로써 11만이 넘는 연합군 대부대가 고립된 시상성을 겹겹이 포위했다.


이날 밤, 시상성 주위로 연합군의 깃발이 산천을 뒤덮고 횃불이 사방을 환하게 밝혀 그 기세가 하늘을 찌를 듯했다. 이런 위세를 바라보는 시상성의 1만 5천여 서주군은 교유의 손으로 직접 건설한 철옹성을 지키면서도 인심이 흉흉해지고 간담이 서늘해질 수밖에 없었다.

이를 아는지, 모르는지 교유는 약간 들뜬 목소리로 양징에게 농을 던졌다.

"이보게, 어떤가? 적의 기세가 저토록 웅대한 걸 보고 장 장군을 따라 후퇴하지 않는 것이 후회되지 않나?"

하지만 양징은 전혀 두려운 기색 없이 들판 가득한 적의 화톳불을 가리키며 미소를 짓고 대답했다.

"먼저 오해하지 말고 들어 주십시오. 적의 기세가 드높다 하나 제 눈에는 그저 오합지졸로 보일 따름입니다. 태수께서 제 계책을 믿고 채납해 주신다면 노 도독의 원군을 기다릴 필요 없이 시상의 힘만으로 적을 돌려 보낼 수 있을지도 모릅니다."

"걱정 말게. 지금 이후로 자네가 어떤 계책을 내도 내 모두 받아들이겠네."

교유의 대답에 양징이 의외라는 듯 멍한 표정을 짓자, 교유는 양징의 어깨를 툭툭 두드리며 말했다.

"아민, 노 도독이 방금 전 전서구로 긴급 명령을 보내왔네. 무슨 명을 내렸는지 아나?"

"글쎄요. 잘 모르겠습니다."

양징이 짐짓 모르는 척 묻자, 교유가 웃으며 대답했다.

"자네가 먼저 제시한 대책과 한 치의 오차도 없이 완전히 똑같았네. 만약 형주군이 시상을 급습한다면 즉시 심양과 역양을 버리고 군대를 시상에 집결해 지키고, 펑려택 수군은 적의 예봉을 피해 동쪽으로 내려와 주력군과 회합하라는 분부였네."

양징은 겸허하게 사의를 표한 뒤 부탁 조로 얘기했다.

"태수, 제게 무리한 부탁 하나가 있습니다. 적이 성을 공격할 때 포로를 잡는다면 저에게 몇 명만 넘겨주실 수 있는지요?"

교유가 호기심이 들어 물었다.

"포로는 어디에 쓰려는고?"

"다 쓸모가 있습니다. 제 부친이 유기에 대한 얘기를 들려준 적이 있었는데, 그때 유기의 치명적인 약점 하나를 발견했습니다. 그것은 바로 신뢰입니다. 유기는 어려서부터 후계자 문제로 계모의 미움을 받고 자라 성격이 소심하고 의심이 아주 많았습니다. 그런 상태에서 제 부친에게 어떻게 남을 속이

고 남의 비위를 맞추며 반대 세력을 배척하는지만 배워, 진심
으로 남을 신뢰하거나 남의 신임을 받는 법을 전혀 모릅니다.
저는 바로 유기의 이 약점을 추궁할 생각입니다."

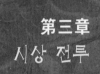

第三章
시상 전투

　우뚝 솟은 시상성을 올려다보며 형주군 장사들은 넋이 나
간 표정을 짓고 있었다. 서주군에게 시상을 빼앗긴 원술군 역
시 이 성이 예전의 그 성이 맞나 싶어 어안이 벙벙해졌다. 이
들 눈에 비친 시상성은 그야말로 난공불락의 요새와 다름없
어 보였기 때문이다.

　서주군이 시상을 점령한 지 6년이 지난 지금, 시상성은 수
성의 귀재 교유의 지휘 아래 평범한 강동 요지에서 철옹성으
로 변모했다.

　가장 낮은 성벽의 높이가 네 길에, 성벽 두께는 두 길 이상

이었으며, 성 아래에는 임시로 세운 것이 아니라 아예 흙을 다져 벽돌로 만든 양마성이 사방으로 둘러져 있었다. 또한 주위에 녹각 차단물이 촘촘히 설치된 해자는 깊이가 세 길이요, 너비가 두 길에 강물을 끌어와 수류가 아주 급박했다.

여기에 적군을 더욱 벌벌 떨게 만든 건 시상성 담 밑에 둘러쳐진 날카롭고 얇은 쇠 말뚝이었다. 땅속에 반쯤 묻힌 쇠 말뚝이 세 자 간격에 5열로 빽빽이 설치돼 있어서, 성벽을 기어오르다가 떨어질 것을 상상하면 머리털이 쭈뼛쭈뼛 서는 기분이 들었다.

서주군의 철통같은 방어에 연합군 장수들은 유기에게 정면 공격을 포기하고 계책으로 성을 취하거나 시상을 우회해 다른 공격 목표를 찾자고 권유했다.

이때 형주 치중 등의 역시 강공에 반대하고 유기에게 계책을 올렸다.

"시상 수장 교유는 바로 원술의 옛 부장으로 단양병의 반란 때문에 불행히 도웅에게 포로로 잡혀 투항을 강요받았습니다. 그러니 원윤이나 유훈에게 사람을 시켜 성안으로 편지를 가지고 가 고관대작과 돈, 미녀로 투항을 권유해 보면 어떨까 합니다. 성공한다면 더할 나위 없겠지만 실패하더라도 그 기회에 성안의 허실을 탐지할 수 있습니다."

시상성 공격에 골머리를 앓던 유기는 손뼉을 치고 기뻐하며 이 계책을 채납했다. 유기가 원윤과 유훈을 불러 성을 깨뜨릴 방책을 설명하자, 저들은 교유와 친분이 두터운 서소를 사신으로 추천했다.

서소는 그날로 유기의 편지와 예물을 가지고 단기로 시상성 서문으로 달려갔다. 서소가 성을 찾아온 목적을 밝히지 않았지만 군사에게서 보고를 받은 양징은 큰 소리로 웃음을 터뜨리고 교유에게 공수하며 말했다.

"감축드립니다, 태수. 태수에게 경사가 찾아왔습니다."

"경사라니? 대체 그게 무슨 말인가?"

어리둥절해하는 교유의 반문에 양징이 환한 미소로 대꾸했다.

"당연히 태수의 관직이 오르고 부자가 될 수 있기 때문이지요. 서소는 원술의 부하이자 태수의 옛 동료입니다. 오늘 우리를 찾아온 건 관직과 보화로 태수에게 투항을 권유하는 것 외에 뭐가 더 있겠습니까? 아 참, 미녀도 허할 터이니 제게 숙모가 여럿 생기겠습니다."

"고 녀석, 실없는 건 제 아비를 꼭 닮았구나."

교유는 자애롭게 웃으며 양징을 꾸짖은 뒤 병사를 향해 분부했다.

"서문 수장 손고(孫高)에게 전해라. 서소에게 욕을 퍼부어 쫓아버리고, 그래도 가지 않으면 화살을 날리라고 하라!"

"잠깐만요."

양징은 병사를 급히 불러 세우고는 교유에게 고개를 돌려 말했다.

"아무래도 서소를 만나 보는 게 좋겠습니다. 옛 친우가 찾아온 정을 무시해선 안 되는 데다 이 기회에 원요군과 형주군 사이를 갈라놓을 계책을 시행에 옮길 생각입니다."

이어 양징은 자신의 견해를 소상하게 밝혔고, 교유는 이를 듣고 크게 기뻐 생각을 고쳐먹고 친히 성 밖으로 나가 서소를 영접했다.

교유가 태수 부중으로 서소를 청해 연회를 베풀고 술잔을 기울이며 지난 회포를 풀자, 서소는 맘속으로 투항 권유에 희망이 있다고 여겨 분위기가 무르익었을 때쯤 슬그머니 유기의 편지를 건넸다. 그런데 교유는 유기의 편지를 보자마자 발연대로해 편지를 북북 찢어버리고 절대 항복할 일은 없다며 서소에게 한바탕 심한 욕을 퍼부은 뒤, 서소를 성 밖으로 쫓아내라고 호위병에게 명했다. 예상치 못한 교유의 반응에 좌불안석이 된 서소는 반항 한 번 제대로 해보지 못한 채 밧줄에 꽁꽁 묶여 자신이 타고 왔던 말에 실려 본진으로 돌아갔다.

한편 유기 등은 교유가 직접 서소를 맞이했다는 얘길 듣고 투항 권유가 성공하리라는 꿈에 부풀었다. 그런데 결국 서소가 모질게 쫓겨났다는 소식에 실망과 분노를 감추지 못했다. 이때 막사 밖에서 손에 편지를 쥔 군사 하나가 달려 들어와, 방금 전 서소가 타고 온 말의 마구를 정리하다가 안장 아래서 우연히 이 편지를 발견했다고 보고했다.

이 말에 서소는 어찌 된 영문인지 몰라 펄쩍 뛰었고, 유기는 의심의 눈초리로 서소를 노려보더니 재빨리 편지를 건네받아 자세히 읽었다.

편지는 교유가 옛 동료 유훈에게 보낸 것이었다. 내용인즉, 연합군 군중 안에서 최대한 전력을 유지하며 경거망동하지 말고 조용히 잠입해 있다가 서주 주력군이 당도하는 대로 거사에 나서라는 것이었다. 이밖에 지나치게 공을 탐해 함부로 유기 척살에 나서지 말며, 힘을 비축하고 기다리면 자연히 공을 세울 기회가 올 것이라고 재삼 타일렀다.

유기는 이 편지를 다 읽은 뒤 흥, 하고 콧방귀를 꼈다. 이것이 적의 이간계임을 단박에 알아챘기 때문이다. 그러면서도 가슴 한편에서는 반사적으로 맹우가 등 뒤를 찌를지 모른다는 의심과 두려움이 스멀스멀 올라왔다.

유훈은 아예 편지를 내동댕이치고 펄쩍펄쩍 뛰며 욕사발을 퍼부었다.

"교유 놈의 뻔뻔함이 하늘을 찌르는구나! 지난번에 원윤 필부 놈을 속여 날 공격하게 한 것도 모자라 또다시 이런 수작을 꾸미다니!"

"유자황, 지금 날 필부라고 욕한 것인가?"

가만히 앉아 있던 원윤은 필부라는 말에 자리에서 벌떡 일어나 원술 사후 자신과 권력을 놓고 치열하게 다투는 유훈을 매섭게 쏘아보았다. 둘 사이에 충돌할 기미를 보이자 괴월과 등의 등이 급히 만류하고 나섰다. 그 덕에 싸움은 일어나지 않았다. 하지만 한 가지 일이 해결되면 또 다른 문제가 불거지는 법. 이때 유기는 원윤과 유훈에 대한 감시를 강화하는 한편 자신의 막사 경비를 배로 늘리기로 몰래 마음먹었다.

*　　　　*　　　　*

투항 권유 실패로 인해 형주군과 원요군에게는 두 가지 선택밖에 남지 않았다. 첫째는 무력으로 시상을 공파해 예장과 강동 내지를 병탄할 전진기지로 삼는 것이고, 둘째는 주력 수군이 계속 동쪽으로 내려가 유수구 일대에서 서주 수군과 건곤일척의 승부를 벌이는 것이었다. 유기는 둘 중 어떤 선택이 자신에게 더 유리할지 쉽사리 결정을 내리지 못해 괴월과 등의에게 의견을 구했다.

괴월은 냉정하게 사태를 파악한 뒤 수군의 동진은 적진 깊숙이 들어가야 하는 위험한 일이므로 먼저 시상을 취해 예장을 도모한 연후 순차적으로 강동에 발을 들여놓자고 권유했다. 또 이렇게 하면 설사 전세가 불리해지더라도 형주군은 수로를 따라 언제든지 퇴각이 가능하고, 서주군의 반격은 원요군에게 맡기면 그만이라고 덧붙였다.

유기는 이 말을 좇아 즉각 공성 무기를 준비하고, 다음 날부터 돌과 진흙을 옮겨 해자 메우는 작업에 들어가라고 명했다.

괴월의 생각이 비록 틀리지 않았지만 해자를 메우는 작업은 상상을 초월할 만큼 어려웠다. 형주군이 해자 근처에 나타나자마자 교유는 성벽에 대량의 궁노수를 배치하고, 또 양마성에도 마찬가지로 대규모 궁수를 보내 위아래에서 동시에 작업을 방해했다. 이렇게 되자 형주군은 해자 가까이 다가가기도 전에 빗발치는 화살에 사상자가 속출했다.

이를 본 유기는 즉각 방패수를 해자 근처에 파견해 적의 화살 공격을 막으라고 명했다. 방패수의 엄호로 해자 메우는 작업은 어느 정도 효과를 보았지만 이날 서주군의 화살 공격으로 작업에 동원된 인력 중 6백여 명의 사상자가 발생해 형주군의 군심은 크게 꺾이고 말았다.

상황이 예상 외로 불리하게 돌아가자 짜증이 난 유기는 다음 날도 계속 해자를 메우라고 명하면서 원요군에게도 작업에 동참하라고 요구했다. 이미 유기에게 신복한 원윤과 유훈은 이맛살을 찌푸리면서도 유기의 요구에 응하지 않을 수 없었다.

원요군이 형주군과 함께 전장에 나서자 양징은 쾌재를 부르고 곧장 교유에게 달려갔다. 그러고는 원요군에게는 일부러 화살 공격을 늦추는 반면 형주군에게는 더욱더 맹렬히 공격을 가함으로써, 해자 일부 구간을 희생해 겉으로는 친한 것 같지만 속은 딴판인 양군의 사이를 더욱 벌려 놓자고 건의했다.

이는 적에게 공격로를 열어줄 수도 있는 위험한 작전이었기 때문에 교유는 결단을 내리지 못하고 한참 동안 망설였다. 그러다 결국 양징을 믿어보기로 마음먹고 군사들에게 원요군이 출동한 곳에는 화살을 쏘지 말고, 형주군이 동원된 곳에는 사력을 다해 공격을 퍼부으라고 명했다.

이리하여 원요군이 해자를 메우러 다가왔을 때 맞은편 서주군 궁노수는 마치 자리에서 사라진 듯 화살을 한 발도 쏘지 않았다. 이에 반해 형주군이 나타난 곳에는 성벽 위아래에서 한 놈도 살려 보내지 않겠다는 듯 필사적으로 화살을 날려댔다.

이처럼 괴이하게 전개되는 상황에 원요군 장사들은 희색이 만면했고, 교유가 틀림없이 꿍꿍이를 꾸미고 있다고 여기는 원윤과 유훈조차 최소한 병력을 보존할 수 있다는 생각에 안도의 한숨을 내쉬었다. 반면 형주군은 누구랄 것도 없이 우군과 적이 몰래 결탁해 성중의 서주군이 고의로 화살을 쏘지 않는 것이라며 분노와 질시의 눈으로 원요군을 노려보았다.

이때 유기가 결국 어리석은 결정을 내리고 말았다. 화가 날 대로 난 그는 형주군과 원요군이 한데 섞여 적진으로 돌격하라는 명을 내린 것이다. 성 위에서 이 광경을 내려다보던 양징과 교유의 얼굴에는 회심의 미소가 떠올랐다. 양징이 말을 꺼내기도 전에 교유가 즉시 명령했다.

"전력으로 화살을 쏴라! 원요군과 형주군이 서로 증오하도록 만들어야 한다!"

양징은 속으로 제법이라고 교유를 칭찬한 뒤 웃으며 말했다.

"적군이 따로 해자를 메웠다면 충분히 그 시간을 단축할 수 있었을 겁니다. 하지만 유기는 자신만 손해 보는 것을 눈 뜨고 지켜볼 위인이 아닙지요. 제 스스로 기회를 걷어찼으니 벌을 받는 건 인과응보 아니겠습니까?"

교유와 양징의 바람대로 양군이 혼재해 해자를 메우러 달려들 때 비 오듯 쏟아지는 서주군의 화살에 사상자가 연이어 발생하자, 원요군 장사들은 형주군 때문에 동료들이 희생됐다며 원망의 기색을 드러냈다. 반대로 형주군은 남의 재앙을 보고 기뻐하니, 맹우 간의 감정의 골이 극한으로 치달아 이를 갈며 서로를 증오하고 원망했다.

이틀에 걸쳐 형주군과 원요군이 해자 메우는 작업을 마치고 철수하자, 시상 수비군은 전장을 정리하러 성을 나왔다. 이때 중상을 입은 형주군 하나와 원요군 둘이 고통에 신음하고 있는 것을 본 서주군은 이미 명을 받은 터라 부상병을 부축해 성안으로 돌아왔다.

양징은 서둘러 이들을 치료하라 명하고, 또 장수의 예로 이들을 대하며 술과 고기를 풍성하게 대접했다. 각기 원윤 부대와 형주군 유호(劉虎) 부대 소속인 이들은 양징의 환대에 크게 감격해 그 자리에서 투항 의사를 밝혔다. 하지만 양징은 가타부타 말도 없이 그저 편안히 치료에 전념하라고 이를 뿐이었다.

그런데 그날 밤, 다시 원요군 병사 둘이 시상성 아래로 도망쳐 투항해 왔다. 양징이 그 이유를 자세히 캐물어보니, 저들은 해자를 메울 때 멋대로 퇴각했다가 상관의 노여움을 사 군법으로 다스려질까 두려워 투항을 결심하게 됐다고 실토했다. 양징은 크게 기뻐 이들에게 중상을 내리고, 다음 날 성 위에 올라가 원요군 사졸에게 투항을 권유하라고 명했다.

이에 대해 교유는 걱정스러운 빛을 띠고 양징에게 주의를 주었다.

"음, 이런 일은 신중히 처리할 필요가 있네. 적군이 세작을 보내 거짓 항복하는 데 조심해야 한다는 말일세."

하지만 양징은 자신만만하게 웃으며 대꾸했다.

"너무 걱정 마십시오. 저도 그 정도쯤은 가려낼 줄 압니다. 더구나 전 유기가 세작을 보내길 간절히 바라고 있습니다."

이튿날, 원요군 항졸 둘은 성벽 위로 올라가 원요군 깃발을 흔들며 성 밖 동료들에게 투항 권유를 외쳤다. 물론 투항하러 달려온 원요군은 하나도 없었지만 양징으로서는 소기의 효과를 거두었다. 일부 원요군 병졸이 얼굴에 동요의 빛을 드러냈고, 형주군은 위아래 할 것 없이 원요군에게 반적이라며 욕을 퍼부었다. 그러자 욕설을 들은 원요군 장사들도 화를 내며 반발하면서 우군끼리 말다툼이 벌어졌다. 양측 장령들이 냉정을 유지하고 만류하지 않았다면 무력 충돌이 일어났을지도 모를 일이었다.

괴월과 등의 등은 이것이 자신들과 원요군을 이간하려는 서주군의 계략임을 단박에 알아챘다. 이에 즉각 유기에게 원요군을 잘 대우하고 충돌을 일으킨 장본인을 처벌해 군심이 흐트러지는 것을 막아야 한다고 건의했다.

유기는 적군의 비열한 수작에 분노했지만 이를 해결할 방도가 없어 어쩔 수 없이 수하들의 말을 따랐다. 그는 고기와 술로 원요군을 위로하는 한편 우군을 모욕한 자기 군사 몇 명을 본보기로 중벌에 처함으로써 겨우 군심을 안정시키고 양군 사이의 갈등을 봉합했다.

큰 싸움 없이 양군이 대치한 지 열흘이 지났을 때, 시상 서문 쪽의 해자 일부 구간이 마침내 평평하게 메워졌다. 이와 동시에 각종 공성 무기까지 속속 갖춰지자 유기는 속으로 몰래 미소를 지으며 본때를 보여줄 날만을 기대했다.

그런데 그동안 성문을 꽁꽁 걸어 잠그고 있던 서주군이 갑자기 성 밖으로 튀어나왔다. 12월 초열흘 날 밤, 서주군이 열흘 내내 성을 나오지 않았기에 연합군의 방비가 소홀한 틈을 타 정예병 3백 명이 손에 비화창을 들고 북문을 나와 형주군의 수군 영지를 기습했다. 당연히 이는 모두 양정의 작전이었다.

선단을 지키는 장윤과 채중, 채화는 아무런 대비도 하고 있지 않다가 적의 기습에 속수무책으로 당하고 말았다. 수군 영지 곳곳에서 불길이 치솟아 오르며 막사 대부분이 소실되었고, 전선 한 척에까지 불이 붙었다. 유기는 이 소식을 듣고 대경실색해 급히 감녕에게 구원에 나서라고 명했다.

감녕이 전장을 구하러 달려갔을 때 서주군은 이미 적진을 쑥대밭으로 만들고 시상 북문을 향해 퇴각하는 중이었다. 자기 영지에 불길이 활활 타오르는 것을 보고 발연대로한 감녕은 군사를 휘몰아 서주군의 뒤를 추살했다.

서주군은 최소한의 희생으로 적의 공격을 막아내며 성으로 돌아가려고 했는데, 감녕의 무공이 어찌나 절륜하던지 혼자서 20여 명을 단칼에 베고 시상성 아래까지 추격해 들어왔다.

양징은 성 위에서 정예병을 손쉽게 베어버리는 감녕의 위풍 늠름한 모습에 화들짝 놀라 과감하게 명을 내렸다.

"얼른 조교를 내리고 성문을 열어라. 이 적장을 옹성으로 유인한 다음 철문을 떨어뜨려 그 안에 가두도록 하라!"

북문 수장인 교유의 조카 교의(橋倚)는 명에 따라 조교를 재빨리 내리고 성문을 활짝 열어젖혔으며, 교의의 심복 둘은 천 근이나 나가는 철문을 내리려고 준비했다. 출전 인원 중 절반도 남지 않은 서주군이 낭패해 성안으로 달아나자, 감녕의 휘하들은 휘파람을 불며 맹렬히 적의 뒤를 추격했다. 이때 감녕이 징을 쳐 군대를 거두며 수하들에게 외쳤다.

"절대로 성안으로 들어가지 마라! 한밤중에 성문을 열었다는 건 적이 군사를 매복하고 기다린다는 증거다. 빨리 물러나라!"

양징은 속으로 제법이라고 칭찬한 뒤 호기심이 생겨 교의에게 물었다.

"저놈은 대체 누구요?"

"감녕이라고 강하 수군교위로 유기의 뛰어난 부장이오. 전에 유기가 아군을 도와 시상을 점령할 때 바로 저자가 선봉에 서서 크게 활약했소."

그제야 감녕의 정체를 알아차린 양징은 악, 하고 괴성을 지른 뒤 표독스럽게 중얼거렸다.

"이자는 용맹스럽기 그지없고 지모까지 갖추고 있어서 일찍 제거하지 않는다면 우리 시상군에게 재앙이 될 것이야!"

교의가 그를 제거할 좋은 방법이 있느냐고 묻자 양징이 웃으면서 대꾸했다.

"오늘 밤 그가 승세를 타 시상성 안에 들어오지 않은 게 어쩌면 그의 등을 찌르는 비수가 될지도 모릅니다."

"뭐? 그게 무슨 소린가? 등을 찌르는 비수라니?"

이때 뒤쪽에서 불현듯 교유의 목소리가 들려왔다. 양징과 교의가 고개를 돌려보니 과연 교유가 직접 북문 성벽으로 달려오고 있었다. 저들이 예를 갖추자 교유가 손을 휘저으며 말했다.

"인사는 됐네. 자네가 이 감녕이란 자를 죽일 수만 있다면 시상, 아니, 강동 전장 전체에 걸쳐 대공을 세우는 거라네. 유기가 강하에서 입지를 굳힐 수 있었던 건 바로 무공이 뛰어난 이자의 힘을 빌린 덕이라 수만 대군을 격파하는 것보다 훨씬 낫다네."

"지금으로서는 그런 생각만 가지고 있을 뿐, 구체적으로 어떻게 그를 처리할지 생각해 보지는 않았습니다."

양징은 솔직하게 대답한 뒤 웃으며 말을 이었다.

"하지만 걱정 마십시오. 기회는 금방 찾아올 테니까요. 오늘 밤 우리가 장윤과 채가 형제의 영지를 급습한 일로 내일 형주군 중군에서 좋은 구경거리가 벌어질 겁니다. 단언컨대 유기는 정적을 제거할 이 절호의 기회를 놓칠 리가 없습니다. 따라서 장윤과 채가 형제가 궁지에 몰렸을 때 그 기회를 이용할 생각입니다."

*              *              *

"수군을 책임진 너희들은 방비를 소홀히 한 것도 이미 중죄인데, 감히 영채에서 술판까지 벌였던 말이냐! 고작 3백 명밖에 안 되는 적에게 영지를 유린당하고 전선과 치중이 대부분 불탔으며 군사를 크게 겪어 형주군의 위엄을 심히 손상시켰다! 이토록 무능한 너희들을 어디에 쓴단 말이냐?"

이른 아침부터 유기는 장윤과 채중, 채화를 소환해 막사가 떠나가도록 책임 추궁에 나섰다. 장윤 등은 속으로 화가 치밀었지만 자신들의 잘못으로 칼자루가 유기의 손에 들어갔기에 그저 고개를 조아리며 죄를 인정할 수밖에 없었다.

장윤 등에게 욕을 연발하던 유기는 갑자기 책상을 내려치더니 그동안 속에만 담아 두었던 분노의 일갈을 터뜨렸다.

"장윤은 수군 부도독이자 북쪽 영채 주장의 몸으로 직분을 태만히 하고, 장사를 꺾인 죄를 물어 참형에 처해 마땅하다! 장윤의 부장인 채중, 채화에게도 응분의 책임을 물으리라! 여봐라, 당장 장윤을 끌어내 참수하고 채중과 채화는 곤장 80대를 때려라!"

유기의 호위대장 한희(韓晞)는 명을 받자마자 냉큼 수하 6명을 데리고 달려가 장윤과 채중 형제를 끌고 나가려 했다. 장윤이 대경실색해 고래고래 소리를 질렀다.

"유기 네가 무슨 자격으로 날 죽이려 하느냐? 내가 누군지 모른단 말이냐?"

"나는 전군의 주장이다. 네가 군법을 어기고 참형의 죄를 범했는데 나에게 널 죽일 자격이 없겠느냐?"

유기는 얼굴이 철색으로 굳어 반문한 뒤 싸늘하게 말했다.

"네가 누군지 당연히 알고 있다. 너는 내 부친의 외종질이자 내 사촌 형이다. 하지만 인척이라는 이유로 널 사면한다면 군심이 과연 복종하겠느냐? 얘기하면 입만 아프니 끌고 가 처단해라!"

"유기야, 공적인 일로 사적인 원한을 풀지 마라! 내가 이공자와 가깝게 지내며 너의 적자 계승을 지지하지 않는다고 지금 날 죽이려는 수작 아니냐!"

장윤은 혼비백산이 돼 미친 듯이 발악했지만 한희 등은 이에 아랑곳하지 않고 장윤과 채중 형제를 막사 밖으로 끌고 나갔다.

"잠깐만!"

다행히 이때 등의가 앞으로 나와 유기의 호위병들을 멈춰 세운 후 유기에게 간청했다.

"공자, 장윤과 채 장군 형제가 비록 죄를 지었다 하나 저들은 형주의 주요 장수들입니다. 중벌을 내리면 군심에 불리할까 두려우니 바라옵건대 한 번만 관용을 베풀어 주십시오."

"아니 되오!"

자신에게 반대하는 정적을 제거할 기회를 겨우 잡은 유기는 단호히 요청을 거부하고 당당하게 말했다.

"내 부친의 명을 받들어 8만 대군을 거느리고서 강동을 취하러 왔소. 그런데 어찌 사사로운 정에 얽매어 법을 어긴단 말이오? 참형의 죄를 범한 장윤을 절대 용서할 수 없소이다!"

그러자 등의가 유기 앞에 꿇어 엎드려 머리를 땅에 두드리며 간했다.

"공자, 심사숙고해 주십시오! 대군이 이제 막 시상에 이르러 적과 교전하기도 전에 대장의 목을 벤다면 군심에 심히 불리하니 한 번만 더 재고해 주십시오. 잠시 죄를 기록해 두었다가 저들에게 공을 세워 속죄할 기회를 준 다음, 성을 공파한 뒤 처벌해도 늦지 않습니다."

"공자, 부디 자비를 베푸소서!"

막사 안의 형주 문무 관원들도 잇달아 무릎을 꿇고 용서를 구했다. 그렇다고 이들이 장윤과 친분이 특별히 두터웠던 건 아니었다. 다만 이들은 한 번의 작은 실수로 수군 부도독을 참살하는 것이 너무 가혹하다고 여겼기 때문이다.

상황이 이렇게 전개되자 유기의 처사에 속으로 쾌재를 부르던 괴월까지 어쩔 수 없이 저들의 행동에 동참했다. 그는 몰래 유기에게 눈짓을 보내며 말했다.

"장윤과 채중 형제가 비록 중죄를 범했으나 여러 관원들의 얼굴을 보아 이번 한 번만 용서하시고 공을 세워 속죄할 기회를 주십시오."

뭇 관원들의 연이은 청원에 유기도 더 이상 자신의 뜻을 고집하기 어려웠다. 유기가 비록 전군의 주장이라 하나 수하들과 척을 질 순 없었기에 그는 결국 생각을 바꾸고 말했다.

"좋소. 내 그대들의 체면을 생각해 잠시 장윤의 참형을 면해주리다. 하지만 군법은 엄정해야 하는 법. 이대로 저들을 용서할 순 없소. 여봐라, 장윤을 끌어내 곤장 80대를 때리고 채중, 채화는 각각 40대로 감면하라! 오늘 이후로 또다시 군기를 태만히 하고 직무를 소홀히 한다면 절대 용서치 않을 것이오!"

형주 관원들이 다시 저들을 대신해 용서를 구하려 했지만 채 말을 꺼내기도 전에 유기는 소매를 뿌리치고 밖으로 나가 버렸다. 한희는 호위병과 함께 서슴없이 장윤과 채가 형제를 형장으로 끌고 가 매를 가했다.

　장윤 등은 살갗이 찢기고 살이 터져 선혈이 낭자했고, 매를 맞다가 몇 번이나 까무러쳤다. 가까스로 형 집행이 끝난 후 장윤 등의 친병은 인사불성이 된 이들을 부축해 각기 자신의 영채로 돌아갔다.


*　　　*　　　*


　형주 중신인 장윤과 채중, 채화가 고초를 겪었다는 소식은 원요군 군영까지 삽시간에 퍼졌다. 형주군의 동정을 감시하던 서주군 척후병이 이 소식을 시상성에 전하자, 교유와 양징은 기쁜 기색을 감추지 못했다. 이어 교유가 양징에게 황급히 물었다.

　"아민, 오늘 밤 당장 야음을 틈타 장윤 등에게 사신을 보내 연락을 취해보는 것이 어떤가?"

　양징이 차분하게 대답했다.

　"조급해하지 마십시오. 저들은 상처가 너무 깊어 오늘 밤 우리 사신을 만날 정신이 없을 겁니다. 저들이 상처를 치유할 때까지 며칠만 더 기다리시지요. 게다가 지금 형주군의 사기가 크게 진작돼 있고, 유기 또한 자신감에 차 있어서 손을 쓰기 적당한 때가 아닙니다."

교유는 고개를 끄덕여 양징의 판단에 동의하고 며칠 더 기다려 보기로 결정했다.


하지만 교유와 양징을 기다리고 있던 건 격렬한 시상 공방전이었다. 12월 열사흘 날, 유기와 원요 연합군은 만반의 준비를 갖추고 마침내 대규모 공성에 돌입했다. 유기는 주전장인 시상 서문으로 가 직접 공격을 지휘하는 한편 남문은 원요군, 동문은 유호, 북문은 문빙에게 각각 공격을 맡겼다. 이로써 시상성 사대문에서 일제히 맹렬한 공격이 개시되었다.

진시가 절반쯤 지났을 때, 유기는 대오를 정비한 뒤 대장 뇌공(賴恭)을 선봉으로 삼아 4천 군사를 거느리고 서문 공격에 나서라고 명했다. 또한 성에 가장 먼저 오르는 자는 금 10근, 교유의 목을 베는 자는 금 30금의 상을 내리겠다고 선포하니, 뇌공의 대오는 사기가 크게 진작돼 북소리가 울리자마자 먼저 2천 군사가 시상성을 향해 미친 듯이 돌진했다. 이와 동시에 각 성문에서도 연합군은 각양각색의 공성 무기를 가지고 공격을 개시했다.

시상성의 동남북 삼문 전장에는 너른 해자가 버티고 있는 데다 양마성이 완충 역할을 해 연합군의 공격이 쉬이 먹히지 않았다. 반면 서문 쪽은 해자를 메운 덕에 교유가 심혈을 기울여 건설한 양마성이 제 기능을 발휘하지 못했고, 각종 공성 무기가 속속 보급되면서 전투가 시작부터 과열 양상을 띠었다.

함성이 사방에 울려 퍼지는 가운데, 형주군은 먼저 벽력거로 적의 성벽 방어를 약화시킨 뒤 방패수를 투입해 쏟아지는 화살 비를 무릅쓰고 뚜벅뚜벅 앞으로 나아갔다. 이어 방패수의 뒤를 따르던 병사들이 성벽 앞까지 이르러 당거로 성문을 부딪치고, 운제와 비교를 성벽에 걸쳐 성을 기어 올라갔다.

물론 서주군의 반격도 만만치 않았다. 우전과 강노, 바윗덩이, 회병(灰甁), 나무토막 등을 쉴 새 없이 쏟아부었고, 운제나 당거가 성벽 가까이 다가오면 기름을 잔뜩 먹인 불화살과 횃불을 날리고 쇠사슬을 두른 거대한 청석(靑石) 맷돌을 던져 공성 무기를 무력화시켰다. 또한 성안으로 침투하려고 던진 비교가 성벽에 걸리면 돌멩이로 내려쳐 끊어버렸다.

특히 형주군을 공포에 떨게 한 건 시상성 아래에 잔뜩 박힌 날카로운 쇠 말뚝이었다. 이 쇠 말뚝은 단단한 철로 만들어진 데다 땅속 깊숙이 박혀 있어서 파괴하기 여간 어렵지 않았다. 이에 형주군의 질서정연한 공성을 방해했고, 성벽을 올라가다가 떨어지는 날에는 쇠 말뚝에 찔려 죽지 않으면 중상을 입었으니 그야말로 악몽과도 같았다.

공성에 나선 지 두 시진이 지날 때까지 뇌공의 4천여 부대
는 교대로 성벽을 기어올랐지만 전과를 거의 거두지 못했다.
원거리 무기로 일부 수비군을 살상했을 뿐 서주군의 철벽 방
어에 막혀 성벽을 기어오른 병사는 하나도 없었고, 도리어 천
명에 가까운 사상자가 발생했을 뿐 아니라 운제와 당거 등 대
형 공성 무기 태반이 소실되었다.

유기는 이 광경을 초조하게 지켜보다가 얼굴이 시뻘겋게 달
아올라 뇌공에게 사람을 보내 명했다.

"한 시진 내에 성벽에 오르지 못하면 군법으로 다스리리
라!"

뇌공은 주장의 지엄한 명령을 감히 태만히 할 수 없었다.
그는 직접 선두에 서서 금방 공성을 마치고 돌아온 대오를 포
함해 전 병력을 이끌고서 시상성을 향해 돌진해 들어갔다. 뒤
쪽의 유기도 지체 없이 애장 감녕에게 5천 군사를 거느리고
뇌공의 뒤를 따라 성벽에 오르라고 명했다.

하지만 안타깝게도 뇌공의 이번 돌격은 자살행위와 같았
다. 엄밀한 방어 태세, 풍족한 물자, 고지를 점한 지리적 우세
앞에 이미 힘이 빠진 형주군은 성벽을 오를 기회조차 얻지 못
하고 태반이 바닥에 나뒹굴었다. 마지막 남은 운제 두 개마저
서주군의 불화살과 회병 공격에 불타 버리자 공성의 희망은

완전히 사라지고 말았다.

이를 본 뇌공은 더 이상 군사들을 헛되이 죽음으로 내몰수 없어 결국 퇴각 명령을 내렸다. 유기는 노기등등해 전투가 끝난 후 처벌하겠다며 뇌공을 형장에 가두라 이르고, 다시 감녕에게 해가 지기 전까지 반드시 서쪽 성벽을 점령하라고 명했다. 한편 나머지 성문 공방전 역시 치열하게 전개되긴 했으나 서주군의 방어 공사가 워낙 튼튼했기 때문에 별다른 진전을 보이지 못했다.

임무를 교대한 감녕 부대의 공격도 뇌공의 공성과 별반 다르지 않았다. 형주군이 기세 좋게 공세를 취했으나 시종 철벽 같은 서주군의 수비에 막혀 성벽 가까이 다가가기조차 쉽지 않았다. 전황이 불리하게 돌아가자 감녕은 재빨리 기지를 발휘했다. 그는 부대를 부장에게 맡기고 스스로 공성에 나서 백여 정예병에게 가벼운 비교 다섯 개를 들게 하고 자신은 손에 쇠사슬을 쥐고서 비교적 군사가 적은 교유의 대장기 쪽을 목표로 삼았다.

자기 군사들의 엄호 아래 감녕과 백여 정예병은 순조롭게 교유의 대장기가 있는 곳의 성 아래에 이르렀다. 감녕이 손을 들어 신호를 보내자 비교 다섯 개가 일제히 성벽에 걸쳐졌다. 감녕은 나는 듯이 비교를 타고 올라가 어느새 성벽 중, 상단까지 다다랐다. 이곳을 지키는 서주군이 나무 막대로 비교를 쓰러뜨리려 할 때, 감녕은 재빨리 손에 든 쇠사슬을 던져 성가퀴 돌출부에 갈고리를 정확히 걸었다. 이어 반동을 이용해 성벽을 타고 올라간 다음, 마치 새처럼 붕 날아 성 위에 그대로 착지했다. 형주군 중 마침내 처음으로 시상성 꼭대기에 오른 감녕은 대장기 바로 옆에 위치한 교유 쪽으로 눈길을 돌렸다.

눈 깜짝할 사이 벌어진 일에 서주군 사병들은 크게 당황해 칼과 창을 들고 사방에서 감녕에게 달려들었다. 감녕은 팽이 돌리듯 침착하게 쇠사슬을 휘둘러 달려오는 서주군 몇 명을 쓰러뜨린 뒤, 오른쪽에 어린갑(魚鱗甲)을 입고 서 있는 교유에게 큰 소리로 호통을 쳤다.

"교유 필부 놈아, 당장 목을 내놓아라!"

"태수를 보호하라!"

깜짝 놀란 교유의 친병들이 허둥지둥 감녕을 막아섰지만 감녕은 계속 쇠사슬을 휘두르며 어찌할 바를 몰라 당황해하는 교유에게 빠른 걸음으로 달려들었다.

교유와 불과 다섯 걸음 떨어진 거리에서 감녕이 반 길 길이의 쇠사슬로 최후의 일격을 가하려 할 때, 쉭, 하는 소리와 함께 갑자기 우전 한 발이 감녕의 흉부를 향해 비스듬히 날아왔다. 감녕이 황망히 몸을 돌려 화살을 피하느라 잠시 머뭇거리는 사이, 그제야 정신을 차린 교유는 성큼성큼 그 자리를 빠져나갔다. 이어 서주 사병들이 우르르 몰려와 감녕을 에워

싸자, 거사를 눈앞에 두고 실패한 감녕은 눈을 부릅뜨고 암전을 날린 자를 노려보았다.

이때 머리가 희끗희끗한 서주 노병 하나가 손에 궁노를 들고서 재빨리 사람들 틈 속으로 사라져 버리는 것이 아닌가. 이 모습에 감녕은 화를 참지 못하고 들입다 욕을 퍼부었다.

"저 늙은이가 내 대사를 망쳤구나!"

하마터면 주장을 잃을 뻔했던 서주 장사들은 정신이 번쩍 들어 감녕에게 창칼을 마구 휘둘러댔다. 혼자서 많은 적을 당해내기 어려워지자 감녕은 하는 수 없이 한쪽의 방어를 뚫고 성가퀴로 물러나 성벽 일단을 지키며 자기 군사들이 올라올 때까지 엄호하기로 했다.

그런데 이때 그 서주 노병이 어느 틈엔가 다시 나타나 실수로 동료를 맞힐지도 모르는 상황에서 감녕을 향해 화살을 발사했다. 감녕이 이를 눈치채고 재빨리 몸을 피하는 틈을 이용해 서주 병사들이 달려들어 어지럽게 감녕에게 창을 휘둘러댔다.

갑작스레 떼로 몰려든 적을 막아내기 어렵다고 판단한 감녕은 급히 몸을 돌려 성가퀴에 걸린 쇠사슬을 잡고 성 아래로 뛰어내렸다. 서주 장사들이 성벽 가까이 다가왔을 때, 감녕은 이미 성벽 중간쯤 내려간 상태였다. 서주군은 돌멩이와 나무토막을 던지며 감녕이 바닥의 쇠 말뚝에 떨어져 죽길 기대했는데, 감녕은 두 다리로 성벽을 힘껏 찬 다음 뒤로 공중제

비를 돌아 쇠 말뚝이 박힌 곳 뒤쪽에 무사히 안착했다. 이어 그는 서주군이 화살을 날릴 틈도 없이 재빨리 형주군 틈 사이로 달아나 버렸다.

"오, 실로 무시무시하구나!"

감녕의 용맹무쌍함을 두 눈으로 똑똑히 목도한 교유는 자칫 목이 달아날 뻔했다는 사실도 잊고 적장에게 연신 찬탄을 보냈다. 잠시 뒤에야 온몸이 식은땀으로 범벅됐다는 것을 깨달은 교유는 방금 전 화살을 쏘아 자신의 목숨을 구해준 고랑을 급히 찾았다. 이때 고랑은 양징과 함께 성벽 밖으로 고개를 빼꼼히 내밀고서 아래를 내려다보며 감녕을 찾고 있었다. 교유는 이를 보고 황급히 달려가 둘을 안쪽으로 세게 잡아끌며 꾸짖었다.

"죽고 싶어 환장했구나! 그랬다가 난데없이 날아온 화살에라도 맞으면 어쩌려고 그러느냐?"

"이번에도 감녕이었습니다."

양징은 평소와 달리 자못 심각한 얼굴을 하고 이를 바드득 갈았다.

"이자를 제거하지 못한다면 시상을 지키기 어려워질지도 모릅니다."

고랑도 옆에서 노한 표정을 짓고 한마디 거들었다.

"서황 장군이나 조운 장군이 이곳에 없는 것이 한스러울 따름입니다. 그랬다면 저자가 이렇게까지 날뛰지 못했을 텐데요."

이어 양징이 홀연히 물었다.

"참, 두 분은 방금 감녕이라는 자 외에 다른 형주군이 성벽 위로 올라온 것을 보셨습니까?"

교유와 고랑은 아니라며 동시에 고개를 저었다. 양징은 음하고 신음을 내뱉으며 잠시 생각에 잠겼다가 말을 꺼냈다.

"그렇다면 유기와 감녕 사이를 이간할 건수가 두 개로 늘어났군요. 첫째는 감녕이 며칠 전 성에 들어올 수 있었는데도 들어오지 않은 것이요, 둘째는 지금 홀로 성에 올라왔다 내려간 것입니다. 하지만 유기가 의심을 품을 만한 동기가 없단 말입니다. 어찌해야 유기가 의심을 가지도록 만들 수 있을지……."

*　　　*　　　*

형주와 원요 연합군의 제1차 대규모 공격은 이른 아침부터 시작해 저녁 무렵인 유시까지 쉼 없이 이어졌다. 하지만 서주군의 시상 방어를 돌파하지 못했을 뿐 아니라 상당히 심각한 대가를 치러 3천5백이 넘는 병력을 잃고 말았다.

또한 첫날 공성 중에 성벽 위로 오른 장사는 손에 꼽을 정도로 적었는데, 감녕을 제외한 나머지는 모두 서주군의 창칼에 무참히 희생돼 뒤따르는 동료들이 성에 오를 수 있는 기회를 열어주지 못했다.

물론 이는 누구도 예상 못한 의외의 결과가 아니었다. 서주군은 인력이나 물자 면에서 최상의 상태를 유지한 데다 지리적 우세까지 점해 연합군이 단번에 성을 점령하기란 쉽지 않았다. 형주군 장령은 물론 원요군도 이런 사실을 잘 알았기에 이번 공격 실패로 좌절하거나 낙심하지 않았다. 어쨌든 감녕이 성벽 위로 올라가 적진을 휘저은 데 만족하고 다음 기회를 기약했다.

*　　　*　　　*

서전을 승리로 장식한 교유는 전투가 끝난 후 공을 세운 장사에게 논공행상하는 것 외에 군사들의 사기를 진작하기 위해 술과 고기로 삼군을 호궤했다. 이에 시상성에서는 환호성이 터져 나오고, 장사들은 하나같이 희색이 만면했다.

시상성의 뭇 장사들이 승리를 축하하고 있을 때, 양징만이 홀로 자리를 빠져나와 고랑과 함께 성벽 경비 상황을 순시하며 무언가를 골똘히 생각하고 있었다. 야윈 얼굴에 걱정스러운 빛이 가득하자, 고랑은 따분한 듯 연신 하품을 해대며 퉁명스럽게 말했다.

"벌써 이경입니다요. 술 생각이 없으면 그만 돌아가 쉬시지요. 오늘 피곤한 하루였잖습니까?"

"피곤하면 먼저 쉬러 가세요. 난 괜찮습니다."

그러자 양징의 고민을 잘 알고 있는 고랑이 과장된 몸짓을 하며 권했다.

"감녕 일이라면 염려 붙들어 매십시오. 철벽같은 시상성 방어에 의지해 노 도독의 원군이 올 때까지만 버티면 되니까요. 감녕이 제아무리 무용이 뛰어나다 해도 혼자서 뭘 하겠습니까? 그러니 너무 조바심 내지 마십시오."

"교 태수가 방어에 뛰어나다는 건 잘 압니다. 하지만 지금 아군은 사방으로 적에게 포위돼 있습니다. 즉, 감녕 같은 뛰어난 적장에게 성벽 하나라도 뚫리는 날에는 성이 완전히 무너질 수 있다는 말입니다. 게다가 노 도독의 원군이 언제 도착할지도 모르는 상황이고요. 제가 걱정하는 건 바로 이 때문입니다."

양징의 설명에 고랑은 저도 모르게 고개를 끄덕거렸다.

"아, 그럴 수도 있겠군요. 그럼 어찌해야 좋겠습니까?"

"가장 좋은 방법은 당연히 원군을 기다릴 필요 없이 우리 힘만으로 적을 격퇴하는 것이지요."

"네? 그건 말처럼 쉽지 않을 텐데요."

고랑이 쓴웃음을 짓자 양징이 자신의 머리를 가볍게 두드리며 말했다.

"희망이 전혀 없는 건 아닙니다. 적 내부의 갈등이 첨예하고 여러 우환이 잠복해 있어서 서로를 믿지 못하고 있는 상황입니다. 다만 그것들이 아직 폭발하지 않고 있을 뿐이죠. 지금 결정적 계기가 있다면, 유기가 기회를 주기만 한다면 내분을 유도해 싸우지 않고도 자멸하게 만들 수 있습니다."

고민 가득한 양징의 대답에 고랑이 위로의 말을 건넸다.

"도련님은 반드시 해낼 겁니다. 유기보다 훨씬 더 똑똑하니까요. 지난번에도 그의 속임수를 한눈에 간파해 내지 않았습니까? 며칠 안에 돌파구를 꼭 찾아내리라 믿습니다."

"유기는 결코 만만히 볼 상대가 아닙니다. 지난번 그의 욕개미창(欲蓋彌彰 : 감출수록 더욱 드러남)을 간파해 낸 건 채모가 무심결에 말실수를 한 덕분이죠. 그렇지 않았다면… 어, 욕개미창이라고?"

양징이 갑자기 스스로 말을 끊고 심각한 표정을 보이자 고랑이 급히 물었다.

"도련님, 왜 그러십니까? 무슨 일이라도 있습니까?"

양징은 손을 뻗어 고랑의 말을 막고 잠시 생각에 잠기더니 입가에 가느다란 미소가 떠올랐다.

"드디어 방법을 찾아냈습니다. 숙부, 얼른 교 태수를 만나러 가시지요."

이어 양징은 다급히 고랑을 데리고 교유를 찾아가 자신의 계책을 상세히 설명했다. 교유는 이를 듣고 크게 기뻐 호위병에게 당장 양징이 지명한 형주군 포로를 데려오라고 명했다.

양징이 지명한 포로란 바로 전에 해자를 메울 때 전장을 정리하다가 사로잡은 병사였다. 큰 부상을 입었던 그 병사는 서주군의 치료 덕분에 완치되진 않았지만 거동에는 전혀 불편이 없었다. 그 형주 병사는 이에 감읍해 자발적으로 서주군에게 투항하길 원했다. 교유가 그를 불러 임무를 설명하자, 그는 서주군의 구명지은에 보답하기 위해 기꺼이 명에 따르겠다고 맹세했다. 교유는 그에게 관직과 큰 상을 내린 뒤 서주 군복으로 갈아입고 형주군 대영으로 가 임무를 수행하라고 명했다.

그 형주 병사는 당연히 형주 대영에 접근하기도 전에 정찰병에게 붙잡혔다. 하지만 다행히 자신의 신분을 밝힌 덕에 아무 문제없이 형주 군영에 이르렀고, 중요하게 보고할 일이 있으니 유기를 당장 만나게 해달라고 요구했다. 형주 정찰병도 감히 태만히 할 수 없어 그 병사를 중군 막사로 데리고 갔다.

유기를 보자마자 그 병사가 고두하고 아뢰었다.

"소인은 금월 초사흘에 해자를 메우다가 불행히 적의 화살을 맞고 정신을 잃어 서주군에게 포로로 잡혔습니다. 시상성에 갇혀 있으면서 적의 갖은 회유와 협박을 받아 마지못해 거짓으로 투항한 척했습니다. 그러던 중 기회를 엿봐 몰래 성을 빠져나와 이렇게 공자에게 도망쳐 왔습니다."

유기는 잘했다며 그 병사를 위무한 후 다급히 물었다.

"그런데 내게 보고할 큰일이란 무엇인고?"

"소인이 시상성 안에서 들은 바로는, 감녕 장군이 서주군과 결탁했다는 말도 안 되는 유언비어가 돌고 있었습니다."

그 형주 병사의 말에 유기의 눈이 절로 치켜 올라갔다. 이어 그 병사가 머리를 조아리며 말을 이었다.

"대공자, 소인이 보증하는데 감녕 장군은 억울하게 누명을 썼습니다. 그날 밤 서주군이 옹성에 매복을 설치해 놓아 감 장군이 쳐들어왔다면 화를 면치 못했을 것입니다."

유기는 멍한 표정을 짓다가 문득 그날 일이 떠올라 말했다.

"초열흘 저녁에 있었던 일을 말하는 것이냐? 적군이 아군 수군 영지를 기습했다가 감녕에게 쫓겨 시상성 북문으로 달아났을 때 벌어진 일 말이다!"

"맞습니다. 바로 그 일입니다. 소인도 그날 저녁 시상성 북문에 있었는데, 서주군은 옹성 사방에 궁노수를 잔뜩 배치하고 감 장군이 옹성 안으로 들어오면 철문을 내리고 가두어 감 장군과 그의 대오를 몰살하려고 했습니다. 다행히 감 장군이 제때 징을 쳐 군대를 거둔 덕에 적의 간계에 빠지지 않았던 것이고요. 따라서 감 장군은 공을 세운 것이지 절대 죄를 저지른 것이 아닙니다."

유기가 기억을 더듬어보니 그날 자신도 감녕에게 왜 시상성 안으로 쳐들어가지 않았는지 물었었다. 이에 감녕은 깊은 밤에 적이 성문을 열었다는 건 필시 매복을 숨기고 기다리는 것이므로 공격에 나섰다간 성을 얻기는커녕 군사만 헛되이 희생될 뿐이라고 답했었다. 자신 역시 감녕의 판단을 옳다고 여겼고, 또 그때는 장윤과 채가 형제 일을 처리하느라 이를 완전히 잊고 있었다.

까맣게 잊고 있던 사소한 일이 적에게 포로로 잡혀 있던 병사 입에서 거론되자, 유기는 강한 의심이 들었다. 그 병사를 위아래로 훑어보던 유기가 불쑥 물었다.

"너는 어디서 그런 소문을 들었고, 또 아군 중에 누가 감녕 장군을 모해했느냐?"

그 형주 병사도 재빨리 대답했다.

"적군 대오에서 들었습니다. 그리고 시상성 안에서는 대공자께서 감녕 장군이 적군과 내통했다고 의심해 직접 성 위로 오르게 했다는 소문이 파다합니다요."

이런 말도 안 되는 얘기에 입술을 씰룩거리며 그 병사를 노려보던 유기가 다시 물었다.

"감녕이 성을 오를 때 너는 그 자리에 있었느냐?"

"아닙니다."

"그럼 어디에 있었느냐?"

"소인은……."

교유가 일러준 말 가운데 이런 질문은 없었던 탓에 그 병사
는 잠시 주저하다가 답했다.

"그때 소인은 시상성 북문에서 성 방어를 돕고 있었습니다
요."

"그럼 성 북문을 공격하던 대장은 누구였느냐?"

"그게……."

그 형주 병사의 얼굴에는 당황한 빛이 역력했다. 그가 비지
땀을 흘리며 겨우 대꾸했다.

"소인은 모릅니다. 일개 사병인 제가 그걸 어찌 알겠습니까
요?"

유기는 아무 말도 없이 차갑게 그 병사를 쏘아보았다. 그
병사는 제 발이 저려 감히 고개를 들지 못하고 미세하게 몸을
덜덜 떨고 있었다. 이때 유기가 갑자기 책상을 내려치며 호통
쳤다.

"시상성 북문에 있었다는 놈이 어떻게 서문 쪽에서 기어 나
온 것이냐?"

얼굴까지 새하얘진 그 병사는 떨리는 목소리로 대답했다.

"소… 소인은 북문에서 성을 내려온 연후… 서쪽으로 돌아왔습니다."

"헛소리 집어치워라! 북문에서 나왔다면 마주한 아군의 수군 영채로 가는 게 정상이다. 행여 적에게 발각될지도 모르는데 위험하게 서쪽으로 돌아왔다고? 바른 대로 말하지 못할까!"

그 병사가 바닥에 납작 엎드려 아무 대꾸도 못 하자, 유기는 호위병에게 그를 앞으로 끌고 오라고 명했다. 이때 유기의 말투가 갑자기 부드럽게 바뀌더니 좋은 말로 타일렀다.

"말해라. 진실을 얘기한다면 절대 죽이지 않겠다."

서주군 덕에 목숨을 구하고 관직까지 얻은 그 형주 병사는 주저하면서도 금방 입을 열지 않았다. 유기 역시 인내심 있게 기다려 주지 않고 명을 내렸다.

"당장 저자를 끌고 가 실토할 때까지 매우 쳐라. 그리고 어디에 부상을 입었는지도 알아보아라."

막사 밖에서 그 병사의 처절한 비명 소리가 울리는 가운데, 장중에 홀로 남은 유기는 전투 과정을 하나하나 되짚어보기 시작했다. 그런데 가만히 생각해 보니 감녕 혼자만 성벽 위로 올라가 터럭 하나 상하지 않고 돌아오지 않았는가. 이런 의심이 밀려올 때, 마침 소식을 접한 괴월이 한달음에 달려와 상황 설명을 듣고 고개를 갸웃거리며 말했다.

"아무래도 이건 적의 이간계 같습니다. 감녕 장군의 용맹무쌍함이 두려워 일부러 그를 모함해 우리 손으로 처리하게 만들려는 심산인 것이죠."

"나 역시 같은 생각이오. 하지만 성급하게 판단하지 말고 자백을 들어본 뒤 다시 얘기합시다."

괴월이 고개를 끄덕이자 유기가 다시 말했다.

"그런데 이상한 점을 발견하지 못했소이까? 공성에 나설 때 감녕 홀로 시상성 위에 올라갔다가 아무 탈 없이 돌아온 것도 그렇고, 또 그의 말로는 많은 적군을 때려눕히고 거의 교유를 없애려는 찰나에 일개 병사 하나 때문에 일을 그르쳤다는데 누구도 이를 목격한 사람이 없으니 말이오."

이 말에 괴월이 화들짝 놀라며 다급히 진언했다.

"공자, 절대 그런 생각을 가지지 마십시오. 감 장군은 공자 휘하의 제일 무장으로 여러 차례 혁혁한 공을 세웠습니다. 이런 그를 의심한다면 장사들이 심복하지 않을까 두렵습니다."

"나도 그를 의심하는 게 아니라 상황이 너무 공교로워서 해본 소리요."

유기가 말을 얼버무릴 때 호위병이 만신창이인 그 병사를 장중으로 끌고 와 아뢰었다.

"이자가 공자께 자백하겠답니다. 그리고 왼쪽 옆구리에 화살을 맞아 심각한 부상을 입은 걸로 확인되었습니다. 최상급

금창약을 발라 상태가 많이 호전되긴 했지만 전투에 참가하기
란 절대 불가능합니다."

"수고했다."

유기는 만족한 웃음을 지은 뒤 얼굴이 피로 범벅된 그 병사
에게 물었다.

"이제 솔직히 불어라. 누가 널 이리로 보낸 것이냐?"

"바로… 교유입니다."

그 병사는 숨을 껄떡거리며 미약한 목소리로 힘겹게 말을
꺼냈다.

"오늘 밤 교유가 소인을 대당으로 불러 거짓 항복하라 명하
고, 소인에게… 소인……."

그 병사의 소리가 점점 가늘어지더니 끝내 고개를 떨구고
숨을 거두고 말았다. 마음이 다급해진 유기는 즉시 그에게 달
려가 코에 손을 대 봤지만 숨결이 전혀 느껴지지 않았다. 유기
는 미친 듯이 분노를 폭발시키더니 이내 큰 소리로 명을 내렸
다.

"이 역적 놈의 시체를 당장 내버리고 감녕에게 이리로 냉큼
들라 이르라!"

갑작스러운 유기의 호출에 감녕은 중요한 일이 생겼나 싶어
헐레벌떡 중군 대영으로 달려갔다. 그런데 난데없이 유기가 이

미 지나간 일을 다시 거론하며 자신에게 의심의 시선을 보내는 것이 아닌가. 성미가 불같은 감녕은 이를 참지 못하고 버럭 화를 냈다.

"그 일을 다시 꼬치꼬치 캐묻는 이유가 무엇입니까? 그날 밤, 서주군은 확실히 심야에 성문을 열었습니다. 하지만 한밤중에 성문을 여는 건 수성의 큰 금기입니다. 그런데도 적군이 이런 행동을 취했다는 건 옹성 안에 매복을 엄밀히 설치해 놓았다는 증거입니다. 이에 말장은 장사들을 허무하게 잃지 않으려고 공격을 중지시켰습니다. 이는 지난번에 설명한 바 그대로입니다."

하지만 감녕의 격한 반응은 일의 자초지종을 실토할 병사가 급사해 속이 부글부글 끓고 있는 유기에게 역효과만 내고 말았다. 유기는 이런 설명을 그저 그럴듯한 변명이라 여기고 꼬투리를 잡아 계속 감녕을 추궁해 갔다.

감녕도 결국 낯빛이 변해 주먹을 꾹 쥐고 이를 악물며 물었다.

"주공, 그럼 말장이 고의로 전기를 놓치고 시상성으로 쳐들어가지 않았다는 말입니까?"

유기는 대꾸할 말이 없어 입을 다물었지만 그렇다고 의심을 완전히 거두지도 못해 실눈을 뜨고 유심히 감녕을 바라보았다. 상황이 점점 심상치 않게 돌아가자 괴월이 얼른 수습에 나섰다.

"공자께서 장군을 의심하는 건 아니니 절대 오해하지 마시오. 다만 최근에 군중에서 장군이 그날 밤 일부러 시상성을 공격하지 않았다는 소문이 파다하기에 대공자는 사실 관계를 명백히 확인하고, 장군에 대한 누명을 깨끗이 벗겨주려는 것뿐이오."

"군중에 그런 헛소문이 도는데 왜 내 귀에는 전혀 들어오지 않은 것이오?"

감녕이 트집을 잡고 물고 늘어지자 괴월이 웃으며 반문했다.

"잘 한번 생각해 보시오. 장군에 대한 불리한 소문을 누가 감히 장군에게 전할 수 있겠소?"

듣고 보니 괴월의 말이 일리가 있다고 여긴 감녕은 굳었던 얼굴이 조금은 펴졌다.

"주공, 그럼 이제 오해가 풀리셨습니까? 저를 믿는다면 이만 보내주십시오. 두 분의 걱정을 불식시킬 수 있도록 말장이 조만간 시상성을 주공께 바치겠나이다."

감녕이 이렇게 얘기하는데 유기와 괴월이 더 이상 무슨 말을 할 수 있겠는가. 수중에 감녕이 적과 내통했다는 실증이 없을뿐더러 시상성 전투가 급박하게 돌아가는 상황에서 감녕 같은 맹장이 꼭 필요했기에 괴월은 연신 듣기 좋은 말로 감녕을 달랬고, 유기도 억지웃음을 지으며 감녕을 절대적으로 신뢰한다고 거듭 강조했다. 요모조모로 달래고 나서야 감녕도 노기를 가라앉힌 뒤 작별을 고하고 자리를 떠났다.

겉으로 드러내진 않았지만 감녕이나 유기 모두 기분이 언짢기는 마찬가지였다. 이에 감녕이 막사를 나가자마자 유기는 욕을 들입다 퍼부으며 분을 푼 뒤 심복 한희를 가까이 불러 귀엣말로 명했다.

"사람을 여럿 붙여 감녕 놈의 일거수일투족을 몰래 감시하고, 특히 누구와 서신을 주고받는지 주의 깊게 지켜보아라. 이상이 발견되면 나에게 즉시 보고해라."


섣달 열나흘 날 오전, 유기는 또다시 대대적인 시상성 공격에 돌입했다. 하지만 이번에도 결과는 참담했다. 오전부터 저녁 무렵까지 맹공을 퍼부었으나 병사 천여 명을 잃은 것은 물론 애써 만든 운제, 당거, 비교 등 공성 무기까지 대부분 불타고 말았다. 전세가 불리한 탓에 징을 쳐 군대를 거둔 유기는 공성 무기의 소실로 더 이상 공격이 어려워지자 빠른 시일 안에 무기를 제조하라고 병사들을 다그쳤다.

또한 이번 전투에서 원요군은 굉장히 소극적인 태도를 보였다. 원윤과 유훈은 전력 누수를 막기 위해 한 차례 교대로 출격한 뒤 서로에게 출병을 미루며 누구도 기꺼이 출전하려 하지 않았다. 이 보고를 받고 크게 노한 유기는 친히 남문 전장으로 달려가 주전장인 서문의 압력을 덜 수 있도록 원윤과 유훈에게 거듭 출병을 요구했다. 원윤과 유훈은 그제야 마지 못한 체하며 일부 노약병을 성 아래로 보내 형식적으로 형주군을 돕는 행동을 취했다.

원요군의 이런 소극적인 태도는 당연히 시상 수비군의 눈을 속일 수 없었다. 남문의 함성 소리가 잦아드는 것을 발견한 양징은 직접 남문 전장으로 달려가 원요군의 공성 상황을 확인한 뒤 기쁨을 감추지 못했다. 양군 연합군의 공격을 가뿐히 격퇴하고 병사들이 전장을 수습하고 있을 때, 양징은 교유를 찾아가 환하게 미소 짓고 말했다.

"태수, 원윤과 유훈이 수일 내에 싸우지 않고 저절로 물러나게 할 좋은 계책이 하나 있습니다. 일이 순조롭게 진행된다면 저들은 형주군과 사이가 틀어질 가능성이 매우 높습니다."

"오, 그래? 얼른 말해보게나. 저들이 반목질시하는 건 바라지도 않고, 원윤과 유훈이 먼저 물러가기만 해도 족하다네. 맹우가 전장에서 철수해 버리면 형주군의 사기도 크게 떨어질 것이야!"

교유의 다그침에도 양징은 여유로운 표정을 지으며 대꾸했다.

"구체적인 방법은 천천히 말씀드리기로 하지요. 지금은 우선 원윤과 유훈에게 보낼 편지 한 통씩 써주셔야겠습니다."

이제 교유는 양징을 철석같이 믿게 돼 두말없이 붓과 비단을 대령하라 명하고 물었다.

"그런데 뭐라고 써야 하나?"

"아주 간단합니다. 형주군은 강동과 회남을 탐내는 것 외에 현재 원요군의 유일한 영지인 예장군까지 노리고 있으니, 오랜 벗으로서 원윤과 유훈에게 간곡히 퇴병을 권유하시면 됩니다. 그리고 시상과 예장은 순망치한의 관계여서 시상이 망하면 예장의 안전도 보장할 수 없으므로 더 이상 유기를 돕지 말고 해혼과 남창으로 얼른 돌아가라고 권하십시오."

하지만 교유는 고개를 절레절레 젓고 의문을 제기했다.

"편지의 내용이야 당연히 문제가 없네만 효과를 볼 수 있을지 의문이네. 원윤과 유훈의 성격으로 봤을 때, 마음이 동요할 순 있어도 절대 퇴병하진 않을 걸세."

"걱정 마십시오. 이는 첫 단추에 불과합니다. 이 두 편지 외에 태수의 이름으로 유기에게도 서신을 보낼 예정입니다. 유기에게 보낼 편지는 아주 중요해서 제가 대신 썼으면 하는데 괜찮으신지요? 편지가 완성되는 대로 검토해 주십시오."

교유가 그러마고 대답한 뒤, 둘은 계획에 따라 즉시 행동에 돌입했다.

모든 준비가 완료되자 그날 밤 양징은 전에 해자를 메우다

잡힌 원요군 포로 둘을 교유에게 데리고 갔다. 교유는 이들에게 후한 상을 내린 후 각기 편지 한 통씩 가지고 성을 나가 원윤과 유훈에게 편지를 전하라고 일렀다. 교유의 예상대로 이들은 편지를 보고 마음이 살짝 흔들리긴 했지만 퇴병을 결심하지는 않았다.

그리고 다음 날인 섣달 보름, 공성 무기를 다 소모한 탓에 형주군과 원요군의 공격이 잠시 주춤한 사이 교유는 화친을 핑계로 심양현령 장도를 유기에게 보냈다. 유기 역시 시상성 상황과 교유의 의중을 알아보기 위해 기꺼이 장도를 접견했다. 이에 장도가 정중히 예를 올리고 두 손으로 유기에게 교유의 친필 서신을 바쳤는데, 편지를 펼쳐본 유기는 그만 어안이 벙벙해졌다.

"장 현령, 이게 대체 뭐란 말이오?"

유기가 건넨 편지를 보고 장도 역시 아연실색했다. 알고 보니 편지 여러 글자 위에 다른 글자들이 낙서처럼 덧써져 있어서 내용을 전혀 알아볼 수 없었기 때문이다. 깜짝 놀란 장도는 잠시 생각에 잠겼다가 그 이유를 알았다는 듯 유기에게 공수하고 사과했다.

"공자께 큰 실례를 범했습니다. 아무래도 교 태수가 깜빡하고 초고를 그대로 보낸 것 같습니다. 성까지 먼 거리가 아니니 제가 금방 가서 정식 서신을 가지고 오겠습니다."

"너무 서두를 필요 없소이다."

유기는 그 편지를 옆으로 밀어놓고 미소를 띠며 말했다.

"이렇게 만난 것도 인연인데 잠시 한담이나 나눕시다. 교유가 무책임하게 심양을 버리고 시상에 들어앉아 서운한 마음이 들지는 않았소? 참, 그대의 가솔은 병란을 피해 시상성 안으로 모두 피신했는지 모르겠소. 만약 심양성에 그대로 남아 있다면 내 사람을 보내 잘 보살피라고 일러두리다. 그리고 시상을 점령한 뒤 심양은 전처럼 그대에게 맡기고……."

유기는 시상성 내부 정보를 얻기 위해 감언이설로 장도를 꼬드기며 한참 동안 담소를 이어나갔다. 이어 본격적인 얘기로 전환하려는 순간에 막사 밖에서 병사가 들어와 원윤과 유훈이 함께 찾아와 뵙기를 청한다고 보고했다. 유기는 그들에게 잠시 기다리게 하라고 이른 연후 장도에게 당부의 말을 건넸다.

"돌아가 정식 문건을 가지고 다시 한 번 방문해 주시오. 그리고 교유에게 화친을 원한다면 성문을 열고 투항하는 것이 유일한 조건이라고 이르시오. 투항하기만 하면 관직과 봉록을 원 없이 보장하겠지만 만약 잘못을 깨닫지 못하고 끝까지 투항을 거부한다면 성을 공파한 뒤 목이 달아나도 날 탓하지 말라고 전하시오."

장도는 명심하겠다며 거듭 머리를 조아린 후 자리를 떴다.

한편 유훈과 원윤은 누군가를 통해 교유가 사람을 보내 화친을 청했다는 얘길 듣고 급히 유기의 막사를 찾아온 것이었다. 이에 유기에게 전후 상황에 대해 물어보자, 유기가 쓴웃음을 지으며 대꾸했다.

"말도 마시오. 교유 그 늙은이가 노망이 났는지 알아먹지도 못할 초고를 보내는 바람에 협상은 꺼내지도 못했소."

"교유가 노망이 났다고요?"

교유와 여러 해 동안 함께 일했던 원윤과 유훈은 서로의 얼굴을 바라보며 의아한 생각이 들었다. 잠시 뒤 원윤이 먼저 입을 열었다.

"공자, 우리가 알고 있는 교유는 매우 세심하고 신중한 사람입니다. 이런 그가 어떻게 초고를 보내는 실수를 저지른단 말입니까?"

"믿지 못하겠다면 직접 보시오."

유기는 자신의 말을 불신하는 어투에 신경질적으로 대응하고, 교유의 편지를 그들 앞에 툭 던졌다. 과연 편지는 유기가 말한 그대로였는데, 편지를 집어 들고 자세히 내용을 살펴보던 원윤과 유훈은 순간적으로 당혹감이 밀려왔다. 글자가 뭉개진 곳 대부분은 예장과 원요군에 관한 내용이었고, 특히 향후 예장 토지를 어찌 처리할 것인지에 대한 부분이 집중적으로 덧칠돼 있었기 때문이다.

원윤과 유훈은 당연히 바보가 아니었다. 머릿속에서는 식은땀이 줄줄 흐르고 두려움이 엄습했지만 겉으로는 아무렇지도 않은 표정으로 유기에게 다시 편지를 건넨 뒤 이런저런 얘기 몇 마디를 나누고 곧장 작별을 고했다.

유기는 영중에서 장도가 교유의 서신을 가지고 오기만 내내 기다렸다. 하지만 아무리 기다려도 장도가 나타나지 않자, 분명 자신의 투항 조건을 교유가 받아들이지 않아 연락을 끊은 것이라고 짐작했다. 유기는 적에게 속았다는 생각에 화가 머리끝까지 치밀어 올랐지만 별다른 대응 방안이 떠오르진 않았다.

그날 밤, 양징은 연환계(連環計)의 세 번째 단계를 실행에 옮겼다. 야음을 틈타 사신 둘을 성 밖으로 내보냈는데, 먼저 귀한 예물을 가지고 북문을 나간 사신은 형주 수군 영채를 찾아가 장윤과 채가 형제를 만났다. 이어 이경 때쯤에는 또 다른 사신 하나가 남문을 나와 몰래 원윤을 찾아갔다.

원윤은 대낮의 괴이한 편지 때문에 잠을 이루지 못하고 수심이 가득하던 차에 마침 교유가 보낸 사신이 찾아왔다는 말을 듣고 당장 그를 안으로 불러들여 물었다.

"교유가 무슨 일로 널 보낸 것이냐?"

"태수는 아무런 언질도 없이 이 편지를 장군에게 전달하기만 하면 바로 아실 것이라 했습니다."

교유의 사신은 두 손으로 공손히 서신을 바친 뒤 다시 말했다.

"장군, 소인은 임무를 마쳤사오니 남들 눈에 띄지 않기 위해 이만 돌아가 보겠습니다."

원윤은 아무 생각 없이 손을 휘저어 그러라고 대답했는데, 편지를 열어본 순간 낯빛이 돌변하고 말았다. 그 편지는 교유가 쓴 것이 아니라 바로 유기가 교유에게 보낸 친필 편지였기 때문이다. 원윤은 편지를 자세히 읽은 뒤 얼굴이 붉으락푸르락하며 유기에게 마구 욕을 퍼부었다.

원윤이 길길이 날뛰는 것도 당연했다. 그 편지에는 정전 조건으로 교유가 시상을 넘겨주고 예장으로 물러나며, 예장 전군을 형주 소유로 인정하라는 내용이 적혀 있었다. 자신들에게 유일하게 남은 근거지를 통째로 빼앗으려 하다니, 말이 될 법한 소리인가!

분노한 원윤은 즉각 심복을 불러 분부했다.

"빨리 유훈에게 사람을 보내 아군의 생사존망과 관련된 일을 논의해야 하니 날 찾아오라고 일러라. 그리고 유기의 친필 편지도 가지고 오너라."

유훈과 연락을 취할 전령이 출발하자마자 전에 원윤이 유기와 몰래 주고받던 편지가 대령했다. 서둘러 필적을 자세히 대조해 보던 원윤은 두 편지의 필체가 완전히 똑같은 것을 확인하고 열화가 치밀어 견딜 수가 없었다.

"어쩐지 그 편지가 뭉개져 있던 데는 다 이유가 있었어. 바로 이런 짓을 꾸미고 있었구나!"


하지만 원윤의 마음을 아는지 모르는지 유훈은 섣불리 원윤의 군중을 찾아오지 않았다. 오밤중에 오월동주(吳越同舟)나 다름없는 원윤을 찾아갔다가 무슨 봉변을 당할지도 모르는지라, 일이 있으면 원윤더러 자신의 영중으로 오라고 말했다. 한시가 급했던 원윤은 노기를 드러낼 틈도 없이 곧장 유훈의 영채를 방문했다. 원윤이 정말 자신을 찾아온 데 깜짝 놀란 유훈은 무슨 큰일이냐고 물었다. 원윤은 아무 대꾸도 하지 않고 유기의 편지를 건네며 퉁명스럽게 말했다.

"직접 보시게나."

편지를 다 읽은 유훈의 반응은 원윤보다 훨씬 더 극렬했다. 그는 유기의 조상까지 들먹이며 한바탕 욕을 퍼붓고 난 뒤 원윤에게 물었다.

"그럼 이제 어쩔 셈이오?"

원윤은 목소리를 낮춰 대꾸했다.

"이리로 오면서 곰곰이 생각해 봤소이다. 두 가지 방법이 있소. 하나는 교유와 유기의 싸움에서 당장 손을 떼고 해혼과 남창으로 철수해 우리의 토지를 단단히 지키는 것이오."

이어 원윤은 굳은 표정을 하고 주위를 살피더니 아예 유훈에게 바싹 다가가 귀엣말로 속닥였다.

"또 하나는 숫제 내일 우리 영중에서 연회를 열어 유기를 초대한 다음, 그 자리에서 없애 버리는 것이오. 그러고 나서 교유와 연합해 형주군을 대파한다면 우리의 토지를 보존할 수 있을뿐더러 조정에 작위까지 청할 수 있소."

하지만 이는 목숨이 달린 위험한 일이었기에 유훈은 머뭇머뭇하며 말을 얼버무렸다.

"우리가 철수한다면 유기가 절대 허가할 리가 없을 텐데……. 그리고 두 번째 방법은 너무 위험해서 실패했다간 살아남기가……."

이때 막사 밖에서 돌연 척후병 하나가 뛰어 들어와 유훈 앞에 무릎을 꿇고 긴급히 아뢰었다.

"장군, 소인 등이 명을 받고 형주군 수군 영채를 몰래 감시하고 있었는데 무슨 이유에선지 형주군 전선 일단이 갑자기 나루를 나와 돛을 올리고 지금 평려택 남쪽으로 진군하고 있습니다!"

"뭐? 평려택 남쪽이라고?"

유훈과 원윤의 얼굴이 순간 새하얘졌다. 평려택 남쪽 입구는 바로 감강(贛江)과 이어져 있어서 형주군이 순풍을 타고 내려간다면 하루 안에 남창성 아래까지 당도할 수 있었기 때문이다. 그리고 주력군이 대부분 출격한 탓에 현재 원요군 근거지 남창성은 텅 비어 있지 않은가!

유훈은 신경질적으로 앞에 놓인 책상을 걷어차고 원윤에게 말했다.

"두 번째 계책을 실행에 옮깁시다. 그리고 연명으로 교유에게 연락을 취해 내일 약속을 잡고 유기 놈을 협공하는 거요. 일단 우리는 내일 정오 유기를 이곳으로 유인해 계획대로 일을 처리합시다."


한편 장윤과 채가 형제를 찾아간 서주군 사신은 양징의 이름으로 안부를 묻고 귀중한 예물로 호감을 산 뒤 양징의 편지를 바쳤다. 양징은 편지에서 유기가 이번 시상 공격에 성공한다면 그의 적자 지위는 더욱더 공고해져 유종의 계위가 불가능해질 뿐 아니라 유기가 일단 형주의 주인이 된 뒤에는 채가나 장윤이 설사 목숨을 보존하더라도 이전의 권세와 부귀를 다시는 누릴 수 없다고 지적했다.

채가 형제와 장윤에게 이런 위험을 경고한 양징은 불안해하는 이들의 심리를 이용해 만무일실(萬無一失)의 묘안을 제안했다. 그것은 바로 평려택 남부에서 적의 움직임이 포착됐다는 구실로 전선 일부를 파견해 감강 입구의 순시를 강화하라는 것이었다.

이렇게 되면 유기는 정상적인 군사 활동을 함부로 저지할 수 없는 데다 후방이 걱정된 원윤과 유훈은 퇴각을 심각하게 고려하게 된다. 그리하여 만약 원요군이 철수한다면 형주군은 사기에 큰 타격을 입어 시상 점령은 물거품으로 돌아가고 만다. 대부대를 이끌고 출동하고서도 시상 같은 작은 성 하나 손에 넣지 못한다면 유기의 입지가 크게 좁아져 형주의 주인이 되는 걸 막을 수 있다는 것이 설득의 요지였다.

유기를 뼛속 깊이 증오하는 장윤과 채가 형제는 양징의 설득력 있는 설명에 마음이 움직여 결국 이를 받아들였다. 채중이 당장 일부 수군과 전선을 이끌고 평려택 남부로 출격함으로써 원윤과 유훈의 일이 발생한 것이다.

*      *      *

"아민! 아민!"

밤이 깊어 양징이 침상에 막 몸을 누이려는데, 밖에서 교유가 체통도 잊고 호들갑을 떨며 막사 안으로 불쑥 쳐들어와 큰 소리로 고함을 질렀다.

"아민! 정말 대단해, 정말 대단하이. 자네의 신기묘산은 당해낼 수 없구면. 무슨 일이 일어났는지 아나? 무슨 일이 일어났는지 맞혀 보라고?"

눈을 게슴츠레 뜨고 마치 아이처럼 기뻐하는 교유를 바라보던 양징은 교유 손에 들린 편지를 발견하고 웃으며 말했다.

"태수가 이렇게 흥분하는 이유는 손에 꼭 쥐고 있는 편지 때문 아닌가요? 유기의 편지를 받고 이렇게 기뻐할 리는 없고, 또 장윤과 채가 형제는 태수와 교분이 전혀 없으니 제 예측이 틀리지 않다면 그 편지는 원윤이나 유훈이 보낸 것이겠군요. 그리고 편지에는 분명 엄청난 희소식이 적혀 있을 테고요."

"하하, 고놈 참 똑똑하구나!"

호탕하게 웃음을 터뜨린 교유는 침상에 비스듬히 기댄 양징을 다짜고짜 책상 앞으로 끌고 가 앉혔다. 이어 흥분을 가라앉히지 못하고 다시 물었다.

"이 편지에 뭐라고 쓰여 있는지도 맞혀 보게나."

하지만 양징은 편지의 내용까지 알 순 없어 고개를 갸웃거리며 대꾸했다.

"글쎄요……. 소질의 이간계가 요행히 성공했다 해도 원윤과 유훈이 기껏해야 남창과 해혼으로 철수한다는 소식을 알려온 정도가 아닐까요? 저들에게 아군과 손잡고 형주군을 협격할 배짱이 있는지 모르겠습니다."

"하하, 다능다재한 자네도 틀릴 때가 다 있구면!"

교유는 유쾌하게 웃음을 짓고는 양징에게 바싹 다가가 들 뜬 목소리로 속삭였다.

"원윤과 유훈이 자네의 계책에 떨어져 지금 유기가 수로 로 저들의 본거지 남창을 기습하려는 줄로 알고 있다네. 그래 서 우리에게 화친을 청한 것은 물론 내일 정오에 유기를 그들 의 대영으로 유인해 제거할 계획까지 세웠다네. 저들이 계획 에 성공하면 영내에 불을 피워 신호를 보내기로 했으니, 그때 아군도 일제히 출격해 우두머리가 사라진 형주군을 협공하면 대승은 따 놓은 당상일세."

"네? 저들이 그리 말했다고요?"

예상치도 못한 대답에 양징은 너무 놀라 튕기듯 자리에서 벌떡 일어났다. 양징이 급히 편지를 건네받아 읽는 동안 교유 는 입에 침이 마르도록 양징을 칭찬하며 희희낙락한 얼굴로 그를 바라보았다. 그런데 편지를 읽을수록 양징의 표정이 심 각하게 변하자 교유는 뭔가 일이 잘못됐나 싶어 궁금해 물었 다.

"이상한 점이라도 있나? 설마 이것이 적의 유인계라도 되는 가?"

양징은 천천히 고개를 가로저으며 설명했다.

"그럴 가능성은 거의 없습니다. 우리가 성 밖으로 나오도록 유인해 시상성을 공격할 요량이었다면 작전 시간을 야간으로 정했겠지요. 그래야 야음을 틈타 병력을 이동시키기 편하고, 또 성을 나온 아군을 기습하거나 시상성 안으로 쳐들어오기 쉬울 테니까요. 따라서 원윤과 유훈이 작전 시간을 대낮으로 정했다는 건 화친 요청이 거짓이 아님을 증명합니다."

"그런데 왜 얼굴에 수심이 그리 가득한 것인가?"

교유의 의혹에 양징이 신음성을 내뱉으며 대꾸했다.

"음, 원윤과 유훈이 걱정돼서 그렇습니다. 유기는 아주 신중하고 소심하며 의심이 많은 자라 원윤과 유훈이 영중으로 그를 유인해 죽이기 녹녹치 않습니다. 일이 조금이라도 틀어진다면 도리어 유기에게 죽임을 당할 겁니다."

"그럼 어찌해야 하는가? 내가 그들에게 편지를 보내 신중히 일을 처리하라고 일깨워주면 되겠는가?"

"그럴 필요는 없습니다. 저들이 알아서 하도록 내버려 두십시오. 유기가 원윤과 유훈을 제거하든 아니면 원윤과 유훈이 유기를 죽이든, 아군 입장에서는 이익만 있고 해는 전혀 없으니까요. 두 호랑이의 싸움을 잠자코 옆에서 구경하다가 어부지리를 얻으면 그만입니다."

양징은 여기까지 얘기하고 잠시 교유의 안색을 살피더니 짐짓 한마디 더 덧붙였다.

"물론 태수가 원윤, 유훈과 교분이 두터워 그들의 안전이 걱정된다면 편지를 보내 경고하거나 만류한다 해도 반대하진 않겠습니다."

이 말에 교유가 미소를 띠며 대답했다.

"내 그들과 친분이 있다 한들 다 옛날이야기네. 주공께 귀
순한 이후로 하해 같은 지우지은을 입었으니 마땅히 주공의
이익을 우선해야 하네. 기왕 저들을 만류할 필요가 없다면 내
굳이 호인을 자처할 이유가 있겠나?"

"공사가 분명한 태수의 모습에 소질 실로 탄복했습니다."

양징은 입에 발린 칭찬을 건네고 한참 동안 생각에 잠겼다
가 교유에게 다시 말했다.

"참, 한 가지 부탁드릴 일이 있습니다. 기병 몇 명에게 형주
군 군복으로 갈아입고 내일 정오 남문 안에서 기다리라고 해
주십시오."

"그야 문제없지. 몇 명이나 필요한가? 한 열 명이면 충분한
가?"

교유는 두말없이 응답한 뒤 호기심이 들어 물었다.

"그런데 이들을 어디에 쓸 요량인가?"

양징이 대답했다.

"어디에 쓸지는 딱히 생각해 보지 않았습니다. 다만 그때
꼭 필요할 것 같아서요. 미리 준비해 두면 좋지 않습니까? 그
리고 인원은 대여섯이면 족합니다."

교유는 알았다며 즉시 호위병을 시켜 이 일을 처리하라고

일렀다. 이어 양정과 적진의 변란에 어찌 대처할지 머리를 맞대고 논의하다가 날이 밝아서야 자신의 침소로 쉬러 돌아갔다.

*　　　*　　　*

이른 아침, 유기는 형주 수군이 어젯밤 평려택 남부로 출병했다는 소식을 들었다. 유기는 장윤으로부터 이 보고를 받고 저들의 독단적인 행동에 불만을 품었지만 어쨌든 이는 적정을 발견한 뒤 취한 정확한 대응이라 책임을 추궁하기 어려웠다. 이에 그는 마지못해 장윤에게 채중과 긴밀히 연락을 취하며 평려택 남부를 엄밀히 순시하라고 명했다.

유기로서는 물론 이를 통해 기대하는 바가 있었다. 전황이 지지부진한 상황에서 평려택 남부에 정말 서주 수군이 출몰했다면 막강한 수군력으로 적군을 대파함으로써 아군의 사기를 다시 진작시키고 적군을 철저히 고립시키겠다는 희망을 가졌다.

유기가 이런 희망을 품고 있을 때, 유훈의 사자가 마침 형주 대영을 찾아왔다. 그는 오늘 정오에 영중에서 연회를 열고 어떻게 하면 속히 시상성을 취할 수 있는지 대책을 논의하자는 유훈의 말을 전했다. 유기는 이 얘기를 듣고 그 자리에서 흔쾌히 응하려다가 궁금한 점이 있어서 유훈의 사자에게 물었다.

"유 장군이 나와 군무 대사를 논하자면서 왜 우리 영채로 찾아오지 않고 연회까지 열어 날 초대하는 것이오?"

유훈의 사자가 공손히 대답했다.

"우리 장군의 말을 그대로 전하겠습니다. 공자께서 강동으로 출병한 것은 우리 옛 주공을 위해 원한을 갚는 것이자 새 주공을 위해 서주 적군을 막아내는 의로운 행동입니다. 이런 공자께 술 한 잔 대접할 기회가 없어 심히 안타까웠는데, 마침 오늘 군중에 일이 없어 군영에서 성대하게 연회를 베풀고 공자를 청해 다소나마 감사의 뜻을 표하고 그 김에 시상성을 공파할 방법을 논의하자는 것입니다."

"아하, 원래 그런 것이었구려."

유기는 고개를 끄덕여 호응하고 다시 물었다.

"그럼 원윤 장군은? 유 장군이 원 장군도 초대했소?"

"여부가 있겠습니까. 사실 우리 장군은 원 장군과 상의한 후 공자를 청해 연회를 열기로 결정했습니다. 두 장군이 함께 공자를 영접할 것으로 사료됩니다."

당시 원윤의 조카이자 원요의 아들이 양양에 인질로 있었기 때문에 유기는 원윤을 어느 정도 믿고 있었다. 이에 그는 의심을 거두고 고개를 끄덕여 오시까지 유훈의 대영으로 가겠다고 답했다. 유훈의 사자는 크게 기뻐하며 거듭 사례하고 자리를 떴다.

그런데 유훈의 사자가 나가자마자 괴월이 유기 앞으로 나와 반대하고 나섰다.

"공자, 유훈의 초청을 응당 거절해야 합니다. 유훈이 비록 아군과 동맹을 맺었다 하나 인심은 헤아리기 어려운 법. 조심하는 것이 상책입니다."

"그야 물론이지요. 그때 한희의 철갑 무사 5백 명을 대동할 터이니 너무 염려 마시고 대영을 철저히 지켜주길 바라오."

그래도 괴월은 마음이 놓이지 않아 감녕도 함께 데려가라고 건의하려 했다. 하지만 어제 일로 감녕에 대한 믿음이 사라진 데다 그는 요지를 지켜야 했기에 곧 이 생각을 접었다. 누구를 보내면 좋을까 곰곰이 생각에 잠겨 있던 그의 머릿속에 적임자 하나가 떠올랐다.

"아무래도 한희 혼자로는 부족할 듯싶습니다. 어제 본진에 합류한 황충도 같이 데려가십시오. 그는 만부부당의 무용을 지니고 있어서 만에 하나 변고가 생기더라도 침착하게 대처할 것입니다."

황충은 원래 유기의 부름을 받았지만 남양에서 서주군과 대치하고 있었던 터라 뒤늦게 이번 출정에 합류했다. 유기는 괴월의 건의를 듣고 크게 기뻐 당장 황충을 부르라고 명했다.

사시 정각에 유기는 대영을 잠시 괴월과 등의에게 맡긴 뒤 황충, 한희 및 5백 무사를 대동하고 영채를 나와 남쪽 10리 밖 유훈의 대영으로 향했다. 오시 즈음에 유기 일행이 유훈 영채 앞에 이르자, 소식을 들은 유훈과 원윤은 함께 영문 밖으로 나가 이들을 정중히 맞이했다.

　유기는 원요군 진영에서 나팔을 불고 종을 울리며 성대히 자신을 환대하는 광경에 흐뭇한 미소를 짓고 말에서 내려 답례했다. 그는 유훈, 원윤과 잠깐 인사치레를 나누고서 이들의 안내를 받아 연회가 열리는 중군 대영으로 발걸음을 옮겼다.

　유기가 아무것도 모른 채 유훈, 원윤과 담소하며 웃음꽃을 피웠지만 황충과 한희는 심상치 않은 분위기를 감지했다. 길 양쪽에 줄을 지어 늘어서 자신들을 영접하는 부대 외에 유훈 군영 내 어디에서도 한가로이 오가는 군사가 한 명도 보이지 않았기 때문이다. 대낮에 이는 지극히 부자연스러운 현상이었다. 게다가 천연하게 웃고 떠드는 유훈, 원윤과 달리 그들의 호위병들은 표정이 무척 경직돼 있고, 유기 뒤의 무사들을 경계하는 눈빛으로 계속 쳐다보고 있었다.

　그러는 사이에 유기 등은 이미 중군 영문 앞에 다다랐다. 어렴풋이 불길함을 느낀 황충과 한희가 앞으로 달려가 유기의 진입을 막으려는데, 유기가 갑자기 왼손으로 유훈의 오른

팔목을 잡고 빙그레 웃으며 말했다.

"유 장군, 홍문연 고사를 들어보았소이까? 항우와 범증(范
增)이 우리 선조 한고조를 시해하려 한 일 말이오."

"그게 무슨 말씀입니까?"

깜짝 놀란 유훈은 채 말을 잇기도 전에 낯빛이 하얗게 질
리고 말았다. 유기가 어느새 비수를 꺼내 자신의 목을 겨누고
있었기 때문이다. 유기는 급히 자리를 피하려는 원윤을 보고
크게 소리를 질렀다.

"여봐라, 당장 원윤을 붙잡아라!"

명이 떨어지자마자 황충과 한희는 동시에 원윤에게 달려들
었다. 다급해진 원윤이 보검을 꺼내 저항하려 할 때, 황충이
날쌔게 그의 오른손을 잡고 비틀어 검을 빼앗은 뒤 순식간에
왼손으로 원윤의 목덜미를 틀어쥐었다. 황충은 원윤을 유기
앞으로 끌고 가 웃으며 물었다.

"공자가 적의 허점을 이미 간파한 줄 미처 몰랐습니다."

유기가 득의양양한 표정을 지으며 대꾸했다.

"그야 별것 아닙니다. 벌건 대낮에 막사 문을 꽁꽁 닫아두
는 부대가 어디 있습니까? 이를 보고 바로 눈치챘지요. 내 스
승님이 말씀하시길, 아무리 친밀한 사이라도 항상 경계심을
늦추지… 으악!"

이때 갑자기 유기 입에서 비명이 터져 나왔다. 알고 보니 유

기가 방심한 틈을 타 유훈이 자기 목을 겨누고 있던 비수를 손으로 쳐 떨어뜨리고 유기의 발등을 세게 밟았던 것이다. 유기가 깜짝 놀라는 사이에 유훈은 재빨리 그를 뒤로 밀치고 자신의 호위대 쪽으로 냅다 달렸다. 호위병이 급히 유훈을 둘러싸고 호위하자, 유훈은 거친 숨을 몰아쉴 겨를도 없이 큰 소리로 외쳤다.

"공격하라! 한 놈도 살려 보내서는 안 된다!"

이리하여 유훈의 대영은 삽시간에 난장판으로 변하고 말았다. 길 양쪽의 유훈군은 무기를 들고 일제히 유기 대오에게 달려들었고, 막사 안에 몰래 숨어 있던 병사들도 조수처럼 앞다퉈 유기 대오를 향해 밀어닥쳤다. 황충과 한희는 급히 무사들을 통솔해 유기를 가운데서 보호하며 영문 쪽으로 물러나는 한편으로 심복에게 적진을 뚫고 나가 이 사실을 괴월에게 알리라고 명했다. 그리고 유훈은 군대를 지휘해 유기 대오를 포위 공격하면서 영중에 불을 피워 시상성의 서주군에게 구원을 요청하는 신호를 보냈다.

함성 소리가 천지를 진동하는 유훈군 진영에서 짙은 연기가 갑자기 하늘로 솟아올랐다. 거대한 장작더미에서 뿜어져 나온 낭연(狼煙)은 구름을 뚫을 기세로 곧게 피어올라 십 리 밖에서도 훤하게 보였다. 남문 성벽에 올라 여유롭게 적진의 상황을 주시하던 교유와 양징은 이를 보고 손뼉을 치며 쾌재를 불렀다.

미리 출병 준비를 모두 마치고 대기하던 교유의 부장 손고는 형주 대영과 유훈군 대영 사이의 길을 끊기 위해 3천 군사를 이끌고 남문을 나왔다. 손고가 성을 나올 때 양징은 급히 당부의 말을 건넸다.

"손 장군, 두 가지만 꼭 명심해 주십시오. 첫째로 명령이 떨어지기 전까지는 절대 영채 공격에 나서지 말고 형주군의 길목만 가로막으십시오. 둘째로 유기를 구하러 달려가는 형주 적장의 신분을 확인한 뒤 곧장 사람을 보내 제게 알려주십시오."

교유는 양징의 말을 손고가 무시할까 염려돼 한 번 더 신신당부했다.

"아민의 말은 내 명령과도 같으니 절대 실수가 있어서는 안 된다. 그리고 상황이 여의치 않으면 곧바로 성으로 철수해라. 기회를 놓치기 아깝다고 함부로 진격해선 안 된다. 알겠느냐?"

손고가 단단히 명을 받고 성을 나가자, 교유와 양징은 사대문의 경계 태세를 한층 더 강화하고 여전히 성루 높은 곳에서 멀리 적진의 동정을 관찰하기만 했다.

한편 만반의 준비를 갖추고 있던 원윤 대영도 드디어 움직이기 시작했다. 원윤의 아들 원적(袁籍)은 서소 등에게 영채를 맡기고 스스로 5천 군사를 거느리고서 황급히 유훈 대영으로 달려갔다.

그 사이 유훈군은 수적 우세를 앞세워 유기의 대오를 물샐 틈없이 포위했다. 황충과 한희의 호위대도 유기를 보호하며 필사적으로 포위 돌파에 나서면서 양군 사이의 전투는 점점 더 치열한 양상을 띠었다.

급박하게 전개되는 전황에 넋을 놓고 있던 유기는 그제야 정신을 차리고 인질 원윤을 떠올렸다. 그는 원윤의 멱살을 잡고 고래고래 소리쳤다.

"빨리 포위를 풀라고 명해라. 그렇지 않으면 너는 제 명에 죽지 못할 것이다!"

포로로 잡힌 원윤이 유기보다 더 침착함을 유지하며 대꾸했다.

"공자, 이곳은 유훈의 군영인데 누가 제 말을 듣겠습니까? 그리고 유훈이란 작자는 공자가 절 죽이길 간절히 바라고 있습니다. 그래야 제 군대를 피 한 방울 흘리지 않고 접수할 수 있으니까요."

슝슝슝! 슝슝슝!

원윤의 말이 채 끝나기도 전에 사방에서 우전이 비 오듯 쏟아졌다. 유훈은 정말로 원윤의 생사에 아랑곳하지 않고 궁노수에게 화살을 날리라고 명했다. 이에 분노한 원윤은 이를 갈며 유훈에게 마구 욕을 퍼부은 뒤 유기에게 말했다.

"포위를 돌파하려면 차라리 우리 영채 방향으로 철수하십시오. 제 아들이 마침 이곳으로 달려오는 중이라 좀 더 수월하게 탈출할 수 있습니다."

마음이 다급한 유기는 이것저것 따질 겨를이 없어 즉시 큰소리로 외쳤다.

"원윤의 대영이 있는 서쪽 방향으로 철수한다. 다들 사력을 다해 포위를 뚫어라!"

 

      *            *           *

 

얼마간의 시간이 흘러 형주 대영에서도 마침내 일이 잘못 돌아가고 있음을 깨달았다. 유훈 대영에서 낭연이 피어오른 지 얼마 되지 않아 척후병이 나는 듯이 달려와 현재 유기가 처한 상황을 상세히 알렸다. 대영을 지키던 괴월과 등의 등은 급히 나팔을 불어 장수를 소집하고 군대를 집결했다. 때마침 감녕이 가장 먼저 중군 막사로 달려온지라 한시가 급했던 괴월은 그 자리에서 감녕에게 부절을 내주며 크게 소리쳤다.

"지금 있는 군사를 최대한 끌어모은 뒤 곧장 유훈 대영으로 달려가 공자를 구하시오!"

감녕 역시 시간을 지체할 수 없어 당장 부절을 가지고 막사를 나와 주위의 병사들에게 빨리 영문 앞으로 집결하라고 명했다. 이리하여 겨우 그러모은 2천 병력을 이끌고 남쪽의 유훈 대영을 향해 뒤도 돌아보지 않고 내달렸다.

형주 대영의 동정을 면밀히 주시하던 서주군 척후병은 감녕이 출진한 것을 보자마자 시상성 남문으로 달려가 이 사실을 보고했다. 그러자 양징이 갑자기 하늘을 우러러 미친 듯이 웃음을 터뜨렸다.

"하늘이 나를 돕는구나! 하늘이 나를 도와!"

곁에 있던 교유가 무슨 말이냐고 묻자 양징은 여전히 광소를 터뜨리며 대꾸했다.

"당연히 감녕을 제거하는 일이지요."

이어 양징은 교유에게 부탁해 형주군 군복으로 갈아입고 대기하던 기병 다섯을 불러 명을 내렸다.

"너희들은 형주 각 영채에 잠입해 영문을 지키는 척하다가 형주군이 남쪽으로 출병하는 대로 이들의 뒤를 쫓아가 감녕 장군의 명이라며 이렇게 외쳐라. 대공자 유기가 이미 평려택 방향으로 도망쳐 적군에게 바짝 뒤쫓기고 있으니 동남쪽으로 달려가 공자를 구하라고 말이다. 저들이 믿든, 말든 신경 쓰지 말고 오로지 이 말을 똑바로 외치기만 하면 된다. 특별히 감녕의 명령임을 강조하도록 해라."

기병 다섯 명이 명을 받고 성을 나가자마자 교유도 양징을 따라 시상성이 울리도록 광소를 터뜨렸다.

＊　　　　＊　　　　＊

중원군을 이끌고 유훈 대영으로 출격한 원적은 눈앞에 펼쳐진 광경을 보고 화가 머리끝까지 치밀었다. 자신의 부친 원윤이 유기에게 포로로 잡혔는데도 유훈이 유기 대오에 무차별 공격을 퍼붓고 있는 것이 아닌가. 원적은 눈에 핏발이 서서 병사들에게 외려 유훈군을 공격하라고 명을 내렸다.

중과부적으로 인해 궁지에 몰렸던 유기 대오는 원적의 가세로 다행히 숨 돌릴 틈을 얻었다. 비처럼 쏟아지는 화살에 다수의 사상자가 발생했지만 황충과 한희는 침착하게 전열을 정비하고 원적 부대 쪽으로 사력을 다해 나아가기 시작했다.

한편 동료의 공격을 받게 된 유훈군은 이에 어찌 대처해야 좋을지 몰라 당황한 기색이 역력했다. 그러나 원적군을 적으로 간주하라는 유훈의 명이 하달됨에 따라 유훈군 대영 안에서는 세 부대가 뒤엉켜 싸우는 일대 혼전이 전개되었다. 유훈은 아예 후영의 부대까지 동원해 배후로 돌아가 원적의 대오를 공격하라고 명했다.

이 결정이 어떤 결과를 빚을지 유훈도 모르는 바가 아니었다. 하지만 그에게는 달리 선택의 여지가 없었다. 원적이 원윤을 구한다면 유기까지 살아 돌아가게 되므로 분노한 유기가 대부대를 거느리고 쳐들어올 게 뻔했기 때문이다. 이에 유훈은 이 자리에서 유기를 제거하는 데 사활을 걸고 군사들에게 공격을 재촉했다.

이때 손고의 대오와 감녕의 대오도 유훈군 대영으로 가는 길목에서 맞닥뜨려 치열하게 전투를 벌이고 있었다. 그런데 상황이 급박해 닥치는 대로 그러모은 감녕의 부대는 서로 명령 체계가 달라 감녕이 자유자재로 작전을 구사할 수 없었다. 이에 반해 손고는 3천 군사를 여섯 부대로 나누어 자신의 지휘에 따라 교대로 치고 빠지는 전술을 펼치며 적을 계속 혼란에 빠뜨렸다.

전투가 지지부진해지자 여기서 마냥 시간을 끌 수 없었던 감녕은 백여 군사를 이끌고 아예 손고를 잡으러 대장기 쪽으로 돌진해 들어갔다. 그러자 서주군 한 부대가 재빨리 방원진을 구축해 지휘관을 보호하며 정면에서 감녕의 돌격대를 막아섰다. 그 사이 또 다른 부대가 뒤쪽에서 협공을 가하니, 감녕이 제아무리 영용무쌍하다 해도 천여 명의 공격을 당해내기는 어려웠다. 이 기회를 틈타 나머지 서주군까지 일제히 공격 태세로 전환하자, 순식간에 수세에 몰린 감녕의 대오는 오히려 구원병의 지원을 바라야 하는 신세로 전락해 버렸다.

형주 대영에서는 유호가 먼저 군사를 집결해 유훈 대영으로 쏜살같이 달려가고 있었다. 그런데 이들이 얼마 가지 않았을 때쯤 형주 기병 하나가 맞은편에서 달려오며 큰 소리로 외쳤다.

"감녕 장군의 전갈입니다. 공자께서 적에게 쫓겨 팽려택 방향으로 달아나고 있으니 속히 그쪽으로 구원에 나서라는 감 장군의 명이 있었습니다!"

그 기병은 감녕의 명령임을 재차 강조한 뒤 이 명을 전달하러 다시 다른 방향으로 말을 짓쳐 달려갔다. 유호는 이를 사실로 믿고 유기를 구하기 위해 군사들에게 급히 방향을 바꿔 팽려택 쪽으로 내달리라고 명했다.

이때 유기의 호위대는 황충과 한희의 사투 덕에 마침내 포위를 뚫고 원적의 대오 가까이 이르렀다. 그러나 유기가 안도할 틈도 없이 원적은 유기군에게 공세를 펼치며 얼른 원윤을 내놓으라고 고래고래 소리쳤다. 유기는 하는 수 없이 원윤을 진영 앞으로 끌고 간 뒤, 공격 중지 명령을 내리라고 협박했다. 이에 원윤은 아들에게 큰 소리로 공격 중지 명령을 내리

고, 또 포위를 뚫고 유기를 안전하게 자신의 대영으로 데리고
가 형주의 원군을 기다리라고 일렀다.

원적은 부친이 다칠 세라 즉각 공격을 중단하고 유기의 호
위대를 보호해 서쪽으로 돌파를 시도했다. 하지만 이미 뒤가
없는 유훈은 더욱 많은 병력을 투입해 결사적으로 이들의 퇴
로를 차단했다. 이로써 똑같은 군복을 입은 원요군 두 부대는
깃발에 의지해 적아를 구분하며 서로에게 칼끝을 겨눠야만
했다.

이런 원요군보다 더 큰 혼란에 빠진 건 형주군이었다. 감녕
대오 외에 괴월은 만 명이 넘는 원병 세 부대를 잇달아 파견
했는데, 이들 모두 영채를 나온 지 얼마 안 돼 유기가 이미 평
려택 쪽으로 달아났다는 감녕의 급보를 받았다.

마음이 급한 형주군은 진위를 가릴 겨를이 없어 서둘러 동
남쪽으로 행군했는데, 다시 얼마 가지 않아 새로운 소식을 연
이어 만났다. 누구는 감녕이 서주군에게 발목이 잡혔다고 말
하고, 또 누구는 유기가 아직 유훈 영중에 갇혀 있다고 말했
으며, 유기의 대오가 전멸되었다고 말하는 이도 있었다. 여기
에 유기가 서남쪽 원윤 대영으로 가기 위해 포위를 뚫고 있다
고 말하는 이까지 있었으니, 형주 원군은 대체 누구 말을 믿
어야 할지 몰라 혼란스러워했다.

하지만 때가 대낮인지라 서주군이 퍼뜨린 유언비어는 형주군을 계속 속이지 못했다. 속이 바질바질 타 유기를 구하러 달려가던 형주군은 전혀 엉뚱한 곳에서 함성 소리가 울리는 것을 들었다. 그제야 이들은 뭔가 상황이 잘못 돌아가고 있음을 깨닫고 소리가 가장 거센 쪽으로 방향을 틀었다.

척후병을 통해 형주 원병이 곧 유훈군 대영에 당도할 것이라는 소식이 시상성에 전해지자, 교유와 양징은 긴급히 대책 논의에 들어갔다. 처음에는 형주군 영지를 공격해 위위구조로 유훈을 도울까 생각했지만 아무리 상황이 급박하다 해도 형주군이 대영을 소홀히 할 리 없다는 생각에 이를 논외로 두었다.

턱에 손을 괴고 곰곰이 생각에 잠겨 있던 교유가 천천히 입을 열었다.

"그럼 직접 유훈과 원윤을 돕는 건 어떻겠나? 일부 군사를 보내 싸움에 가담하진 않더라도 저들의 사기를 북돋울 수 있다면 유기에게 큰 타격을 입힐 수 있네."

양징은 이 제안에 마음이 살짝 동했으나 이내 고개를 절레절레 흔들며 대꾸했다.

"음, 지금으로서는 만반의 준비를 갖추고 움직이지 않는 것이 최선의 전략입니다. 전장이 워낙 어지러워 자칫하다간 병사들의 희생만 늘어날 수 있으니 손고의 대오도 얼른 성안으로 철수시키십시오. 남쪽 전장에서 대체 무슨 일이 벌어졌는지, 왜 유훈과 원윤이 서로에게 칼을 겨누었는지 알아본 연후 손을 써도 늦지 않습니다."

교유는 이런 절호의 기회를 놓치기 아까워 쉽사리 결정을 내리지 못했다. 하지만 현재 시상성의 병력이 충분치 않고, 또 군대를 이끌 맹장이 부재하다는 냉철한 판단 끝에 결국 양징의 건의를 받아들였다. 그리고 손고의 대오와 형주군으로 변장한 기병들도 속히 성안으로 부르라는 명을 내렸다.

결론적으로 교유의 이번 결정은 아주 현명한 선택이었다. 만약 서주군이 전투에 뛰어들었다면 상황이 어찌 돌아가는지 몰라 갈팡질팡했을 뿐 아니라 분노한 적군의 표적이 될 가능성이 높았다. 이때 전장의 형세는 누가 적인지 누가 아군이지 구분하기조차 어려워 눈앞에 닥치는 대로 베고, 찌르는 일대 혼전이 벌어지고 있었기 때문이다.

유훈군 대영에서 펼쳐진 이런 기이한 광경은 족히 두 시진 넘게 계속되었다. 형주 대장 등룡이 겹겹의 포위를 뚫고 절반 이상 꺾인 유기의 호위대를 접응해 유기를 호위하며 북쪽으로 철수하고 나서야 혼전은 겨우 진정세를 보였다. 그렇다고 해도 유훈은 여전히 형주군에게 맹공을 퍼부었고, 원적도 원윤을 구하기 위해 형주군을 끝까지 물고 늘어졌기 때문에 혼란스러운 국면이 조금 호전되었을 뿐 전투는 여전히 치열하게 전개되었다.

이때 마침 문빙도 만여 병마를 이끌고 전장으로 달려왔다. 그가 이전의 원군과 합세해 필사적으로 유훈과 원적의 대오를 격퇴함으로써 혼전이 종내 끝을 맺었다.

문빙은 더 싸울 마음이 없어 유기를 호위해 대영으로 돌아갔고, 유훈은 잔여 부대를 거느리고 걸음아 날 살려라 하고 해혼 주둔지로 퇴각했으며, 원적은 패잔병을 수습해 영채로 돌아간 뒤 유기에게 사람을 보내 원윤을 풀어달라고 요구했다. 이로써 섣달 열여섯째 날 벌어진 대혼전이 마침내 완전히 막을 내렸다.


이번 전투에서 형주군의 손실은 그리 크지 않아 총 4천 명 정도의 사상자를 냈다. 하지만 형주군의 사기는 결정적인 타격을 입고 말았다. 맹우인 유훈이 도망치고, 원윤을 포로로 잡는 바람에 원윤군과도 원한을 맺어 3만 우군이 순식간에 사라져 버렸다. 유기 본인도 오른쪽 팔뚝에 화살을 맞았고, 그의 심복 한희는 안타깝게도 난군 중에 목숨을 잃었다.

유기 입장에서는 군사들의 사기가 떨어진 건 문제가 아니었다. 이번 원정에 실패할 경우 형주의 문무 중신들이 자신에게 심복하지 않을 뿐 아니라 유표의 신임마저 잃게 될까 두려웠다. 이런 이유로 유기는 하루 빨리 군심을 안정시키고 위신을 세우기 위해 화살에 맞은 상처도 무릅쓰고 당장 원윤을 불러 왜 갑자기 맹약을 저버렸는지 다그쳤다.

포로로 잡힌 원윤은 이미 체념한 듯 교유가 보낸 유기의 친필 편지를 꺼내 보이며 그간의 자초지종을 소상히 설명했다. 원윤의 말을 듣고 편지를 살펴보던 유기는 어안이 벙벙한 표정을 짓고 괴성을 질렀다.

"헉, 정말 내 필적이잖아! 하지만 내가 언제 이런 편지를 보냈단 말이냐? 그리고 난 예장군을 병탄하겠다고 말한 적도 없다!"

곁에 있던 괴월은 돌아가는 상황을 깨닫고 쓴웃음을 지으며 탄식했다.

"이는 교유가 공자의 필적을 위조한 것입니다. 고작 이 위서 하나 때문에 3만 우군과 4천 병사를 잃었다니, 교유의 이간계가 실로 무시무시합니다!"

유기는 이미 할 말을 잃을 정도로 분노에 치를 떨었고, 형주 관원들은 한숨을 푹 쉬며 절로 고개를 내저었다. 하지만 이 와중에도 입가에 미소가 떠나지 않는 자들이 있었으니, 장윤과 채화는 한 술 더 떠 앞으로 나와 유기에게 정중히 진언했다.

"대공자, 한 가지 더 드릴 말씀이 있습니다. 오늘 공자를 구하러 달려가고 있는데 감녕이 갑자기 사람을 보내와 공자가 평려택 쪽으로 달아나고 있다고 알리더군요. 그래서 말장이 급히 동남쪽으로 달려갔지만 공자의 모습은 어디서도 찾을 수 없었습니다. 이 일의 진상도 명확히 밝혀내야 합니다."

"그런 일이 있었소?"

유기는 깜짝 놀라 눈을 부릅뜨고 감녕을 노려보았다. 중간에 서주군에게 막혀 제때 유기를 구하러 가지 못한 감녕은 펄쩍 뛰며 고래고래 소리를 질렀다.

"헛소리 마시오! 내가 언제 사람을 보내 그런 말을 했다는 것이오?"

채화는 냉소를 흘리며 말했다.

"증인이야 아주 많소이다. 그때 그 전갈을 들은 자들이 우리 군중에 수두룩하니까."

이어 유호, 등룡은 물론 장수들이 잇달아 나서서 감녕의 이오보 때문에 시간을 지체하게 됐다고 성토했다. 감녕은 억울함을 하소연할 길이 없어 가슴을 치고 발을 동동 구르며 미친 듯이 발악했다.

"아니오! 아니오! 난 사람을 보낸 일도 없고, 그런 말을 한 적도 없단 말이오!"

"그렇다면 장수들이 짜고서 날 기망하고 있다는 것이오?"

유기는 음흉하게 웃으며 한마디 툭 내뱉더니 이내 정색하고 소리쳤다.

"당장 저자를 체포하라!"

명이 떨어지자마자 무사들이 일제히 감녕에게 달려들었다. 억울함을 풀지 못한 채 꼼짝 못 하고 잡힐 수 없었던 감녕은 아예 검을 뽑아 들었다. 이 광경에 화들짝 놀란 장중의 뭇 장수들도 모두 칼을 뽑고 감녕을 겹겹이 에워쌌다. 괴월과 등의 등은 급히 몸을 뒤로 숨기며 큰 소리로 감녕을 꾸짖었다.

"흉패, 공자 앞에서 이게 무슨 망발이냐? 당장 칼을 내려놓아라!"

"충신과 간신을 구분하지 못하는 이 애송이 놈아! 정녕 내 말을 믿지 않는다면 나도 널 따를 이유가 없다. 자, 내 칼을 받아라!"

고함을 지른 감녕은 칼을 휘두르며 곧장 유기에게 달려들었다. 유기를 겁박해 영채를 나갈 생각이었지만 형주 장수들이 황망히 달려와 감녕의 앞을 가로막았다. 그 사이 유기는 괴월 등과 뒷문으로 빠져나가 버렸다.

감녕은 유기를 향해 온갖 욕을 퍼붓더니 장중의 장수와 무사 십여 명을 베고 막사 밖으로 뛰쳐나왔다. 그는 말 위에 올라 앞을 가로막는 장사들을 닥치는 대로 쓰러뜨리고 시상성을 향해 쏜살같이 달려갔다.

하지만 이미 길목을 지키고 있던 황충의 화살에 가슴을 관통당해 외마디 비명을 지르며 말에서 고꾸라졌다. 형주 장사들이 우르르 달려와 감녕의 시체를 마구 난도질했고, 유기는 분이 풀리지 않았는지 감녕의 목을 원문에 걸어 효시하고 그의 가족을 몰살하라고 엄명했다.

＊　　　＊　　　＊

대륙에 전화가 끊이지 않는 가운데, 어느새 건안 8년이 저물고 건안 9년(204년) 새해가 밝았다. 대지 곳곳에서는 여전히 주인 없는 패권을 차지하기 위해 대소 군벌들이 하루가 멀다 하고 전쟁을 일으켰다. 그중에서도 유주 정벌에 나선 도응이 야말로 천하 패권에 가장 근접했으니……

도응에게 연전연패한 원상은 유주의 역수 전투마저 대패한 뒤 장기와 견초의 단호한 반대에도 불구하고 직접 막북(漠北)으로 가 선비족 추장 가비능(軻比能)과 오환 선우 누반에게 구원을 요청했다. 또한 유성(柳城)의 오환 초왕(峭王) 소복연과 흉노 좌현왕(左賢王)에게도 필사적으로 연락을 취해 이들의 힘을 빌려 도응에게 깡그리 빼앗긴 토지를 되찾고자 했다.

하지만 호인을 끌어들인 이 시도는 변방 뭇 장수들에게 역풍을 맞고 말았다. 대대로 이족의 침범에 고통당해 온 장수들은 원상을 원망하며 잇달아 서주군에게 투항했고, 줄곧 원상을 지지하던 견초마저 서주군에게 항서를 바치니 원상이 관할하는 지역은 너른 유주 토지 중 상곡(上谷)과 광양(廣陽) 두 개 군에 불과했다.

도응은 연전연승한 여세를 몰아 단숨에 원상을 제거해 버리고 싶었다. 그러나 그해 겨울, 유주에 강물이 꽁꽁 얼어붙을 정도로 매서운 한파가 몰아쳐 양초 운반이 쉽지 않았다. 게다가 자연적으로 형성된 하북 하류가 너무 구불구불해 선박 운항에도 대단히 애를 먹었다. 이로 인해 도응은 하는 수 없이 신비의 건의를 받아들여 그에게 직접 백성을 조직해 평로거(平虜渠)와 천주거(泉州渠)를 뚫으라고 명했다. 평로거와 천주거는 사실 역사에서 조조가 오환을 공격하기 위해 준설한 수로로 도응이 이를 차용한 것이다.

봄이 되자마자 도응은 다시 군사를 거느리고 북상해 탁현(涿縣)과 계현(薊縣)을 공격하여 이 일대에 도사리고 있던 원상군 장수 장기와 한형 대오를 쫓아냈다.

기주 경내의 잔당을 소탕하라는 명을 받은 장패는 근 일년간 고군분투한 끝에 마침내 심복하지 않는 원씨 세력을 모조리 뿌리 뽑았다. 마지막으로 중산군 내에 웅거하던 흑산적 장연이 투항함으로써 기주 전역은 명목상으로나 실질적으로나 모두 도응의 수중으로 들어왔다.

도응은 장연을 정후(亭侯) 겸 평북장군(平北將軍)에 봉하고 정예병을 정규군에 귀속시켜 유주 전장에 참전토록 하는 한편 나머지는 기주 내지로 이동시켜 둔전을 일구도록 했다. 또한 장연이 순순히 항복한 뜻을 기려 그의 아들 장방(張方)을 허도로 보내 관리로 삼았다.

병주 쪽에서는 진도가 건안 8년 6월에 호관을 공파했고, 후성도 하내 수장 곽원과 단외를 대파해 하내를 점령한 뒤 병주 최대의 식량 생산지 상당군 경내에서 진도군과 회합했다. 상당을 지키는 원담군 장수 왕마는 투항을 거부한 채 석 달여 동안 끈질기게 버텼지만 성안의 식량이 다 떨어져 결국 궤멸되고 말았다. 곽원이 전사하고, 단외는 투항했으며, 왕마는 수십 기를 이끌고 겨우 목숨을 부지해 태원으로 달아났다. 후성군이 그 뒤를 바짝 추격해 유차(楡次)에서 다시 왕마를 대파하고 송헌이 왕마를 찔러 죽였다.

서주군은 태원까지 순조롭게 손에 넣었지만 연이은 전투로 군사들이 피로에 지친 데다 식량마저 모두 고갈돼 부득불 북상을 포기할 수밖에 없었다. 진도 등은 안문(雁門)까지 침입한 남흉노 선우 호주천(呼廚泉) 토벌을 잠시 미루고 이듬해 보리가 익을 때를 기다려 안문으로 쳐들어갈 계획을 세웠다.

이 기간 동안 도응은 당연히 강동 전장이 위기일발에 처했다는 전갈을 받았다. 하지만 서주 주력군 대부분이 이미 하북 전장에 투입되고, 나머지 군대도 요지를 지켜야 하는 관계로 머나먼 남방까지 원병을 보낼 여력이 없었다. 설사 원병을 파견한다 해도 수천 리 길을 급히 행군한 병사들은 회남에 도착하기도 전에 지쳐 쓰러질 것이 빤한 데다 형주군이 강남과 장강을 장악해 버리면 기껏 파견한 보기 부대가 별 도움이 되지 못할 가능성이 있었다.

이런 상황을 고려한 도응은 궁리 끝에 노숙에게 다음과 같은 편지 한 통을 보냈다.

수군은 창설하기도 어렵고 조련하기도 어려우니 우선 역량을 보존하는 것이 최선이오. 따라서 버틸 만하면 최대한 버티고 버티기 어려우면 포기해도 좋소.

이는 매우 애매모호한 명령이었지만 도응은 노숙이라면 자신의 뜻을 반드시 알아들으리라 믿었다.

도응의 이 명령 안에는 정 지키기 어렵다면 강남을 포기해도 좋다는 뜻이 내포돼 있었다. 이에 노숙은 이미 시상을 잃을 각오를 한 채 다만 교유와 양징이 날이 따뜻해질 때까지 성을 지켜주기만 바랐다. 풍향이 서주 수군에게 유리한 봄까지 버텨내기만 한다면 수군을 이끌고 시상을 구하러 갈 계획이었다.

한편 유기는 양징의 이간계로 군심과 사기가 큰 타격을 받았음에도 계속 강공을 퍼부어 시상성을 꼭 손아귀에 넣고자 했다. 그 이유야 명명백백했다. 이대로 아무 전과 없이 퇴각해 버리면 자신에게 등을 돌릴 부친과 형주 중신들의 모습이 눈에 아른거렸기 때문이다. 자신의 실패를 빌미로 유종을 추종하는 채씨가 득세하는 꼴을 어찌 눈뜨고 볼 수 있단 말인가. 따라서 유기로서는 시상성 점령 외에 달리 선택의 여지가 없었다.

유훈은 이미 군대를 이끌고 해혼으로 철수해 버렸지만 원윤의 대오를 이용할 수 있다는 점은 그나마 다행이었다. 이에 서주군의 술책에 속수무책으로 당한 날 밤, 유기는 원윤과 다시 협약을 맺었다. 원윤군이 형주군을 도와 시상을 공파한다면 향후 원윤이 유훈을 제거하는 데 도움을 주고, 또 원윤을 예장태수에 봉해 계속 남창에 주둔하도록 허락하겠다고 약속했다.

원윤은 포로로 잡힌 몸인지라 이를 수락할 수밖에 없었다. 부친의 안전이 걱정된 원적 역시 유기의 요구를 받아들이고 남은 만여 병력을 동원해 계속 시상성 공격에 협력했다. 물론 원윤은 형주 군영에 남아 인질이 되었다.

이어 한 달여 동안 형주군과 원윤군은 유기의 지휘 아래 여러 차례 시상상에 공격을 퍼부었다. 형주군은 유인이나 야습 등 다양한 계략으로 공격을 전개했지만 수성에 능한 교유는 모사 양징을 보좌로 삼아 적의 공격을 모조리 격퇴해 버렸다. 그리하여 성을 공격할 때마다 형주군의 사상자 수는 계속 늘어나고 군사들의 사기는 더욱 떨어지고 말았다.

물론 시상성이라고 안여태산(安如泰山)은 아니어서 내부에 잠재해 있던 우환이 서서히 드러나기 시작했다. 수성을 위해 수차례 격전을 치르는 동안 사망자 수가 이미 4천 명을 넘었고, 물자 소모도 막대해 그중 가장 중요한 수성 무기 화살이 삼 할밖에 남지 않았고, 민간에서는 식량 부족 현상이 나타났다.

교유는 이 때문에 골머리를 앓고 있었지만 양징은 외려 여유로운 태도를 보이며 물자를 아껴 사용하라고 권하는 동시에 이렇게 위로했다.

"너무 걱정 마십시오. 노 도독이 두 달 가까이 원병을 보내지 않은 것으로 보아 대규모 반격을 준비하고 있는 게 분명합니다. 풍향이 아군에게 유리한 봄바람이 불기 시작할 때 반드시 원군이 도착할 겁니다."

양군 사이에 공방전이 계속 이어지던 정월 스무닷새 날 오전에 마침내 전서구가 시상성으로 날아왔다. 다급한 마음에 전서구에 달린 편지를 열어보니, 원군이 2월 하순에 당도한다는 짤막한 글이 적혀 있었다.

이 글을 본 교유는 마치 무거운 짐을 내려놓은 듯 어깨가 가벼워졌고, 다른 이들도 모두 안도의 한숨을 내쉬었다. 그런데 양징은 홀로 미간을 찌푸리며 고민하다가 한참 만에 입을 열었다.

"노 도독이 너무 늦는군요. 아무리 풍향이 아군에게 유리할 때까지 기다린다고 하지만 그 전에 유기가 꽁무니를 뺄까 걱정입니다."

"유기가 철수하면 더 좋은 일 아닌가? 매일 잠도 제대로 자지 못하고 노심초사하던 날들을 떠올려 보게나."

그럼 더 다행이 아니냐는 교유의 핀잔에 양징은 안타까운 어조로 대꾸했다.

"하지만 지금이야말로 형주군을 대파할 다시없는 기회입니다. 우리가 시상성에서 두 달 가까이 형주군의 발목을 잡고 있는 덕에 적은 이미 피로에 지쳐 있고 사기가 크게 저하돼 장사들 모두 고향으로 돌아가고픈 마음이 간절한 상태입니다. 이때 적과 결전을 벌이면 승산이 매우 높습니다. 이 기회에 형주 수군을 크게 꺾지 못했다간 우리 수군을 위협하는 우환거리를 계속 남겨두는 꼴이 되고 맙니다."

교유는 두 팔을 아래로 내리며 어쩔 수 없다는 표정을 지었다.

"그 말도 일리가 있네만 노 도독도 방법이 없질 않나?"

그러자 양징이 혼잣말로 중얼거렸다.

"방법을 찾아야지요. 형주군을 시상성 아래에 묶어둘 방법 말입니다."

"꿈도 야무지구나. 형주군이 자네 지휘를 받는 것도 아닌데, 무슨 수로 계속 시상성을 포위하게 만들 수 있겠나?"

"만약 저에게 형주군의 발목을 잡아둘 방법이 있다면 태수도 다시 한 달간 시상성을 사수할 담력이 있으신지요?"

"예끼, 이놈, 감히 이 태수에게 격장지계를 쓰는 것이냐?"

양징의 당돌한 반문에 교유는 껄껄 웃은 뒤 정색하고 대답했다.

"적을 시상성 아래에 잡아둘 방법이 있다면 내 꼭 성을 사수해 너의 공을 이루어주겠다!"

양징은 겸연쩍은 듯 머리를 긁적거리며 말했다.

"허락해 주서서 감사합니다. 사실 방법을 미리 생각해 두었는데 태수가 채납하지 않을까 걱정하고 있었습니다. 그래서 어쩔 수 없이 이 방법을 쓴 것이니 노여움을 푸십시오."

양징의 말에 교유는 다시 한 번 노한 척 양징을 꾸짖고 무슨 방법이냐고 물었다. 이에 양징이 교유에게 다가가 귓속말로 자신의 생각을 밝히자, 교유가 갑자기 큰 소리로 웃음을 터뜨렸다.

"하하하! 손해가 크겠구나! 하지만 손아랫사람에게 식언할 수는 없는 법. 자네 계획대로 따르도록 하지."

그날 오후, 시상성 안에 갑자기 백성에게 알리는 포고문이 붙었다. 내용인즉, 적군에게 근 두 달간 성이 포위돼 식량이 떨어진 백성이 많으나 수비군에게 식량을 원조할 여력이 없으니 성을 나가고 싶은 백성은 내일 성을 나가도 좋다는 것이었다.

또한 형주군 쪽에도 사신을 보내 다음과 같이 알렸다. 형주군에게 강동 전역을 차지할 뜻이 있다면 강동 백성의 생계를 위해 다음 날 정오에 성을 나가 투항하는 백성을 받아달라고 요청했다. 유기는 이 소식을 듣고 크게 기뻐 그 자리에서 이를 허락했다.

이튿날 서주군은 시상성 남문 위에 '시상 백성 투항'이라고 적힌 커다란 백기를 내걸었다. 오시 정각이 되자 서주군은 약속대로 성문을 열었다. 이어 성을 나가길 원하는 백성들이 손에 백기를 든 채 꼬리에 꼬리를 물고 성을 나왔다.

유기는 군사를 거느리고 시상성 남문을 감시하던 중에 정말로 백성들이 성을 나와 투항하자 기쁜 빛을 감추지 못했다. 형주 관원들은 모두 시상성의 양초가 얼마 버티지 못하리라 여겼고, 어떤 이는 유기 앞으로 달려와 남문이 열린 틈을 타 일거에 시상성을 무너뜨리자고 건의했다.

하지만 유기는 그 와중에 백성들이 크게 다쳐 인심을 잃을까 염려해 공격 명령을 내리지 않았다. 다만 일부 백성을 불러 성안 상황을 물어본 뒤 확실히 식량이 떨어져 어쩔 수 없이 성을 나왔다는 얘기에 회심의 미소를 짓고 성을 공파할 결심을 더욱 굳혔다.

이 일이 있은 후 유기는 점차 비등해지는 퇴병 요구에 아랑곳하지 않고 시상성 포위 공격에 박차를 가했다. 사대문 밖 포위망을 좀 더 촘촘히 해 서주군의 돌파에 대비하는 한편, 다 된 밥에 재를 뿌릴 수 없어 장강에 척후병을 여럿 파견해 서주 수군이 기습적으로 구원에 나서는지 엄밀히 감시하라고 명했다.

다시 며칠이 흘러 평려택 일대에 서서히 봄바람이 불기 시작했다. 풍향이 형주 수군에게 불리한 가운데 시상성 공격마저 여의치 않자, 형주군 내부에서는 다시 퇴병을 요구하는 목소리가 흘러나왔다. 하지만 유기는 공격만이 유일한 방법이라며 이 요구를 아예 묵살해 버렸다.

2월 중순까지 양군 사이에 지루한 공방전이 이어지자, 풍향이 불리해졌다는 이유로 적이 슬그머니 꽁무니를 뺄까 걱정된 양징은 한 가지 계책을 생각해 냈다. 그는 교유를 찾아가 유기에게 사신을 보내 다음과 같은 내용의 서신을 전하라고 일렀다.

서주 군법에는 수성에 나선 지 백 일이 지나도 원군이 오지 않으면 성을 열고 투항한다는 규정이 있소. 지금 형주군이 시상성을 포위한 지 이미 70여 일이 흘렀으니, 3월 열흘날까지만 공성을 잠시 늦춰 주시오. 그때가 돼도 원군 소식이 없으면 내 반드시 전 성의 군민을 거느리고 성문을 나와 공자에게 투항하리다.

유기가 물론 이런 완병지계에 속을 리 없었다. 그는 양징의 예상대로 시상성 안에 화살과 물자가 거의 떨어졌다고 판단하고 즉시 군사를 휘몰아 맹공을 가했다. 하지만 형주군의 강공은 번번이 교유의 수성에 막혀 돌파구를 전혀 찾지 못했다.

그러는 사이 시간은 살같이 흘러 어느덧 2월 하순에 접어

들었다. 시상성이 너무 견고해 깨뜨리기 어려운 데다 동남풍 마저 점점 강하게 불어오자, 유기도 끝내 마음이 다급해져 강하로 철수하는 문제를 심각하게 고민하기 시작했다.

유기가 이런 생각을 가지게 된 2월 스물둘째 날 오후에 전 서구가 다시 시상성 안으로 날아왔다. 노숙이 친필로 알려온 소식은 2월 스무닷새 날 밤에 서주 수군이 시상에 당도할 것 이라는 내용이었다.

교유를 비롯해 시상성의 모든 장수는 이제 사흘만 버티면 원군이 이른다는 말에 환호성을 내질렀다. 하지만 이번에도 양징 홀로 심각한 표정을 지으며 중얼거렸다.

"노 도독의 원군이 사흘 뒤에야 도착하는군요."

이 말에 교유는 양징의 뜻을 오해하고 그의 어깨를 두드리며 위로했다.

"안심하게. 지금 남은 화살과 치중이면 사흘은 너끈히 버틸 수 있네. 유기가 만약 이 소식을 듣고 병력을 총동원해 맹공에 나선다 해도 절대 무너지지 않을 자신이 있다고!"

하지만 양징은 쓴웃음을 짓고 대꾸했다.

"유기가 공격에 나서면 걱정할 일이 전혀 없지요. 지금 전 유기가 우리 수군의 소식을 듣고 철군을 앞당길까 걱정하는 것입니다. 그리 되면 힘겹게 수성에 나섰던 그간의 노력이 모두 수포로 돌아가고 마니까요."

그러자 교유가 웃음을 띠고 물었다.

"이번에는 어떤 완병지계를 시전할 생각인가?"

"유기가 우리 원군의 도착을 눈치챈다면 어떤 완병지계도 소용없습니다."

양징은 고개를 가로젓더니 한참 동안 뜸을 들이다가 말을 꺼냈다.

"방법이 하나 있긴 한데, 너무 위험한 작전이라서……."

"무슨 방법인지 한번 들어나 보세."

"그게… 너무 위험해서 마음의 준비를 하고 있어야……."

"거참, 서론 한 번 길구나. 알았으니 속 시원히 얘기해 보게."

교유의 다그침에 양징은 심호흡을 하고 자신의 생각을 또박또박 밝혔다. 양징이 반쯤 얘기를 꺼내자 교유와 손고 등의 낯빛이 점점 변하기 시작했고, 양징이 전부터 생각해 두었던 계략을 다 털어놓았을 때 저들은 너무 놀라 벌린 입을 다물지 못했다.

한동안 명한 표정을 짓고 있던 교유가 마침내 정신을 차리고 양징에게 물었다.

"자네 제정신인가? 이 방법이 어떤 결과를 가져올지 생각해 보았나?"

양징은 전혀 당황하지 않고 침착하게 대꾸했다.

"당연히 잘 알고 있습니다. 사전에 백성들을 성 밖으로 내보낸 것도 최후의 순간에 이 계획을 실행하기 위해서였습니다."

양징은 말문이 막혀 아무 말도 못 하고 있는 교유 등을 휙 둘러본 뒤 숙연하게 말했다.

"이제 태수 등의 결정만 남았습니다. 마지막 남은 사흘 동안 도박을 감행해 우리 수군이 형주 수군을 대파하도록 돕는다면 오늘 이후로 장강은 우리 수중에 들어올 수 있습니다. 그리고 그때에 이르러 주공의 후한 봉상을 누리게 될 것입니다!"

\*　　　　\*　　　　\*

강동의 급보를 받고도 병사 하나 보낼 수 없었던 도응은 고심 끝에 다른 방안을 강구했다. 그는 북쪽에서 형주를 압박해 강동의 압력을 줄여줄 목적으로 상당에 주둔하던 진도에게 고노(高奴) 서진 계획을 포기하고 남양으로 달려가라고 명했다. 건안 8년 말, 진도는 국종에게 식량 창고인 상당을 지키며 태원의 후성 대오에게 양초를 지원하라고 이른 뒤 자신은 2만 군사를 거느리고 하내, 영천을 거쳐 곧바로 남양으로 향했다.

천릿길을 쉬지 않고 행군한 진도 대오는 피로에 지쳐 당연히 전투에 나설 수 없었다. 물론 도응은 이를 모두 감안해 진도는 태사자를 대신해 남양을 지키며 휴식을 취하고, 태사자가 정예병을 이끌고 남하해 극양과 신야 방어선을 공격하라고 명했다.

한 달 뒤 진도의 대오는 순조롭게 남양에 다다라 신속히 태사자와 임무를 교대했고, 일찌감치 준비를 마치고 기다리던 태사자는 즉각 남하해 2월 초순 극양에서 형주군과 첫 전투를 벌였다.

형주군은 지난번에 육전에서 서주군에게 된통 당한 적이 있는지라 싸우기 전부터 겁을 집어먹어 사기가 크게 앙양된 서주군의 상대가 되지 못했다. 결국 전투에서 대패한 형주군은 급히 극양성 안으로 퇴각해 성문을 꽁꽁 걸어 잠갔다. 태사자가 군사를 휘몰아 맹공을 퍼부으면서 극양은 풍전등화의 위기에 처하고 말았다.

이로 인해 유표가 장자 유기에게 권력을 넘겨주려 고심했던 일들의 부작용이 서서히 나타나기 시작했다. 일례로 형주 수군이 강동을 기습하는 이런 엄청난 사건을 형주 노장 황조는 유기가 출격하고서야 비로소 알았으니 말이다.

이에 불만이 가득했던 황조는 극양에 원군을 파견할 마음이 내키지 않아 신야가 더욱 중요하다는 이유를 들어 아예 군대를 움직이지 않았다. 게다가 유기의 행동 하나하나가 마음에 들지 않았던 채모 형제도 고의로 증원군의 북상을 늦추는 동시에 북방 전선이 아주 위험하다고 떠벌림으로써 유기가 회군하도록 유표에게 압력을 가했다.

이런 상황에서 출병한 지 두 달이 넘도록 유기가 군사 만여 명밖에 되지 않는 시상성 하나 손에 넣지 못하고 매번 교유의 계략에 당해 연전연패하고 막심한 피해를 입고 있다는 소식이 속속 전해지자, 유표는 들 낯이 없는 것은 물론, 형주 관원들에게 유기 집권의 반대 구실을 주고 말았다.

황조와 채모의 딴죽에 부인 채씨마저 베갯머리송사에 나선데다 북쪽에서는 서주군이 쳐들어오자, 사면초가에 몰린 유표는 아들을 위해 좀 더 시간을 벌어보려는 노력이 모두 허사로 돌아가 결국 결심을 내릴 수밖에 없었다. 그는 전령을 급히 시상 전장에 보내 유기에게 주력군을 거느리고 하루 빨리 철수하라는 명을 내렸다.

유표의 철군 명령은 2월 스물셋째 날 오후, 시상 전장에 당도했다. 이번 동정에서 척촌지공(尺寸之功)도 세우지 못한 유기는 부친의 편지를 받고 얼굴이 사색이 되었다. 족히 일각 넘게 유기가 침묵을 지키는 사이에 형주 관원들의 의중은 서로 제각각이었다.

장윤과 채가 형제는 당연히 남의 재앙에 고소해했고, 문빙과 황충 등 장수들은 지금까지의 고생이 모두 물거품으로 돌아가게 돼 안타까워했으며, 등의, 유호, 등룡을 비롯한 대다수 관원은 더 이상 싸울 일이 없어진 데 대해 무거운 짐을 내려놓은 듯 안도의 한숨을 쉬었다.

유기의 숙부이기도 한 모사 괴월 역시 심경이 복잡해 한동안 고민하다가 결심을 굳히고 진언했다.

"대공자, 이미 주공의 명이 떨어진지라 퇴병을 서두르는 게 좋겠습니다. 이 기간 남풍이 날로 거세져 서주 수군이 들이닥치는 날에는 풍향이 아군에게 불리해 퇴병조차 여의치 않을 수 있습니다. 아쉬운 마음이야 저도 잘 알지만 훗날 병마를 재정비한 뒤 복수에 나서기 바랍니다."

이 말에 유기의 얼굴은 더욱 일그러졌다. 이번 시상 전투를 이 꼴로 만들어 놨는데 부친이 다시 자신에게 복수의 기회를 줄 리 만무했기 때문이다. 한참 동안 깊이 생각에 잠겨 있던 유기가 마침내 쉰 목소리로 입을 열었다.

"오늘 밤만 생각할 시간을 주시오. 결정은 내일 내리리다."

형주 관원들은 유기가 처한 상황을 십분 이해하고 있었기에 누구도 감히 반대를 표하지 못했다. 이리하여 유기가 전전

반측하며 잠을 이루지 못하던 사경 때쯤에 세작 하나가 헐레벌떡 형주군 대영 안으로 뛰어 들어와 서주 수군이 2월 초열흘 날 전 병력을 동원해 시상성을 구원하러 서진에 나섰다고 보고했다. 또한 서주 수군의 장강 항로에 대한 감시가 너무 심해 자신은 어쩔 수 없이 육로로 심양까지 갔다가 다시 강을 건너 보고하러 왔기 때문에 서주 수군이 언제 이곳에 도착할지는 알 수 없다고 말했다.

이 소식을 듣고 깜짝 놀란 유기는 사람을 보내 장강 하류의 동정을 정탐하라고 명하는 동시에 즉각 괴월을 불러 대책을 논의했다. 괴월은 가능한 한 빨리 퇴각해야 한다고 극력 권유하며 이렇게 건의했다.

"군사 대부분이 지치고 사기가 크게 꺾여 다들 고향으로 돌아가려는 마음이 간절합니다. 이런 상황에서 총출동한 적의 주력군과 결전을 벌였다간 승산이 거의 없습니다. 그러니 일단 강하로 철수해 서주 수군을 아군의 본거지로 유인한 뒤 싸운다면 충분히 승산이 있습니다."

유기는 괴월의 의견도 일리가 있다고 여겼지만 서주 수군이 추격을 포기하는 날에는 아무 성과도 없이 돌아가게 돼 사람들의 웃음거리가 될까 봐 두려웠다. 이에 그는 평려택에서 적의 수군을 기다리고 있다가 기습을 감행하면 어떻겠느냐고 물었다. 하지만 괴월은 단호히 반대하고 나섰다.

"평려택은 수면이 아주 광활하고 수류가 완만해 상류의 이점이 거의 없습니다. 여기에 아군은 바람을 안고 싸워야 하는지라 전투가 불리해질 수밖에 없습니다. 게다가 수전이 벌어지는 동안 교유가 시상성 안의 군대를 이끌고 아군의 수상 영채를 교란한다면 수군이 마음 놓고 싸우기 어려워집니다."

괴월의 반대에 유기가 이러지도 저러지도 못하고 있을 때, 전혀 생각지도 못했던 일이 발생했다. 형주군 순라 부대가 서주 병사 하나를 유기 앞으로 끌고 왔는데, 이 병사가 시상성 서문을 빠져나온 후 곧장 형주군 영채로 달려와 유기에게 긴히 전할 기밀이 있다고 말했다는 것이다. 이미 여러 차례 교유에게 당한 바 있는 유기는 정신을 바짝 차리고 그 서주 병사에게 무슨 일로 찾아왔냐고 물었다. 그러자 그 서주 병사는 품속에서 편지를 꺼낸 뒤 머리를 조아리며 아뢰었다.

"공자, 소인은 시상성 서문 수장 손고의 심복입니다. 손 장군의 명으로 편지를 전하러 왔으니 한번 살펴보십시오."

잔뜩 경계심을 가진 유기는 호위병에게 편지를 가져오라 이르고 내용을 쭉 훑어보다가 갑자기 경악성을 질렀다. 손고가 뜻밖에 형주군에게 항복 의사를 밝히고, 유기가 스물넷째 날 삼경에 시상성을 기습하면 자신이 직접 서문을 열어 형주군을 성안으로 들이겠다는 것이 아닌가!

이미 이런 계략에 이력이 난 유기는 발연대로해 책상을 치며 노호했다.

"어디서 또 개수작이냐! 여봐라, 당장 저 첩자 놈을 끌고 가 목을 베라!"

호위병들이 유기의 명을 받고 달려들자 그 서주 병사는 혼 비백산이 돼 고래고래 악을 썼다.

"억울합니다, 억울합니다요! 소인은 사신이지 첩자가 절대 아닙니다!"

유기도 씩씩거리며 노호했다.

"손고는 교유의 애장인데 아무 이유도 없이 왜 내게 투항한 단 말이냐? 이는 교유 놈의 지시로 아군을 성안으로 유인해 몰살하려는 계획 아니냐! 이런 잔꾀로 감히 내 눈을 속일 수 있다고 생각했느냐?"

그 서주 병사는 아예 영채가 떠나가라 울부짖었다.

"공자, 소인은 정말 억울합니다! 시상성의 식량이 곧 바닥나 고 수성 무기도 거의 다 소모했는데 원군은 여태 나타날 기미 도 보이지 않아 손 장군은 가솔과 병사들을 위해 고심 끝에 투항을 결정한 것입니다! 정 믿지 못하겠다면 내일 밤 시상성 서문으로 사람을 보내 상황을 탐지해 보십시오. 손 장군이 성 문을 열지 않거나 허튼수작을 부릴 경우, 그때 절 죽여도 늦 지 않을 테니까요."

손고의 항서를 쭉 훑어본 괴월이 급히 진언했다.

"저자의 말이 틀리지 않습니다. 중간에 속임수가 있다면 언제든지 저자의 목을 벨 수 있으니 너무 서두르지 마십시오. 게다가 손고가 시간과 장소를 명확히 약정했기 때문에 우리로서는 속임수에 대비할 충분한 시간이 있습니다."

그러더니 괴월은 유기에게 바짝 다가가 귀엣말로 속삭였다.

"손고가 설사 거짓으로 투항한다 해도 전혀 두려워할 일이 아닙니다. 아군의 병력이 적보다 월등히 많아 성 밖 매복쯤이야 너끈히 격퇴할 수 있으니까요. 적이 아군을 매복 공격한다면 복병 설치 장소는 옹성밖에 없습니다. 해자도 일찌감치 다 메워진지라 아군이 준비를 철저히 한다면 되레 장계취계로 적군을 대파할 수 있습니다."

괴월의 말이 일리가 있다고 여긴 유기는 그제야 호위병에게 그 서주 병사를 풀어주라고 이른 뒤 고개를 끄덕거리며 말했다.

"좋다. 이번에 특별히 네 말을 믿어주마. 그때 가서 손고가 정말로 성을 열어 투항한다면 당연히 네게 중상을 내릴 것이다. 하지만 지금은 잠시 널 가두어두어야겠구나. 여봐라, 이 자를 영중으로 압송하고 도망치지 못하도록 철저히 감시해라."

그 서주 병사는 유기의 처분을 듣고도 전혀 두려운 빛 없이 감사를 표한 후 호위병을 따라 중군 대영을 나갔다. 유기와 괴월은 그의 흔들림 없는 표정에 다소간 믿음을 가졌다. 이어 이들은 옹성의 철문을 무력화시킬 대책을 논의하고, 자신들의 운을 시험해 보기로 결정했다.

이리하여 형주군의 스물넷째 날 철군 계획은 자연히 취소되었다. 서주 수군이 곧 시상에 당도할 것이라는 소식이 공표되자, 형주군 내에서는 철수를 서둘러야 한다는 목소리가 터져 나왔다. 하지만 유기는 이번에야말로 반드시 시상성을 함락할 수 있다며 지엄한 명으로 들끓는 여론을 잠재워 버렸다. 형주 관원들은 유기의 처지를 잘 알고 있었기에 마지막으로 유기를 한 번 더 믿어보기로 했다.

오후가 되자 유기는 대장 유호에게 야전에 대비해 철문을 무력화시킬 마대와 모래주머니 및 횃불을 다량 준비하라 명하고, 서주 수군이 구원하러 오기 전에 꼭 시상성을 취할 수 있기만 바랐다.

시간은 금방 흘러 어느덧 이경이 되었다. 8천 군사를 거느리고 영채를 나간 유호는 야색을 틈타 시상성 서문 밖에 소리 없이 잠복했다.

유기와 괴월 등은 대영 안에서 초조하게 소식을 기다리는 동시에 일부 군사를 영중에 대기시키고 만일의 사태에 대비하도록 했다. 스물네 시간 넘게 한잠도 자지 못한 유기는 끝내 버티지 못하고 자리에 기댄 채 혼곤히 잠이 들었다.


"공자! 공자! 어서 일어나 보십시오!"

잠깐 눈을 붙인 것 같은데 금세 누군가 깨우는 소리에 유기는 게슴츠레 눈을 떴다. 자신을 흔들어 깨우는 사람은 뜻밖에 괴월이었다. 유기는 정신이 혼미한 상태로 물었다.

"이도, 무슨 일이라도 났소?"

"아군이 시상성 안으로 진입했습니다!"

흥분한 괴월의 외침에 유기는 잠이 확 달아나 버렸다.

"유호가 시상성 안으로 들어갔다고요! 손고가 정말로 성문을 열어 우리 대오를 맞이했습니다."

"그게 정말이오?"

유기는 믿기지 않는다는 듯 눈을 질끈 감았다가 뜨더니 자리에서 벌떡 일어났다. 맨발로 막사 밖으로 달려 나가보니, 시상성 방향에서 과연 함성이 천지를 진동하고 성 위에서는 횃불이 어지럽게 움직이고 있었다. 더욱이 시상성 서문 성루는 이미 화염에 휩싸여 마치 하나의 거대한 횃불처럼 사방을 온통 붉게 비추고 있었다.

"하하, 손고야말로 내 은인이로구나!"

유기는 너무 기쁜 나머지 목청껏 웃음을 터뜨리고 큰 소리로 외쳤다.

"빨리 예비대를 출격시켜라!"

그러자 괴월이 미소를 지으며 대답했다.

"예비대는 출격한 지 오래입니다. 그리고 이미 군중에 종을 울려 군대를 모두 집결해 놓았습니다."

유기는 광소를 터뜨린 뒤 빠른 걸음으로 병마를 점검하러 달려갔다. 군중에 가득 모인 장수들은 하나같이 기뻐 어쩔 줄 모르는 표정을 짓고 있었다. 석 달 가까이 맹공을 퍼부어도 꿈쩍 않던 견고한 시상성이 하룻밤 만에 무너졌으니, 저들의 기분을 가히 짐작하고도 남음이 있다.

유기는 의기양양하게 장수들 앞으로 걸어가 큰 소리로 말했다.

"여러분에게 기쁜 소식을 전하겠소. 유호 장군이 내 묘계로 시상성 서문을 순조롭게 공파했소이다!"

형주 장수들은 크게 환호성을 지른 뒤 잇달아 물었다.

"공자, 대체 무슨 묘계로 성을 무너뜨린 것입니까?"

이에 유기는 거만하게 손을 휘젓고 말을 이었다.

"지금은 성을 함락하는 것이 더 급하니 그건 나중에 얘기합시다. 문빙, 황충은 본부 인마를 거느리고 나를 따라 시상성 서문으로 가 유호를 도우시오. 등룡은 1만 군사를 이끌고 뒤를 따르고, 나머지 장수들은 괴월과 함께 대영을 지키시오."

이어 유기는 원적에게 급히 사신을 보내 시상성 남문을 공격하라 이르고, 장윤과 채중 등에게도 북문으로 출격 명령을 내렸다. 모든 안배를 마친 유기는 문빙, 황충과 함께 군사를 이끌고 바삐 시상성 서문으로 달려갔다.

유기 대오가 시상성 서문에 다다랐을 때, 앞서 출발한 형주군 1만 3천 군사는 이미 시상성 안으로 진입해 성벽을 장악해 버렸다. 수비군이 성내에서 시가전을 벌이며 필사적으로 저항했지만 시상성은 거의 점령된 바나 다름없었다.

이어 성 북쪽에서도 함성이 일어나며 채가 형제가 북문으로 쇄도해 들어갔다. 북문 수비군이 겁을 집어먹고 성문을 연채 달아나니, 채가 형제도 아무 저항 없이 시상성 안으로 진입했다.

"흥, 공로를 빼앗을 땐 동작 한번 빠르구나!"

유기는 욕을 내뱉고 즉시 명을 내렸다.

"문빙, 황충은 즉각 성안으로 들어가 적군을 모조리 성 밖으로 몰아내시오. 그리고 길가의 가옥들은 최대한 원래대로 보존하시오!"

"공자, 시가전에 이렇게 많은 군사를 투입할 필요가 있을까요?"

문빙의 이의 제기에 유기는 불편한 기색을 드러내며 황충은 남고 문빙만 성안으로 들어가라고 명했다.

문빙이 성안으로 들어가 보니 도처에 보이는 것은 형주군의 그림자뿐이었다. 이들은 횃불을 들고 거리로 나가 환호작약하고 있었고, 성미 급한 일부 병사는 가옥의 대문을 부수고 들어가 재물 약탈에 나섰다. 문빙은 군사들에게 가옥을 잘 보전하라고 명한 뒤, 군대를 이끌고 함성이 가장 크게 들리는 동문과 남문 쪽으로 질주해 들어갔다.

가옥을 보존하려는 이유는 당연히 군대를 주둔하고 양식을 비축하기 위함이었다. 따라서 유기의 명이 없더라도 일부러 불을 놓을 병사는 없었다.

그런데 오경이 절반쯤 지났을 무렵, 칠흑 같은 어둠속에서 뜻밖에 서주군이 시상성 거리에 불을 지르기 시작했다. 무수한 횃불과 불화살이 날아와 거리 곳곳을 뒤덮는 가운데, 형주군이 불을 끄러 애써봤지만 불길이 너무 거세 엄두도 내지 못했다. 사방에 연기가 피어오르고 맹렬한 불길이 가옥을 차례로 집어삼켜 마치 불기둥이 하늘로 솟는 듯했다.

형주군에게 더 치명적이었던 건 불길이 동남풍을 타고 서북쪽으로 크게 번졌다는 점이다. 서문과 북문에 모여 있던 형주군은 갑자기 불어 닥친 열화에 도망치기 바빴고, 이 틈을 타 서주군은 재빨리 동문과 남문으로 탈출을 시도했다.

불길이 번지기 시작할 때 형주군은 가옥을 보호하기 위해 불을 끄려고 시도했다. 그런데 희한하게도 이 불은 여느 불길과 달리 아주 맹렬히 타올랐다. 집집마다 마치 기름을 뿌리고 유황, 초석을 숨겨둔 것처럼 눈 깜짝할 사이에 불바다로 변했다. 결국 형주군은 불을 끄기는커녕 화마에 희생된 이가 부지기수였다.

거센 불길보다 더 무시무시한 건 짙은 연기였다. 매캐한 연기가 온 시상성을 뒤덮는 통에 이곳 지리에 익숙지 않은 형주군은 방향 감각을 잃고 헤매다 질식사했고, 심지어 먼저 살겠다고 도망치다가 자기편끼리 서로 밟고 밟히는 것은 물론 서로에게 칼을 겨누기까지 했다.

시상성이 순식간에 불바다로 변하고, 자기 병사들이 숯검정이 돼 떼로 성을 나오자 마침내 시상성을 손에 넣었다고 승리에 도취돼 있던 유기는 갑자기 불안감이 엄습해 왔다. 그의 뇌리에서는 점점 교유가 일부러 자기 군대를 성안으로 유인해 불을 놓았을지 모른다는 불길한 생각이 스쳐 지나갔다.

"공자, 공자! 큰일 났습니다!"

이때 병사 몇 명이 헐레벌떡 유기 앞으로 달려와 울면서 소리쳤다.

"유호 장군이 죽었습니다!"

유기는 둔기로 뒤통수를 얻어맞은 듯 큰 충격을 받았다.

"뭐? 그게 무슨 말도 안 되는 소리냐? 유호가 대체 왜 죽는단 말이냐?"

"유 장군은 선봉에 서서 적군을 추격하고 있었는데, 돌연 적군이 성에 불을 지르는 바람에 우리 모두 큰불에 갇히고 말았습니다. 장군이 우리를 데리고 돌파를 시도하던 중에 길을 잃고 헤매던 아군 대오와 부딪혀 전마에서 떨어졌다가 그만 말발굽에 밟혀 죽었습니다."

유기는 유호의 허무한 죽음에 목을 놓아 통곡했다. 유호는 유표의 조카로 유기가 강하에서 두각을 나타낸 이후, 굳건히 그의 곁에 서서 채가 형제에 대항하는 데 큰 도움을 준 인물이었다. 이런 자가 죽었으니 유기의 슬픔은 더욱 배가되었다.

그나마 다행이었던 점은 병사를 이끌고 성안으로 들어갔던 또 다른 장수 문빙이 요행히 도망쳐 나왔다는 것이다. 물론 몰골은 말이 아니었지만. 수염이 불에 그슬리고 연기에 얼굴이 까맣게 변한 문빙은 유기 앞으로 달려와 갈라진 목소리로 말했다.

"공자, 또 적의 계략에 빠진 것으로 보입니다. 성을 버릴 준비를 한 적은 도망치기 전 우리를 성안으로 유인하고 불을 놓을 작정이었습니다."

이 말에 유기는 이를 바드득 갈며 물었다.

"교유 필부 놈은 어디로 달아났소?"

"시상성 동남쪽입니다."

문빙은 손가락으로 그쪽 방향을 가리킨 뒤 이맛살을 찌푸리며 말했다.

"함성이 들리지 않는 것으로 보아 원적이 전장에 도착하고
도 군대를 움직이지 않고 사태를 관망하는 듯합니다."

"당장 적의 뒤를 추격하라고 전군에 이르시오!"

유기가 병력을 총동원해 교유 추격에 나섰을 때, 동이 서서
히 터 평려택 수면 위로 아침 햇살이 비치기 시작했다. 건안
9년 2월 스무닷새 날 이른 아침, 군대를 둘로 나눠 성을 나온
서주군은 전속력으로 시상성 동남쪽의 여산(廬山)으로 향하
고 있었다.

*        *        *

여산은 평지에 우뚝 솟은 산간 지대로, 북쪽에 소천지(小天
池)라는 높은 봉우리가 있다. 이 봉우리는 정상에 작은 호수
가 있어서 붙여진 이름으로 산세가 외외(嵬嵬)하고 수려했다.
이 소천지가 바로 성을 버리고 나온 서주군의 임시 목적지였
다. 이에 계획대로 성에 불을 지른 시상 수비군은 군대를 두
길로 나누어 동문과 남문을 통해 전속력으로 소천지를 향해
내달렸다.

문빙의 예상처럼 원적 대오는 서주군을 저지할 기회가 있었
음에도 전력을 보존하기 위해 필사적으로 공격에 나서지 않았

다. 형식적으로 몇 차례 길을 막는 시늉을 하다가 전력을 다해 덤벼드는 서주군의 공격에 못 이긴 척 순순히 길을 터 주었다. 서주군은 이 틈을 타 별 피해 없이 남문을 빠져나갔다.

잠시 후 유기가 대군을 이끌고 남문에 당도해 추격에 나섰지만 시상 수비군은 이미 거리를 멀찌감치 벌리고 산간 지대로 진입한 뒤였다. 서주군보다 앞서 소천지를 점령할 수 없게 된 형주군은 산 위로 힘차게 달려가는 적군을 빤히 눈뜬 채 바라볼 수밖에 없었다.

물론 험한 산악 지형과 수림의 영향으로 많은 서주 병사가 신속히 소천지로 오르진 못했다. 어떤 이는 산길에서 형주군에게 계속 쫓겼고, 또 어떤 이는 어쩔 수 없이 다른 고지로 방향을 틀어 성을 나온 1만 5천 수비군 중 소천지에 오른 병사는 절반 정도에 불과했다. 하지만 사전에 이를 예상했던 서주군은 조금도 당황하지 않고 각자 알아서 사방으로 흩어져, 교유가 소천지에서 보낼 회합 신호를 기다렸다.

이리하여 봄기운을 갓 드러낸 여산 산간 곳곳에서는 양군 사이에 치열한 교전이 벌어졌다. 서주군은 산세가 험준하고 수목이 우거진 곳으로만 골라 다니며 싸우면서 후퇴했고, 유기의 엄명을 받은 형주군은 끝까지 적의 뒤를 쫓으며 격전을 벌였다.

한편 교유는 미처 산 위로 오르지 못한 병사들을 돕고 적의 시선을 한쪽으로 모으기 위해 소천지 정상에 오르자마자 즉각 가장 높은 곳에 자신의 대장기를 내걸라고 명했다. 형주군은 과연 피 냄새를 맡은 늑대처럼 우르르 그쪽으로 몰려들었다. 친히 주력군을 이끌고 소천지 아래까지 당도한 유기는 이를 보고 황충에게 공격 명령을 내렸다.

황충이 아무리 용맹하고 형주군의 기세가 사납다 하나 고지를 점령한 우위를 당해낼 수는 없었다. 산허리에 다다르자마자 산 위에서 어지럽게 쏟아지는 돌과 화살에 형주군은 죽고 다치는 자가 부지기수였다.

황충 대오가 적진 근처에도 가지 못하자 발연대로한 유기는 사람을 보내 영중의 군대를 모두 산으로 이동시키라고 명했다. 그러자 문빙이 이를 만류하며 진언했다.

"공자, 교유가 성에 불을 놓고 달아났다는 건 서주 수군이 하루 이틀 내에 시상에 당도한다는 소식을 이미 들었다는 증거입니다. 이 산의 산세가 험해 일시적으로 함락하기 어렵다고 대군을 옮겼다가 서주 수군이 갑자기 나타난다면 누가 배에 올라 적을 막아내겠습니까?"

유기는 잠시 생각에 잠겼다가 고개를 돌려 심복 호위병에게 물었다.

"장강 하류를 정탐하러 간 척후병에게서 소식이 있었느냐?"

호위병이 아직 없었다고 대답하자 유기는 다시 문빙에게 물었다.

"아군이 전력으로 이 산에 강공을 편다면 대략 얼마나 걸려 함락이 가능하겠소?"

"그건……."

문빙은 다소 난처한 표정을 짓더니 대답했다.

"말장이 이 산의 지리에 어두워 언제 산을 점령할 수 있을지 말씀드리기 어렵습니다. 그러나 공자, 지금으로서는 혹시 모를 사태에 대비해 가능한 한 빨리 대영으로 돌아가 수군을 정비하는 것이 우선입니다. 이곳에는 일부 군대만 남겨놓고 적을 감시하기만 해도 족합니다."

유기는 문빙의 말이 고까워 못마땅한 기색을 드러냈지만 그의 말이 하나도 틀리지 않았기에 이를 악물고 외쳤다.

"징을 처라! 등룡은 5천 군사를 거느리고 산 아래에 주둔하고, 나머지 군대는 전부 대영으로 철수한다!"

징소리가 크게 울려 퍼지자 산속 깊숙이 적을 추격하러 들어갔던 형주 대오가 왔던 길로 철수하기 시작했고, 산허리에서 고전하던 황충 대오도 즉각 산 아래로 퇴각했다.

유기가 아쉬운 마음을 뒤로한 채 군대를 정비하고 막 철수를 시작하려는데, 산 정상에서 서주군 백여 명이 갑자기 튀어나와 방패를 들고 천천히 유기 쪽으로 다가왔다. 산 아래의 형주군이 경계 태세를 강화할 때, 유기는 위를 힐끔 쳐다보았다가 방패 사이에서 낯익은 얼굴을 발견했다. 누군지 궁금해 고개를 앞으로 쭉 내민 유기는 갑자기 놀란 표정을 지으며 말을 더듬거렸다.

"저… 저자가 어떻게 저기에……."

이 모습에 곁의 장수들이 무슨 일이냐고 물었지만 유기는 넋이 나가 계속 혼잣말로 중얼거렸다.

"양양에서 실종된 자가 왜 여기에 있는 거지? 귀신이 곡할 노릇이 아니고서야 이게 무슨 조화란 말인가?"

이때 방패수 뒤에 숨어 있던 양징이 불쑥 몸을 일으켜 예를 갖춘 뒤 큰 소리로 말했다.

"형님, 오랜만입니다. 그간 별고 없었습니까? 제가 어떻게 여기까지 오게 됐는지 궁금할 줄로 압니다만 지금 그런 시시콜콜한 얘기를 나눌 시간이 없으니 바로 본론으로 들어가겠습니다."

그제야 유기가 정신을 차리고 무슨 얘기냐고 묻자 양징이 단도직입적으로 말을 이었다.

"형님, 이제 그만 잘못된 길을 고집하지 말고 투항하십시오. 우리가 시상성을 버리고 여산으로 퇴각한 것을 보고 우리 원군이 곧 당도하리라는 사실을 아셨을 겁니다. 솔직히 말씀드립지요. 우리 원군은 빠르면 내일 밤, 늦어도 모레 아침에 시상에 도착할 예정입니다. 형님의 대오는 장사들이 모두 지

치고 사기마저 크게 떨어져 우리 주력군의 상대가 될 수 없습니다. 무고한 형주 장사들이 헛되이 희생되느니 차라리 무기를 버리고 투항하는 것이 올바른 선택입니다."

이 말에 유기는 광소를 터뜨린 뒤 채찍으로 양징을 가리키며 노호했다.

"네 이놈, 어디서 헛소리를 지껄이느냐! 우리에게 사방으로 겹겹이 포위된 주제에 도리어 나에게 투항하라고?"

양징은 다시 한 번 깍듯이 대답했다.

"뭐, 맞는 말이긴 하지만 형님에게는 시간이 없습니다. 우리 군사들은 사흘 치 식량을 휴대하고 있고, 소천지에는 수원이 풍족해 사나흘쯤은 너끈히 버틸 수 있습니다. 하나 형님에게는 이틀의 시간도 남지 않았습니다. 만약 이틀 안에 소천지를 함락하지 못한다면 형님은 완전히 끝장날 테니까요."

유기가 노기를 드러낼 틈도 없이 양징이 재빨리 한마디 더 덧붙였다.

"다시 한 번 권하지만, 투항하십시오! 시상 전투를 이렇게 끝내고 돌아갔다간 아무리 유 사군이 형님을 비호한다 해도 절대 형주의 주인 자리에 오를 수 없습니다. 하지만 여기서 순순히 항복한다면 제가 도 태위께 잘 말씀드려 형님의 형주자사 자리를 꼭 보장하겠습니다. 현명한 형님이라면 무엇이 올바른 길인지 아실 거라 믿습니다."

양징은 이 말을 홱 내뱉고 방패수들의 보호를 받아 곧장 산 위로 올라갔다. 유기는 이를 바득바득 갈며 양징의 뒷모습을 응시하다가 돌연 큰 소리로 외쳤다.

"전군은 철수를 중단한다. 사면에서 소천지를 포위하고 총공격을 감행하라! 또한 대영에서 1만 군사를 차출하고 기름과 횃불을 잔뜩 준비해라. 내일 날이 밝기 전까지 무슨 수를 써서라도 반드시 소천지를 접수한다!"

유기는 결국 순간의 분을 참지 못하고 양징의 격장지계에 넘어가 생애 최대의 어리석은 선택을 하고 말았다.

"공자, 적의 원군이……."

문빙이 급히 만류해 보려 했지만 이미 이성을 잃은 유기의 귀에는 어떤 말도 들어오지 않았다.

"입 닥치시오! 이는 군령이다. 영을 어기는 자는 그 자리에서 참하리다!"


이리하여 신시 즈음에 철군 준비를 서두르던 형주군은 다시 방향을 돌려 소천지에 전면 공격을 개시했다. 유기는 군사들의 사기를 진작하기 위해 큰 소리로 이렇게 외쳤다.

"교유를 죽이는 자에게는 상금 천 냥과 식읍 백 호를 내리고, 양징의 수급을 가져오는 자에게는 상금 2천 냥과 식읍 2백 호를 하사하겠다! 내일 통이 트기 전 이 산을 점령하지 못한다면 모든 장수를 참하리라!"

유기의 엄명 아래 형주 장사들은 울퉁불퉁한 산길을 밟고 사면팔방에서 소천지 정상을 향해 돌격해 들어갔다. 하지만 조수처럼 밀려드는 맹렬한 공세도 비처럼 쏟아지는 나무토막과 시석 세례를 당해내기 어려워 여기저기서 형주군의 고통스러운 비명이 터져 나왔다.

그럼에도 유기는 전혀 아랑곳하지 않고 오로지 군사를 휘몰아 공격에만 매진했다. 퇴병을 권유하는 장수들은 모두 욕을 먹고 쫓겨났고, 뒤로 물러서던 아장 둘은 그 자리에서 목이 달아나 버렸다.

어떤 희생도 아끼지 않은 강공은 날이 어둑어둑해질 때쯤 마침내 효과를 보았다. 병력 면에서 압도적 우위에 있는 형주군은 종내 서주군의 전방 진지를 무너뜨렸다. 형주군은 적과 육박전을 벌이며 점점 위로 치고 올라가다가 소천지 근방까지 이르자, 아예 서주군을 양단 내고 그동안 쌓인 한풀이라도 하듯 신나게 공격을 퍼부었다. 문빙, 황충, 등룡 등 맹장들의 칼 앞에 서주군이 연이어 쓰러졌고, 교유의 조카 교의는 황충의 칼에 그만 목숨을 잃었다.

형주군의 미친 듯한 공세에 서주군은 끝내 대오가 붕괴하고 장사들은 사방으로 뿔뿔이 흩어져 달아나기 시작했다. 교유도 하는 수 없이 양징, 고랑과 함께 호위대를 이끌고 소천지 동쪽으로 필사적으로 몸을 피했다.

하지만 불행히도 교유 일행은 황충의 눈을 피하지 못했다. 날이 이미 어두워져 손에 횃불을 든 황충 대오가 교유의 뒤를 맹렬히 추격해 양군 사이의 거리는 갈수록 좁혀졌다. 교유와 양징은 다급한 마음에 말에 더욱더 채찍질을 가하고 있는데, 전방에서 갑자기 서주 사병의 비명이 들려왔다.

"으악, 앞이 천 길 낭떠러지입니다!"

이 소리에 교유와 양징 등은 얼굴이 새파랗게 질리고 말았다. 형주군도 이 소리를 들었는지 뒤쪽에서도 광소가 터져 나오는 가운데 교유는 말고삐를 놓고 탄식했다.

"아, 이곳이 정녕 우리의 무덤이란 말인가!"

징징징, 징징징!

그때였다.

일촉즉발의 위기의 순간에 소천지 아래에서 돌연 징 소리가 크게 울리기 시작했다. 수백 개의 징이 한꺼번에 울리는 것으로 보아 매우 화급한 상황이 분명했다. 이와 동시에 무수한 형주 사병의 고함 소리까지 사방에 울려 퍼졌다.

"퇴각하라! 대공자의 명이다. 전군은 공격을 멈추고 즉각 퇴각하라!"

황충은 고막을 울리는 징 소리와 함성 소리에 놀라 순간 발걸음을 멈췄다. 교유를 지척 거리에 두고 잠시 망설이던 황충은 어쩔 수 없다는 듯 명을 내렸다.

"철수하라! 왔던 길로 돌아간다!"

형주 병사들이 황충을 따라 다급히 산을 내려가자, 이미 죽을 각오를 하고 있던 교유와 양징은 가까스로 정신을 차린 뒤, 이내 서로의 얼굴을 바라보며 회심의 미소를 지었다. 이들은 누가 먼저랄 것도 없이 북쪽으로 고개를 돌렸다.

평려택 북쪽에서는 화광이 이미 온 하늘을 뒤덮었고, 무수한 전선이 꼬리에 꼬리를 물고 늘어서 장강을 빽빽이 메웠다. 불길은 밤중에 매섭게 부는 동남풍을 타고 형주군 수군 영채를 불바다로 만들고 있었다.

"원군이 왔다! 우리 원군이 드디어 왔구나—!"

교유와 양징 등은 손뼉을 치고 환호하며 소천지가 떠나가라 광소를 터뜨렸다.


이번에 출정한 8만 형주군 중 6만은 시상성 포위 공격에 나섰고, 나머지 2만은 수군 영채에 남아 장강을 지켰다. 석 달 가까운 전투 기간 동안 유기는 장윤 대오를 단 두 차례만 공성에 가담시키고 대부분 보조 임무를 맡겼는데, 이는 물론 수군의 전력을 보존해 장강 하류에서 구원에 나설 서주 수군을 막기 위함이었다.

그런데 스물넷째 날 밤, 유호가 순조롭게 시상성 서문으로 진입해 성이 곧 함락될 기미를 보이자 장윤도 채중에게 3천 군사를 이끌고 북문으로 쳐들어가 공을 다투라고 명했다. 채중이 북문으로 달려갔을 때, 서주군은 뜻밖에 저항 한번 하지 않고 성문을 열어 놓은 채 달아나 버렸다. 신이 난 채중은 성 안으로 들이닥쳐 약탈을 자행했고, 장윤도 이 소식을 듣고 기회를 놓칠세라 친히 6천 군사를 거느리고 성내로 쇄도해 들어갔다.

장윤과 채중은 공에 눈이 멀어 성안 깊숙이 들어갔다가 결국 동남풍을 타고 번진 화마와 연기에 무수한 병사를 잃고 가까스로 성을 빠져나왔다. 요행히 시상성 북문을 탈출한 병사의 수는 그들이 이끌고 간 9천 병사 중 채 5천 명도 되지 않았고, 채중은 혼란 속에서 팔뚝을 데고 말았다.

공을 탐하다 외려 화를 초래한 장윤 등은 유기의 문책이 두려워 손실 상황을 즉각 보고하지 않았다. 스무닷새 날 정오에 괴월이 사람을 보내 병력을 얼마나 잃었는지 물었을 때도 사상자 통계가 아직 나오지 않았다는 구실로 실정을 알리지 않았다. 이리하여 수군의 병력 상황을 제대로 인지하지 못한 유기와 괴월은 제때 수군 영채에 군사를 보강할 수 없었다.

장윤과 채가 형제는 이경이 넘도록 이 일로 유기에게 빌미를 주지 않을까 노심초사했지만 달리 뾰족한 방도가 없어 추

후 상황에 따라 일을 처리하기로 결정하고 각자 영채로 돌아
갔다.

장윤이 자신의 막사로 돌아와 휴식을 취하려는데, 병사 하
나가 헐레벌떡 달려와 큰 소리로 외쳤다.

"도독, 서주 수군이 쳐들어오고 있습니다! 적군이 이미 평려
택으로 진입해 우리 수군 영채와 불과 30리 떨어진 지점까지
다다랐습니다. 평려택 쪽의 적군 전선이 끝이 보이지 않을 만
큼 빽빽합니다!"

이 말에 장윤은 얼굴이 사색이 돼 중군 대영으로 즉각 전
령을 보냈다. 막사에서 소천지 공격 소식을 기다리고 있던 괴
월은 이 악몽 같은 보고를 받고 손에 들고 있던 붓을 떨어뜨
렸다. 흰 비단이 까맣게 물들어 가는 가운데, 괴월과 형주 관
원들의 낯빛도 먹물처럼 새까맣게 변해 버렸다.

잠시 후 다시 괴월이 여산으로 사람을 보내 서주 수군의 침
공 사실을 알리자, 소천지 함락을 목전에 두고 의기양양해하
던 유기의 낯빛은 순식간에 절망적으로 변했다. 한동안 말이
안 나와 벙벙하게 서 있던 유기는 넋을 잃고 중얼거렸다.

"양징의 말로는 서주 수군이 빨라야 내일 저녁에 이른다고
하지 않았나? 그런데 왜 벌써 당도한 거지……."

이어 벌어진 일은 앞서 설명한 바와 같다. 시상 수비군을
전멸할 절호의 순간에 유기는 징을 쳐 공격에 나선 군사들을

시상 전투 177

모두 산 아래에 집결시킨 뒤 전속력으로 30리 밖 수군 영채를 구원하러 달려갔다.

*　　　*　　　*

전선이 평려택에 진입했는데도 형주 수군의 배 한 척 보이지 않자, 신중한 성격의 노숙은 혹여 매복이 있지 않을까 의심해 사방에 척후선을 보내 적정을 정찰했다. 이때 선봉에 선 장흠이 사람을 보내 형주 전선은 모두 시상 나루 부근에 집결해 있으며, 적의 수군이 급하게 배에 올라 전투 준비에 나서고 있다고 보고했다. 이 소식을 들은 노숙은 적이 아무런 대비도 하고 있지 않음을 알고 쾌재를 불렀다.

노숙은 이런 절호의 기회를 놓칠세라 전군에 즉각 돌격 명령을 내렸다. 또 선봉의 장흠에게도 형주 수군이 편대를 짜 부두를 나오지 못하도록 쉴 틈을 주지 말고 수군 영채를 공격하라고 명했다.

장흠 역시 시상 나루 쪽에서 아무런 움직임이 없는 것을 보고 적이 혹시 덫을 놓고 기다리는 것은 아닐까 의심이 들었다. 하지만 기회는 조금만 늦어도 사라지는 법. 장흠은 이것저것 따질 겨를이 없어 노숙의 명을 기다리지도 않고 즉각 전군에 돌격 명령을 내렸다.

한편 나루로 달려온 장윤은 적군 전선의 수가 얼마 되지 않는 것을 보고 코웃음을 쳤다. 이에 친히 몽동 80여 척과 작은 전선 수백 척을 조직한 뒤 수문을 나와 응전에 나섰다. 그리고 채가 형제에게는 자신이 적군을 막는 사이에 전선을 정비하고 후군이 당도하길 기다렸다가 함께 출격하라고 일렀다.

그러나 이는 형주군에게 치명적인 실수가 되고 말았다. 우선 장윤은 자신의 수군 실력을 과신해 적을 너무 얕봤다는 것이고, 또 즉각 적의 공격에 대응하지 않은 채 후군이 올 때까지 전선을 모두 나루에 묶어 두는 우를 범했다는 점이다.

장흠이 거느린 대소 전선은 총 1천2백 척으로 형주 수군이 다수 출격했다면 열세를 면치 못했을 것이다. 하지만 적을 얕본 장윤이 고작 전선 수백 척만 이끌고 출전한 덕에 전세는 오히려 뒤바뀌었다. 각고의 훈련으로 실력이 일취월장한 서주 수군은 바람의 이점을 이용해 일제히 불화살을 퍼부었다. 적의 강력한 공격을 예상 못한 장윤이 화급히 반격에 나서려 했으나 미처 준비가 없었던 형주군 전선 대부분에 불이 붙으면서, 고작 몇 척에서 쏘아대는 화살로는 서주군에게 전혀 위협이 되지 못했다.

서주 전선이 일렬로 늘어서 퍼붓는 화살 세례에 형주군은 점점 대오가 어지러워지기 시작했다. 이때 장흠은 적선 가운데서 적장 장윤의 대장기가 펄럭이고, 또 장윤의 기함에 이미 불이 붙은 것을 똑똑히 목격했다. 그런데도 형주 수군 영채에서는 접응하러 나오는 전선 한 척조차 눈에 띄지 않았다.

"대체 무슨 영문이지? 전선을 다수 파견해 우리를 막지 않은 것은 그렇다 치고, 왜 장윤이 직접 전투에 나섰을까? 우리를 유인하려는 작전일까, 아니면 혹시 저 정도로도 쉽게 이길 수 있다고 판단한 걸까?"

의혹이 꼬리에 꼬리를 물고 이어졌지만 어쨌든 적군 영채에서 아무런 움직임도 포착되지 않는 것을 본 장흠은 이를 악물고 큰 소리로 명했다.

"깃발을 올려라! 좌익의 하제(賀齊)는 적군 수군 영채로 돌격하고, 우익의 우미는 맞은편 적에게 돌진해 근접전을 벌여라!"

장흠의 명이 떨어지자마자 하제는 전선 2백여 척을 이끌고 정면의 형주군 영채로 쳐들어갔다. 우미도 망설임 없이 마주한 적을 향해 돌진했는데, 뜻밖에 적선이 일제히 닻을 올리고 북쪽으로 우회해 측면공격에 나서는 것이 아닌가. 이 광경을 본 장흠은 다시 한 번 고개를 갸우뚱했다.

"적군이 전선 수나 병력에서 우위에 있는데 왜 근접전을 피하는 거지? 설마 아군을 유인하려고? 하지만 이것이 적의 유인계라면 응당 내 기함을 유인해야 정상인데. 저런 보조 부대를 유인할 리가 없잖아?"

그 순간 장흠의 머릿속으로 뭔가가 빛처럼 빠른 속도로 스쳐 지나갔다.

"설마 장윤이 정말 저 배에 타고 있어서 함부로 근접전을 벌일 수 없는 상황인가?"

장흠이 이런 생각에 흥분을 감추지 못하고 있을 때, 좌우에서 환호성이 터져 나왔다.

"장군, 저길 보십시오. 하 장군이 적군 영채에 불을 놓았습니다!"

장흠이 급히 고개를 들어 바라보니 정말로 하제의 선대가 형주 영채 근방까지 돌진해 외곽에 늘어선 누선과 몽동에 불화살을 날리고 있었다. 닻으로 선체를 고정시킨 형주 선단은 불화살 공격을 받으면서도 반격할 기미를 보이지 않았고, 갑판에 불이 붙는 데도 나와서 불을 끄는 이가 거의 없었다. 어안이 벙벙한 표정으로 이 광경을 지켜보던 장흠이 큰 소리로 외쳤다.

"저건 빈 배가 틀림없다. 지금 배 위에 적이 하나도 없다! 깃발을 올리고 전원 적의 영채로 돌격하라! 불로 배를 태우고 닻을 모두 끊어 적이 배 위에 오를 기회를 주지 마라!"

장흠의 명이 떨어짐과 동시에 작은 배 몇 척이 시위를 떠난 살처럼 빠른 속도로 적군 영채 외곽의 큰 전선으로 달려가 닻을 묶은 사슬을 차례로 끊어버렸다. 미처 전투 준비를 갖추지 않아 배를 조종할 사람이 없는 외곽의 거함은 한 척 한 척씩 물길을 따라 하류로 표류했다. 또 서주군의 불화살과 횃불, 비화창 공격에 불이 붙은 거함에서 화광이 충천하면서, 이 배들이 막고 있던 관문이 활짝 열리며 안쪽에 배치된 쾌선과 작은 배들이 모습을 드러냈다.

이때 노숙이 거느린 주력 부대도 전장에 서둘러 도착했다. 선봉에 선 장흠이 이미 손쉽게 수군 영채를 공파하자, 노숙은 즉시 서성, 주태, 등당, 오돈 네 장수에게 각기 선대를 이끌고 출격해 장흠을 도우라고 명했다.

전고 소리가 천지를 진동하는 가운데 서주군 네 부대가 파죽지세로 시상 나루를 향해 쳐들어오자, 형주군은 그제야 배에 올라 적군을 맞이했다. 하지만 거함이 이미 불타 작은 배밖에 남지 않은 형주군으로서는 병력이 총출동한 서주 수군의 적수가 되지 못했다.

형주군이 아무리 전투 경험이 풍부하고 물에 익숙하다 하나 창졸지간에 다수의 적을 막아내기에는 역부족이었다. 서성, 주태 등 4로의 서주 수군이 정면에서 질주하며 어지럽게 날리는 화살에 형주군 수군 영채는 아수라장에 빠지고 말았다.

소천지에서 막 달려온 유기는 급한 마음에 발을 동동 구르며 빨리 적군을 막으라고 소리쳤다. 하지만 이미 많은 전선이 서주군의 공격에 박살나거나 침몰한지라 올라탈 배가 많이 보이지 않았다. 나루에 발이 묶인 형주군은 오도 가도 못하는 신세가 돼 외려 서주군 화살의 표적이 되었다. 소리 높여 용맹스럽게 전진하는 서주 수군 앞에 형주군이 큰 혼란에 빠지면서 대세는 이미 정해진 바가 다름없었다.

나루 근처 높은 곳에서 이 광경을 지켜보던 유기는 두 주먹을 불끈 쥐고 몸을 부르르 떨었다. 형주 관원들 역시 눈앞에 펼쳐진 현실을 믿지 못하겠다는 듯 멍한 표정으로 이를 바라보고 있었다. 한수와 장강을 주름잡던 자신들의 수군이 어떻게 이리도 처참히 패할 수 있단 말인가.

누구도 감히 입을 열지 못하고 슬픔과 분노에 휩싸여 있을 때, 형주 대영 쪽에서 갑자기 함성 소리가 울리고 화광이 충천하기 시작했다. 전령이 나는 듯이 달려와 보고하기를, 형주군이 수상 전장으로 달려간 틈을 타 원적이 몰래 대영을 급습해 인질로 잡혀 있던 원윤을 구하고, 영채 안의 병사들을 살상했다는 것이다.

형주 장수들은 이 소식을 듣고 가슴에 의분이 가득 찼으나 어찌할 방도가 없어 시선을 유기에게 돌렸다. 앞뒤로 적의 협공을 받게 된 유기는 망연자실한 표정을 지으며 다시 괴월에게 의견을 구했다.

괴월은 낙담한 목소리로 대답했다.

"대공자, 더는 방법이 없습니다. 하치(下稚)로 퇴각하시지요. 전선이야 침몰하면 다시 건조할 수 있지만 장사들이 죽으면 살릴 방도가 없으니, 최대한 병력을 보존해 철수해야 합니다."

유기는 힘없이 고개를 끄덕이고 전군에 하치로 퇴각하라는 명을 내렸다. 형주 장수들은 풀이 죽어 고개를 푹 숙이고 답한 뒤 군사들에게 승선을 멈추고 나루에 집결해 육로로 곧장 철수하라고 일렀다. 또한 이미 배에 오른 병사들에게도 배를 몰아 장강 상류로 퇴각하라고 명했다.

유기는 멍한 표정으로 장수들의 모습을 바라보며 한참 동안 아무 말도 하지 않았다. 시간이 얼마나 지났을까, 유기의 눈에서 갑자기 두 줄기 눈물이 배어 나왔다. 그는 울먹이는 목소리로 중얼거렸다.

"스승이여, 나를 제자로 삼고서 어찌 다시 저런 아들을 낳은 것이오?"

이렇게 말한 유기는 순간 눈앞이 어찔해지고 치가 떨려 선혈을 한 말이나 토했다.

第四章

드디어 근거지를 얻다

강동 대전에서 형주군은 압도적인 전력의 우세에도 불구하고 뜻밖에 대패를 당했다. 8만 정예군 중 절반에 미치지도 않는 군사만이 무창으로 돌아갔고, 13년 동안 고생해서 건조한 6천여 전선 중 겨우 8백 척밖에 남지 않는 치명적인 타격을 입었다. 이로써 서주군에게 절대적인 우위를 보였던 수상 전세가 완전히 역전돼 장강의 패권을 넘겨주고 스스로를 보호하기도 어려운 지경으로까지 전락하고 말았다.

만약 서주 수군이 여세를 몰아 과감하게 형주 내지로 쳐들어갔다면 강하 전역을 손에 넣고 하구 요지를 제압할 수도 있었다. 하지만 신중한 성격의 노숙은 군량이나 물자 등 후방 지원이 원활치 않을 경우, 수군 전체가 적진에 고립될지도 모른다고 판단해 강하 공격을 포기했다. 대신 강동의 눈엣가시를 뽑기 위해 기수를 남창으로 돌렸다.

원요군은 시상 전투로 원기가 크게 상한 데다 내부의 두 권신의 사이가 틀어져 반목하는 바람에 서주 대군의 적수가 되지 못했다. 서주군의 남하로 먼저 공격을 받게 된 유훈은 원윤에게 구원을 요청했다가 거절당하자 하는 수 없이 해혼 성문을 열고 서주군에게 투항했다.

서주군은 이 여세를 몰아 수륙 양로로 병진해 남창성을 철통같이 포위했다. 원윤 부자는 적의 공격을 당해내기 어렵다고 여겨 포위를 뚫고 남쪽의 여릉(廬陵)으로 달아나려고 했다.

그런데 이때 양장이 보낸 투항 권유 편지에 마음이 움직인 원요가 원윤 몰래 성문을 활짝 열어젖혔다. 이 틈을 타 성안으로 쳐들어간 서주군이 원윤 부자를 제거하자, 원요는 문무관원과 잔여 병력을 이끌고 서주군에게 항복했다.

이로써 예장이 드디어 평정되었다. 원요는 부친 원술의 영구를 여남 고향 땅으로 모시고 가 안장하고, 조정으로부터 안성후(安城侯)에 봉해졌다.

사실 이번 전투에서 서주군 역시 적지 않은 대가를 치렀다. 2만 시상 수비군 중 살아서 노숙의 주력 수군과 회합한 군사는 9천여 명에 불과했고, 교유의 조카 교의와 사마 풍칙(馮則)이 나란히 전사했다. 또한 교유가 수년간 심혈을 기울여 건설한 시상성마저 불에 타 잿더미로 변하고 말았다.

　하지만 이들의 희생은 결코 헛되지 않았으니, 이 희생 덕분에 서주군은 형주군을 크게 무찌르고 장강의 패권을 손아귀에 넣을 수 있었다. 전투 후 교의와 풍칙은 정후로 추봉되었고, 그들의 아들이 관직을 이어받았다. 교유도 정남장군 겸 당계정후(棠溪亭侯)에 책봉되었다.

　시상 전투에서 가장 큰 공을 세운 이는 당연히 양굉의 아들 양징이었다. 이에 도응은 양징의 공로를 크게 칭송하고, 그를 양주참군에 봉해 노숙을 도와 강동을 경영하며 잔여 군벌 세력을 소탕하라고 명했다.

　순풍에 돛 단 듯 승승장구하는 양징과 달리, 낭패해 강하로 도망친 유기의 처지는 처량하기 짝이 없었다. 유표는 형주 관원과 백성의 불만을 무마하기 위해 패전의 책임을 물어 유기의 모든 관직을 박탈하고 양양으로 소환해 자숙하라고 일렀다. 이어 문빙에게 강하태수를 서리(署理)하며 서주 수군의 침공에 대비하라고 명했다.

이 틈을 타 채모가 다시 수군 대권을 장악하면서 잔여 수군 대오는 모두 채씨 수중으로 들어갔다. 가련한 유기는 양양으로 돌아온 뒤 몸을 낮추고 부상 치료에 전념하며 동산재기에 나설 날만을 기다렸다.

＊　　　＊　　　＊

한편 유기가 시상으로 출병해 신나게 공격을 퍼부을 때, 한때 천하를 호령했던 조조는 호랑이가 평지로 내려오면 개에게 업신여김을 당한다는 말처럼 마등, 한수, 장로 연합군에게 협공을 받고 있었다.

삼군 연합군이 결성된 후, 장로는 가장 먼저 유비에게 1만 군사를 거느리고서 산관을 공격하라고 명했다. 물론 유비는 겉으로 산관을 기세등등하게 공격하는 척했지만 실제로는 전력을 보존하기 위해 조조군 수장 조인과 필사적으로 싸우지 않았다.

이를 간파한 조조는 3로의 적을 각개격파할 계획을 세우고 먼저 유비부터 손보기 위해 친히 진창으로 달려갔다. 그런데 그의 주력군이 막 진창에 당도했을 즈음에, 마등이 강족(羌族) 대군을 이끌고 농현(隴縣)을 공격하며 협공에 나섰다는 급보가 전해졌다.

마등이 이렇게 빨리 이를 줄 몰랐던 조조는 즉각 계획을 바꿔 먼저 마등을 상대하러 농관(隴關)으로 출격했다. 처음에 조조는 마등을 보잘것없는 변방의 군소 군벌로 여겨 상대를 얕잡아 보았다. 그러나 마등 휘하의 서량 철기와 강족 장창 부대는 결코 호락호락한 상대가 아니었다.

　농현 교전 시에 방진을 이룬 마등 부대는 정면에서 달려드는 조조군을 장창으로 막아섰고, 장창에 꿰어 조조군 진영이 어지러워진 틈을 타 서량 철기가 양익에서 돌격해 들어가 조조군을 유린했다. 서전에서 대패한 조조군은 적군에게 포위된 농현 성지를 구원하지 못하고 하는 수 없이 농관으로 퇴각했다.

　이튿날 조조는 전날의 패배를 교훈 삼아 무턱대고 적진으로 돌격하지 않고 맹장 장합을 보내 싸움을 돋우었다. 이때 마등 진영에서 용모가 준수한 백포 장수가 나는 듯이 달려나와 30여 합을 겨룬 끝에 장합을 물리쳤다. 조조가 이를 보고 깜짝 놀라는 사이에 장료가 이어서 출진해 그 백포 장수에게 이름을 물었다. 그 장수는 자신을 성은 마(馬)요, 이름은 초(超), 자는 맹기(孟起)로 마등의 장자라고 소개한 뒤, 다시 장료와 30여 합을 겨루었다. 장료의 창술이 점점 어지러워져 적장을 당해내기 어려워지자 조조는 급히 우금을 출전시켜 마초를 협공하라고 명했다.

그러자 마등 진영에서는 마초의 부장 방덕(龐德)이 칼을 곧 추들고 우금을 맞이했다. 방덕의 무용이 어찌나 절륜한지 10여 합 만에 우금이 뒤로 밀리기 시작했고, 옆쪽의 장료는 마초에게 쫓겨 본진으로 달아나기 바빴다.

상황이 여의치 않은 것을 본 우금도 본진으로 돌아가려 했으나 말 머리를 돌리는 순간, 쏜살같이 달려온 방덕의 칼에 그만 말에서 고꾸라지고 말았다. 방덕의 칼에 우금이 도륙되자 마등은 큰 소리로 웃음을 터뜨리고 차자 마휴와 조카 마대(馬岱)에게 총공격 명을 내렸다. 조조군은 또다시 대패하고 몹시 낭패해 얼른 다시 농관으로 대피했다.

조조군이 연전연패하는 것을 본 농현 수장은 더 이상 버티기는 무리라고 판단해 순순히 성문을 열고 마등에게 투항했다. 기세를 탄 마등이 군사를 휘몰아 농관을 공격할 때, 마침 한수의 원군도 농현에 당도했다. 마등군과 회합한 한수가 자진해서 견수(汧水)를 건너 조조군 배후를 습격하자, 조조는 하는 수 없이 농관을 버리고 장안으로 퇴각하라는 명을 내렸다.

마등군의 끈질긴 추격에 견현(汧縣) 일대까지 쫓긴 조조는 친히 후군 대오에 위치하고 적군과 결사전을 벌였다. 하지만 마초, 방덕, 마대가 좌충우돌하며 진영을 휘젓는 통에 조조군은 금세 혼란에 빠지고 말았다. 상황이 다급해지자 전위는 조조를 호위해 재빨리 전장에서 빠져나왔고, 조조는 조휴에게 견현을 사수하며 주력 부대의 퇴병 시간을 벌라고 명한 후 급히 장안으로 퇴각했다.

조휴는 2천 군사로 무려 열하루 동안 견현 작은 성을 철통같이 지키다가 군사들과 함께 장렬히 전사했다. 조휴가 임무를 완벽히 완수한 덕분에 조조군은 무탈하게 장안에 이를 수 있었다. 한편 조조는 연도의 각 성지에 청야수성(淸野守城) 전술로 성지를 단단히 지키라 명하고, 야전에는 능하지만 공성에는 약한 서량군을 장안으로 유인해 결전을 벌이기로 마음먹었다.

조조의 이 작전은 예상대로 맞아떨어졌다. 견현성을 함락하는 데 애를 먹은 마등과 한수는 과연 연도의 성지 공격을 포기하고 곧장 장안으로 진격했다. 이 성지들은 군사가 얼마 없는 작은 성에 불과해 자신들의 퇴로를 위협할 걱정이 없었던지라, 마등과 한수는 과감하게 장안으로 달려가 일거에 성을 무너뜨리고 도응이 허락한 관직과 작위를 받을 꿈에 부풀었다.

하지만 조조는 유비라는 변수를 계산에 넣지 못했다. 유비는 조조가 농관에서 대패한 후 장안으로 철수했다는 소식을 듣고 즉각 산관에 맹공을 퍼부었다. 그는 마등, 한수에게 조인을 협공하자고 연락을 취하는 한편, 산관 군중에 조조가 이미 이곳을 포기했다는 소문을 퍼뜨렸다.

그 결과 마등과 한수가 산관 북쪽의 위수(渭水) 강가에 이르렀을 때, 사기가 크게 저하된 조인군은 급격히 대오가 붕괴했고, 조인도 삼군 연합군에게 포위 공격당할까 걱정돼 어쩔 수 없이 산관을 버리고 장안으로 달아났다. 이 틈에 관내로 진입한 유비는 장안 공격을 위해 장로에게 군사와 양식을 빨리 지원해 달라고 요청했다.

건안 8년 말에 삼군 연합군은 장안성을 포위 공격했다. 하지만 조조는 궁지에 몰린 상황에서도 예의 침착함을 유지하고 성 밖의 군사를 모두 성내로 불러들였다. 이는 연합군이 먼 길을 달려와 양초가 부족하다는 약점과 장안성의 견고한 방어를 이용해 소모전을 벌이려는 작전이었다. 이에 한 달여 동안 한 차례도 성 밖으로 나가지 않고 시간을 끌며 연합군이 저절로 물러가기만 기다렸다.

적의 허점을 노린 조조의 작전은 매우 적확했다. 아무리 공격을 퍼부어도 장안성이 함락되지 않는 사이에 마등과 한수의 양초가 마침내 바닥을 드러내기 시작했다. 유비의 양초는 전부 장로에게 의존하는 터라 맹우에게 많은 식량을 지원할 여력이 없었다. 이에 마등과 한수가 식량 지원을 요청했을 때, 유비는 자신의 능력 범위 안에서 최대한도로 저들에게 식량을 내주며 장로에게 더 많은 양초를 보내라고 독촉하도록 부추겼다. 하지만 식량을 아까워한 장로가 이 요구를 단호히 거절하면서 마등과 한수의 공분을 샀다.

건안 9년 정월 말에 연합군의 양초 사정은 이미 심각한 수준에 도달했다. 이들은 장기간 공성에 나섰지만 조조군이 성문을 꽁꽁 걸어 잠그고 나오지 않아 지칠 대로 지친 상황에서 식량 배급량까지 하루하루 줄어들자 사기가 크게 저하되고 말았다. 조조는 이 기회를 놓치지 않고 마침내 야간에 마등 영지를 기습해 퇴세를 만회할 승리를 거두었다.

급작스러운 적의 공격에 커다란 손실을 입은 마등은 제때 구원에 나서지 않은 한수와 유비를 몰래 원망했다. 이때 조조가 고의로 전에 한수와 함께 일하며 자주 편지를 왕래했다는 말을 흘리자, 마등은 한수를 크게 의심해 서로 눈치를 보며 장안성 공격에 최선을 다하지 않았다.

2월 초, 장로의 지원이 끊긴 삼군 연합군의 양초는 마침내 바닥이 나고 말았다. 게다가 장안성이 너무 견고해 함락할 가망이 없자 마등과 한수, 유비는 논의 끝에 퇴병하기로 결정했다.

이로써 위기에서 벗어나게 된 조조는 반격을 개시했는데,

오로지 마등만 공격하고 한수와 유비를 공격하지 않았다. 또한 조조는 한수에게 서신을 보내 이 틈을 타 마등의 대오를 병탄하라고 권유했다. 한수 역시 일찌감치 마등이 자신을 시기한다는 사실을 알고 마음이 크게 흔들렸다.

그러자 유비는 위기를 직감하고 즉각 나서서 이들의 사이를 중재했다. 마등이 습격당할 때 전력으로 구원에 나서 함께 조조군을 격퇴함은 물론 한수에게도 서서를 보내 마등을 구원하라고 설득했다. 이로써 삼군이 다시 뭉쳐 대항하자 조조도 어쩔 수 없이 추격을 멈추고 장안성으로 물러났다. 이 일로 마등은 유비에게 크게 감격해 그와 형제의 의를 맺었고, 한수와도 오해를 풀고 예전 관계를 회복했다.


＊　　　＊　　　＊


관중의 혼전이 마무리된 뒤 조조는 비록 장안 근거지를 지켜내는 데 성공했지만 한중을 취할 목적으로 창고에 차곡차곡 쌓아 두었던 양초를 절반 넘게 소모하고 말았다. 게다가 장안성 인근 둔전까지 적군에게 모조리 파괴돼 식량 수급이 심각한 타격을 입었다. 이로 인해 당분간 남정은 언감생심이 되었다.

반면 유비는 혼란을 틈타 한몫 보는 능력을 십분 발휘해 한

중군을 1만 5천 이상으로 확충했고, 또 퇴각하는 도중 관중 지방의 향병까지 군대에 편입시켜 수중의 병력이 2만을 훌쩍 넘겼다. 이 정도 군사면 한중을 병탄할 전력을 갖춘 셈이었다.

중원에서 쫓겨나 폐허가 된 관중을 3년여간 애써 다져놓았는데, 재기의 희망이 다시 한 번 삼군 연합군의 공격으로 물거품이 되고 최대의 적수 유비를 제거하기 더욱 어려워지자 분노가 극에 달한 조조는 부지불식간에 곽가처럼 잦은 기침이 멈추지 않았다. 한동안 치료해도 증상이 나아지지 않았으나 다행히 각혈이 심하지 않아 견딜 만하다고 여긴 조조는 삼군 연합군이 철수한 후 가을에 수확할 수 있도록 서둘러 좁쌀, 콩 등을 심으라고 일렀다.

시간이 살같이 흘러 어느덧 8월 추수 시기가 되자, 작물을 최대한 창고에 쌓아 놓기 위해 조조는 문무 관원을 거느리고 밭으로 가 군민을 독려하는 동시에 직접 밭 가운데서 낫을 들고 이삭을 베었다. 조조가 이삭 한 톨이라도 빠뜨리지 말라고 주의를 주고 있을 때, 순욱이 문서 한 통을 쥐고 헐레벌떡 조조 앞으로 달려와 보고했다.

"주공, 한중에서 급보가 도착했습니다. 유비가 장로와 사이가 틀어져 내응을 통해 순식간에 양평관을 접수하고 남정성 아래까지 쳐들어갔습니다. 또 아직 확인되지 않은 소식에 따르면, 낭중(閬中)의 두호(杜濩), 박호(樸胡), 원약(袁約) 등 이인(夷人) 세력이 유비와 동맹을 맺었다고 합니다."

하지만 조조는 전혀 놀랍지 않다는 표정을 짓고 낯질에 열중하며 말했다.

"결국에는 귀 큰 도적놈이 움직이기 시작했구면. 그런데 무력으로 장로를 공격하면서 이 위선자 놈이 대체 무슨 구실을 댔소?"

순욱이 쓴웃음을 지으며 대꾸했다.

"유비다운 구실이더군요. 바로 자신의 종씨 유장을 보호한다는 이유를 댔습니다. 양송이 장로에게 유비를 서천(西川)으로 파견해 유장을 공파하고 부유한 서천 41개 성을 차지한 뒤 한녕왕에 오르라고 권하자, 장로는 크게 기뻐 유비에게 출병을 준비하라고 일렀습니다. 그런데 명을 받은 유비가 뜻밖에 장로의 사자를 죽이고, 유장은 자신과 같은 한실 종친이라 죽어도 형제에게 칼을 겨눌 수 없다는 핑계를 댄 후 곧장 양평관으로 쳐들어간 것입니다."

조조가 이 말에 길게 탄식을 내뱉었다.

"아, 실로 절묘한 계책이로구나! 양송을 매수해 자신이 서천을 공격하도록 진언하게 한 뒤 인의의 이름으로 반란을 일으키다니. 일이 성사되면 한중 요지를 차지할 수 있고, 설사 실패한다 해도 유장에게 몸을 의탁할 명분이 생겼으니 더 크고 더 풍요로운 익주 땅을 도모할 수 있게 되었군. 어느 쪽이든 모두 만족할 만한 결과를 얻을 수 있겠어."

"주공의 말씀인즉슨, 양송이 이렇게 진언하도록 유비가 미리 손을 썼다는 것입니까?"

의아해하는 순욱의 물음에 조조는 고소를 보였다.

"그러면 충분히 그러고도 남지 않겠소? 그래서 도응이 나보다 유비가 한중과 서천으로 들어가는 것을 더 두려워한 것이오."

"이제 어찌해야 할까요? 출병 준비를 서둘러야겠지요?"

"물론이오. 하지만 우리의 출병은 유비를 도와줄 뿐이오. 우리가 한중으로 출격해 장로를 도와 유비를 쫓아내든, 아니면 스스로 한중을 취하든 유비는 필시 서천으로 달아나게 돼 있소. 어쨌든 서천이 한중보다 훨씬 더 나은 곳이니까."

조조는 이렇게 말한 후 하늘을 바라보며 씁쓸하게 웃음을 지었다.

*　　　*　　　*

유비와 장로의 반목은 단지 시간문제일 뿐이었다. 유비는 기꺼이 남의 밑에 있는 데 만족할 자가 아니었고, 장로도 유비가 세력을 확대해 자신의 한중 지위를 위협하도록 수수방관

할 리 만무했다. 이리하여 유비가 2만여 군사를 거느리고 관중에서 저현으로 돌아왔을 때, 둘 사이에는 점점 틈이 벌어지기 시작했다.

갈등의 시발은 난세 군벌에게 목숨과도 같은 군대 귀속 문제였다. 장로는 잇달아 유비에게 1만 5천 명이 넘는 군사를 파견했는데, 유비가 관중에서 새로 5천여 병졸을 모집한 관계로 전후 장로는 빌려준 군사를 모두 돌려받으려 했다.

이에 유비는 신병이 아직 훈련되지 않아 양평관 보위의 중임을 맡기 어렵다는 구실을 들어 1만 군사가 잠시 저현에 남아 신병을 훈련시키게 해달라고 요청했다. 장로와 유비 사이에 한참 동안 실랑이가 이어지다가 결국 7천 정규군이 저현에 주둔하고 나머지는 모두 한중으로 소환한다는 데 서로 합의했다.

하지만 유비가 쓸 만한 군사를 보낼 리 있겠는가. 소환된 절반의 군사는 모두 이진급 병사인 데다 군대를 통솔하는 아장 여덟 명 중 네 명은 유비가 친히 발탁한 신인이었다. 기존의 네 아장은 군법을 위반한 것이 아니라 단지 유비에게 비협조적이라는 이유로 면직됐다는 얘기에 장로는 속으로 불만이 가득했다.

이에 장로는 기존의 네 아장을 원직에 복직시키고 유비가 발탁한 아장들의 직급을 강등해 버렸다. 이 조치로 인해 파면된 옛 아장들은 뛸 듯이 기뻐했지만 이유 없이 강등된 새 아장 넷은 분기탱천해 장로에게 원한을 품었다.

이어진 반년의 기간 동안에도 장로와 유비는 나머지 7천 군사를 놓고 툭하면 신경전을 벌였다. 장로가 반환을 요구하면 유비는 갖가지 이유를 들어 돌려주기를 거부했고, 오히려 장로에게 자신을 믿지 못하는 것이냐며 반문하기도 했다. 만약 6월에 유비가 억지로 3천 군사를 돌려보내지 않았다면 이미 화가 날 대로 난 장로는 전쟁을 선포했을지도 몰랐다.

그런데 시간이 지남에 따라 장로로서는 유비에 대한 경각심이 더욱 커지는 일이 발생했다. 사람 마음을 사는 데 능한 유비가 한중 일대에서 명망이 점점 높아지고 백성과 군사들의 추대를 받았을 뿐 아니라 한중의 유력 토호 세력과 밀접하게 왕래했다는 점이다. 특히 파군(巴郡) 낭중의 이인과 암암리에 결탁함으로써 이미 함부로 건드릴 수 없는 세력으로 급성장했다.

이를 시기하고 있던 장로는 8월에 양송이 유비를 서천 공략의 선봉장으로 삼자는 건의를 두말없이 수용했다. 그 목적은 바로 최대한 빨리 유비를 한중에서 몰아내고 유장의 손을 빌려 제거하기 위함이었다.

하지만 일은 장로의 생각대로 흘러가지 않고 외려 최악의 사태로 치닫고 말았다.

이 명령을 받은 유비는 장로의 사자를 흠씬 두드려 팬 뒤 종친 유장을 보호한다는 명분으로 오히려 장로에게 선전포고하고 곧장 양평관으로 쳐들어갔다. 양평관 수장인 장로의 아우 장위는 어찌할 바를 몰라 당황하다가 급히 관문을 꽁꽁 걸어 잠그고 나오지 않았다. 이때 전에 유비에게 발탁됐다가 다시 장로에게 강등된 아장 넷이 관내에서 반란을 일으키고 관문을 활짝 열어젖혔다. 이 틈을 타 유비군은 밀물처럼 관내로 돌진해 들어갔다. 관평이 성루에서 장위를 단칼에 베어버리자 양평관 내 수비군 대부분이 투항했고, 일부 군사만이 남정으로 도망쳐 이 급보를 장로에게 알렸다.

양평관 요지를 점령한 유비는 다시 군사를 휘몰아 면양(沔陽) 공격에 나섰다. 면양 수장 양앙(楊昂)은 유비군의 공세를 당해내기 어렵다고 여겨 아우 양임(楊任)과 함께 수백 군사를 거느리고 황급히 성을 빠져나갔다. 그러자 성에 홀로 남게 된 양앙의 부장 창기(昌奇)는 성문을 열고 유비에게 항복했다.

양평관과 면양을 차례로 함락한 유비군의 병력은 순식간에 2만 명 이상으로 불어났고, 양평관의 식량 저장고인 면양의 양초와 무기, 물자까지 거의 손실 없이 수중에 넣었다.

이어 유비는 서성(西城)과 상용, 방릉(房陵)의 원군이 아직 이르지 않은 틈을 타 곧바로 남정성 아래까지 짓쳐 들어갔다. 남정을 겹겹이 포위한 유비는 병간(兵諫)을 구실로 장로에게 두 가지 정전 조건을 내걸었다. 하나는 서천 원정 계획을 포기하는 것이오, 다른 하나는 성문을 열고 유비군을 맞아들인 뒤 유비와 함께 한중 대사를 논의하라는 것이었다.

이 소식이 성안으로 전해지자 장로는 유비의 탐욕스러운 야심에 크게 노해 그 자리에서 유비의 사신을 참살했다. 유비는 이를 예상하고 있었다는 듯 사신을 죽였다는 명분으로 장로에게 선전포고한 후 전군에 총공격 명을 내렸다.

궁지에 몰린 장로는 성지를 굳게 지키는 동시에 사람을 상용과 낭중 등지로 잇달아 파견해 빨리 구원병을 보내라고 독촉했다. 그러나 상용까지는 길이 너무 멀고 또 험난하기 짝이 없어 단시간 내에 원병이 이르기 어려웠다.

그런데 미창산(米倉山) 이남에 주둔하던 원약이 어느샌가 군사를 이끌고 남정으로 달려온 것이 아닌가. 장로는 이를 보고 크게 기뻐했지만 애석하게도 원약은 장로를 구하기 위해서가 아니라 유비를 도와 장로를 치러 온 것이었다.

원약이 남정성 아래에서 자신의 입장을 밝히자 한중군의 사기는 크게 꺾이고 말았다. 유비군의 맹렬한 공격 앞에 결국 성문이 무너지고 유비군이 밀물처럼 성안으로 들이닥쳤다.

선봉에 선 장비가 앞을 가로막는 적군을 닥치는 대로 베고 종횡무진 성을 휘젓고 다니니, 남정성의 운명은 정해진 바나 다름없었다. 대세가 이미 기운 것을 본 장로는 하는 수 없이 군사에게 자신의 가솔들을 보호하라 명한 뒤 동문을 통해 성고(成固)로 달아났다.

유비는 왕평에게 장로의 뒤를 급히 추격하라 명하고, 관평에게는 성안으로 들어가 가장 먼저 양송과 양백 형제를 찾아 죽이라고 명했다. 양송과 양백은 따지고 보면 유비에게 은인이었으므로, 이들은 성이 공파된 뒤 인장을 받쳐 들고 유비에게 투항하러 달려가고 있었다.

그러나 큰 상을 받으리라는 기대와 달리, 양송과 양백은 도중에 관평의 칼에 목숨을 잃었고, 가족까지 남김없이 몰살되었다. 이로써 양송이 장로에게 서천 공략을 진언한 일이 과연 유비의 사주에 의한 것인지 여부는 영영 역사 속의 수수께끼로 묻히고 말았다.

한편 왕평이 뒤를 바짝 쫓아온 탓에 장로 대오는 성고성 안으로 들어갈 시간이 없어 할 수 없이 성고를 포기하고 동남쪽으로 달아났다. 왕평이 더 이상 장로의 뒤를 쫓지 않고 성고를 취함으로써 한중의 주요 토지는 모두 유비의 차지가 되었고, 수중의 군사도 4만이 넘는 대군을 보유했다.

유비는 남정에 입성한 후, 공을 세운 관원들에게 큰 상을 내리고 군사들을 술과 고기로 호궤했으며, 사람의 마음을 얻기위해 백성들을 일일이 만나 눈물을 뿌리며 고충을 위로했다.

반면 장로는 뻔뻔스럽게 한중을 빼앗은 유비를 증오하며 서성으로 물러나 병마를 재정비하는 한편 파중(巴中) 각지에 연락을 취해 반격을 준비했다.

한말 난세에 정처 없이 근 20년 동안 여기저기 떠돌던 유비
는 마침내 자신의 근거지를 얻는 쾌거를 이루었다. 그것도 상
당히 괜찮은 땅으로 말이다. 전투가 수습된 후 남정성 대당의
화려한 의자에 걸터앉은 유비는 기쁨과 흥분을 주체하지 못
하고 대당이 떠나가라 웃음을 터뜨렸다.

유비는 근거지를 얻었다는 기쁨도 잠시, 목에 가시가 걸린
듯 음식을 먹어도 맛을 느끼지 못했다. 그 원인은 다름 아닌
북쪽 조조군의 위협 때문이었다. 조조가 한중에 군침을 흘린
지 한두 해가 아니라는 사실을 잘 아는 유비는 즉각 방통과
서서를 불러 계책을 구했다.

서서는 유비의 얘기를 듣고 계책을 올렸다.

"걱정 마십시오, 주공. 저에게 조조가 감히 한중을 넘보지
못하게 할 방법 두 가지가 있습니다."

"오, 원직, 무슨 계책인지 얼른 말해보시오."

"첫째는 마등, 한수에게 지원을 요청하는 것입니다. 지난번
삼군 연합군이 조조를 공격할 때 장로가 양초 보급을 꺼린
일로 둘은 장로를 심히 증오했습니다. 따라서 아군이 한중을
점령한 지금, 저들에게 충분한 양초 공급을 약속하고 조조를
견제해 달라고 요청한다면 향후 중원까지 노리는 저들로서는

필시 대군을 동원해 조조 공격에 나설 것입니다. 승패와 상관없이 마등과 한수가 출격하는 것만으로도 아군의 근심이 사라져 버립니다."

유비는 손뼉을 치며 크게 기뻐했다.

"묘계로구려! 내 즉시 마등, 한수에게 편지를 써서 이해득실을 잘 설명하고 조조 공격에 나서도록 요청하리다."

서서가 차분히 계속 말을 이었다.

"둘째는 유장과 동맹을 맺는 것입니다. 아군이 장로와 반목하고 개전하게 된 명분이 바로 서천 보호이기 때문에 어리석고 무능한 유장은 이 소식을 듣고 크게 기뻐 아군에게 감격해 마지않을 것입니다. 이때 우리가 순망치한의 이치로 설득하고 동맹을 제안한다면 유장은 필시 아군의 제안을 받아들여 조조의 남하를 막는 데 힘을 보탤 것입니다. 현재 원기가 크게 상한 조조는 이 사실을 알고 분명 출병 후 어떤 결과를 빚을지 곰곰이 고민해 볼 테고, 또 아군은 유장과 우호 관계를 맺은 뒤… 흐흐."

서서가 말을 잇지 않고 단지 웃음만 지었지만 유비와 방통은 이미 그 뜻을 알아차리고 크게 웃음을 터뜨렸다. 유비는 절묘한 계책이라며 연신 찬탄한 뒤 유장에게 줄 서신을 써서 성도에 간옹을 사신으로 보내려 했다. 이때 방통이 건의를 올렸다.

"주공, 이 두 편지를 각각 한 통씩 더 베껴서 조조에게도 보내시지요."

이 말에 유비는 눈을 동그랗게 떴다가 곧 방통의 의중을 알아챈 뒤 주저하며 말했다.

"조조에게 이 편지를 보여 준다면 확실히 타초경사의 효과를 얻을 수는 있소. 하지만 조조가 결국 우리의 계략을 훤히 알게 돼 대응책을 들고 나올까 걱정이오."

방통은 자신만만하게 웃으며 대꾸했다.

"이것이야말로 절대 깨뜨릴 수 없는 양모(陽謀)입니다. 우리가 마등, 한수 및 유장에게 동맹을 요청하리라는 것은 조조도 쉽게 예상할 수 있는 바입니다. 이때 대놓고 이 사실을 모두 밝힌다면 조조의 요행 심리를 아예 차단할 수 있습지요."

유비는 한참 동안 침묵을 지키다가 종내 힘주어 고개를 끄덕였다.

　　　*　　　　　*　　　　　*

유비와 장로가 갈라서서 싸운다는 소식에 반년간 때를 기다리던 조조는 마침내 군대를 움직여 한중을 취하기로 결정했다. 다만 가장 중요한 양초 문제가 아직 해결되지 않아 식량이 창고에 쌓일 때까지 좀 더 시간을 두고 기다렸다. 그런데 순식간에 유비가 남정을 함락해 버리는 바람에 조조군은 절호의 출격 시기를 놓치고 말았다.

물론 조조에게 전혀 기회가 없는 것은 아니었다. 유비가 이제 막 한중을 점령해 민심이 아직 귀부하지 않는 등 내부가 어수선한 관계로 그 틈을 노린다면 충분히 승산이 있었다. 이에 가을걷이가 끝나자마자 조조 휘하의 관원들은 잇달아 한중 공략에 나서야 한다고 주장했다. 조조 역시 배후의 마등과 한수가 걱정되긴 했지만 이 기회를 놓칠 수 없었기에 즉시 남정 준비에 착수하라고 일렀다.

병마가 모두 집결하고 양초도 완벽히 준비됐으며, 장안을 지킬 인원과 군사까지 확정한 후 출정에 나서려던 날 저녁에 유비의 서신이 쾌마로 장안에 도착했다. 조조는 유비의 편지 두 통을 다 읽더니 갑자기 얼굴이 붉으락푸르락해지고 이를 바득바득 갈며 세상의 욕이라는 욕을 들입다 퍼부었다.

순욱도 미간을 잔뜩 찌푸리고 말했다.

"유비 놈이 우리에게 함부로 경거망동하지 말라는 경고를 보냈군요. 아군이 지금 출병한다면 한중을 취할 가능성이 높다지만 마등, 한수와 유장이 반응을 보이기 전에 속히 한중을 손에 넣지 못했다가 일단 저들이 유비를 돕게 되면 일이 꼬이게 생겼습니다."

조조도 순욱의 말에 동의하고 다급히 물었다.

"문약이 보기에 마등, 한수와 유장이 출병할 확률은 얼마나 되겠소?"

순욱이 잠시 생각에 잠겼다가 대답했다.

"주공이 실망하시겠지만 마등, 한수의 출병 가능성은 구 할 이상입니다. 저들은 본디 우리와 적대 관계인 데다 유비와 호응하면 전량은 물론 토지까지 얻을 수 있기 때문입지요. 호전적인 저들에게 출병 후 빚을 결과 같은 건 고려 대상이 아닙니다."

순욱이 잠시 숨을 고르고 말을 이었다.

"한편 유장도 출병 가능성이 육칠 할은 됩니다. 서천 입장에서는 세력이 약소한 장로와 유비가 한중에 도사리고 있을 때는 크게 두려워할 바가 없습니다. 하지만 아군이 한중을 손에 넣게 되면 상황이 달라져 유장으로서도 큰 위협을 느끼게 됩니다. 더욱이 유비가 유장에게 거듭 선의를 베풀고, 둘의 사이는 한실 종친이라는 관계로 엮여 있기 때문에 유장이 유비를 구원할 확률이 높다고 보입니다."

순욱의 설명에 조조는 점점 얼굴이 굳어 속으로 자신의 군대가 얼마나 신속히 한중을 취할 수 있는지 따져 보았다. 그러나 험준하고 구불구불한 진령(秦嶺) 산길, 지키긴 쉬워도 공격하긴 어려운 양평관 요새, 여기에 손으로 꼽을 정도의 양초 저장량 등 악조건만이 머리에 떠오르자, 머리가 지끈지끈해진 조조는 갑자기 허리를 숙이고 심하게 기침을 해댔다.

순욱 등은 화들짝 놀라 급히 조조를 부축하며 병세를 물었다. 조조는 손을 휘저어 괜찮다고 한 뒤 결심을 내린 듯 큰 소리로 명했다.

"이번 남정을 포기한다고 전군에 알려라. 밑천이 부족한 우리로서는 스스로를 보전하는 것이 최선이다!"

순욱 등은 묵묵히 고개를 끄덕이며 조조의 이 명령을 받아들였다. 조조는 기침을 멈추고 다시 말했다.

"그리고 조인에게 다음 명령을 전해라. 병마를 둘로 나누어 주력군과 군량은 모두 진창성 안에 주둔하고, 산관에는 예비 부대와 사흘 치 식량만 남겨 두어라. 마등과 한수의 군대가 산관에 이르면 즉시 산관을 포기하고 진창만 사수해 한중으로 들어가는 길을 열어 주도록 하라."

조조의 말뜻을 알아차린 곽가가 무릎을 치며 소리쳤다.

"절묘합니다! 유비는 평소 인자(仁者)로 자처하고, 한수와 마등에게 아군을 공격하는 데 필요한 군량을 공급하기로 약속했습니다. 이때 고의로 한중으로 통하는 길을 열어 주어 저들 사이에 다툼이 생기도록 유도한다면 아군은 쉽게 어부지리를 취할 수 있겠군요."

그러자 순욱이 길게 탄식하며 말했다.

"성공만 한다면 어부지리를 취할 수 있겠지요. 하지만 두 호랑이가 치열하게 싸우다 관중처럼 뼈만 남은 한중을 얻지 않을까 걱정입니다."

하지만 조조는 개의치 않는다는 듯 냉랭하게 뇌까렸다.

"하지만 적어도 우리에겐 익주를 취할 기회가 생기게 되오. 원상과 유표가 얼마나 도응의 발목을 잡을지 모르겠으나 어쨌든 도응이 서진하기 전에 나와 귀 큰 도적놈 중 익주를 얻는 자는 도응에게 대항할 근거지를 마련하고, 패하는 자는 도응의 칼에 먼저 목숨을 잃게 되겠지……."

조조가 어쩔 수 없이 한중 공격을 포기한 뒤 다시 스무 날이 흘러 마초가 과연 1만 2천 군사를 거느리고 유비를 도우러 남하했다. 조조군이 점거한 농서 제현(諸縣)은 전과 마찬가지로 청야수성 전술을 펼쳐 성지를 굳게 지킬 뿐, 나와 싸우지 않았다. 공성에 약점이 있는 마초 대오는 좀처럼 성을 공략할 틈이 보이지 않자 아예 진창 부근으로 진격해 버렸다.

이에 조인은 군사들에게 산관을 포기하고 모두 진창성 안으로 들어오라고 명했다. 이로 인해 한중으로 통하는 길이 막힘없이 뚫려 버리자, 마초는 군사를 이끌고 한중으로 들어가 유비에게 전량을 내놓으라고 독촉했다. 조조는 이 소식을 듣고 크게 기뻐하며 계속 상황을 주시하는 한편 백방으로 사람을 보내 한중 소식을 탐문했다.

조조가 인내심을 가지고 소식을 기다릴 때, 뜻밖의 사자가 장안성을 방문했다. 그는 바로 도응을 대신해 허도를 지키는 시의의 사신으로, 도응의 명의로 조조에게 한중과 서천에 관한 정보를 제공해 달라고 부탁하러 온 것이었다.

조조는 이를 듣고 크게 놀라 급히 서주 사자에게 물었다.

"도응은 지금 유주에 있지 않소? 어떻게 이렇게 빨리 한중에 변란이 생겼다는 소식을 듣고 그대를 보낼 수 있단 말이오?"

서주 사자는 숨김없이 솔직하게 대답했다.

"사실 소신은 1년 전에 주공으로부터 명을 받았습니다. 당시 주공은 유비가 장로에게 중용됐다는 소식을 들은 후, 시복야에게 유비가 장로를 배반하고 한중을 탈취했다는 소식을 접하는 즉시 사신을 보내 조공과 연락을 취하라고 명했습니다. 아군과 서천 사이에 길이 통하지 않아 소식을 접하기 어려우니, 명공께서 부디 한중의 구체적인 상황과 특히 유비와 유장 간에 어떤 연락을 주고받고 있는지 알려주시기 바랍니다."

도응이 1년 전에 이런 명을 내렸다는 사실에 처음에는 크게 놀랐으나 유비의 인품을 고려한다면 능히 짐작하고도 남음이 있었다. 이에 조조는 냉소를 보이며 말했다.

"어찌 됐든, 내가 귀 큰 도적놈의 정보를 그대들에게 흘리리라 여기고 있소?"

서주 사자가 공손히 예를 갖추고 말했다.

"시 복야의 말을 그대로 전하겠습니다. 조공은 개세의 영웅
으로 경중과 완급을 잘 헤아려 우리 주공의 소소한 청을 반
드시 들어주시리라 믿습니다."

조조는 흥, 하고 콧방귀를 뀐 뒤 더욱 짙은 냉소를 드러냈
다.

"자우의 말이 낯간지럽기 짝이 없구려. 도웅의 말이 원래
이렇지 않았소? 조조는 난세의 간적이라 적의 적은 친구라는
사실을 잘 알고, 또 자신의 이익을 위해서라면 눈 하나 깜짝
하지 않고 살부의 원수와도 손을 잡는 자이니 이런 사소한 부
탁쯤은 틀림없이 응낙하리라고 말이오."

서주 사자는 당황한 기색이 역력해 대답했다.

"명공, 소신이 거기까지는 잘 알지 못해 답을 드릴 수가 없
습니다."

조조는 다시 한 번 코웃음을 친 뒤 과연 눈 한 번 깜빡하
지 않고 분부했다.

"중덕, 저 서주 사자를 데리고 가 그간 우리가 수집한 한중
의 정보를 베끼라고 하시오."

서주 사자가 연신 허리를 굽혀 사례하자 조조는 팔을 내두
르며 말했다.

"그만한 일로 고마워할 필요는 없소. 돌아가 도응에게 너무 기뻐하진 말라고 이르시오. 길이 너무 험해 우리도 유장이 익주별가 장송(張松)을 유비에게 보냈다는 사실만 알아냈을 뿐, 구체적으로 무슨 얘기가 오갔는지는 알 길이 없소."

서주 사자가 다시 사례하고 정욱을 따라 나가려는데, 조조가 무슨 생각이 났는지 급히 그를 불러 세우고 물었다.

"아 참, 유주의 전황은 어찌 돼 가고 있소?"

걸음을 멈춘 서주 사자가 득의양양해 대답했다.

"소신이 허도에서 출발하던 날, 마침 유주에서 낭보가 전해졌습니다. 우리 주공이 노룡새에서 선비와 오환 연합군을 대파한 후 역수로 물러나 휴식을 취하며 군대를 정비하고 있는데, 요동의 공손강(公孫康)이 원상의 수급을 바치며 항복을 청했다고 합니다."

이 말에 조조와 순욱 등의 낯빛이 금세 어두워졌다. 한동안 침묵이 이어지다가 조조가 하늘을 우러러 탄식을 내뱉었다.

"아, 삼분천하 중 도응 놈이 이미 둘이나 차지했구나!"

第五章
익주로 눈을 돌리다

　서주군이 계현을 함락하고 장기의 잔여 부대를 흡수하자, 원상은 하는 수 없이 패잔병을 이끌고 유성으로 달아나 오환에게 몸을 의탁했다. 도응은 끝까지 원상을 추격하기로 결정하고 유주 지리에 밝은 건가, 전예, 전주, 선우보의 안내를 받아 4만 정예병을 거느리고 동북쪽으로 출격했다.

　서주군은 요서(遼西) 중부의 요지를 지키는 오환 부대를 악전고투 끝에 잇달아 물리쳤고, 마침내 원상과 능신저지(能臣抵之), 누반 등 오환 선우가 조직한 연합군을 격퇴했다. 서황은 능신저지를 단칼에 죽였고, 조운은 누반을 생포한 후 참수했다. 이리하여 서주군이 유성까지 점령해 버리자, 원상은 요행히 몸을 빼쳐 요동의 공손강에게 도망쳤다.

이후 도응은 즉각 군대를 계현으로 철수시키고 요동을 침범하지 않았다. 또한 공손강에게 크게 호의를 베풀고 사신을 보내 투항을 권유했는데, 이는 역사에서 공손강이 항복해 오리라는 조조의 예측을 본떠 취한 조치이지만 실제로는 병마가 지치고 양식 조달에 큰 어려움을 겪었기 때문이다.

서주군이 서무로 돌아왔을 때, 마침 선비 부락이 노룡새로 쳐들어온다는 소식이 전해졌다. 당시 서주군은 몹시 기진맥진하여 주력 부대가 제때 구원에 나서기 어려웠던지라 대다수 관원이 나가 싸우지 말고 성을 사수하자고 권고했다.

그런데 서주 주력군이 나타난 것을 본 선비 대오는 노룡새 북쪽에 숨어 감히 군대를 움직이지 못하고 있었다. 이에 도응은 지금이야말로 적을 격퇴할 절호의 기회라 여겨 지친 군사 가운데 1만 정예병을 골라 친히 정벌에 나섰다.

갑작스러운 서주군의 기습에 선비 대오는 공세를 이기지 못하고 자중지란에 빠졌다. 도응은 전예의 계책을 채납해 선비 부락 중 가장 세력이 강하고 위망이 두터운 가비능 부대를 전력으로 추격했다. 사막까지 쫓아가 가비능을 죽이자 우두머리를 잃은 선비 부락은 더욱 혼란에 빠져 머리를 싸매고 북쪽으로 퇴각해 버렸다.

이 두 차례 대전으로 서주군은 걸음을 옮기기 힘들 정도로 녹초가 돼 계현까지 돌아오는 엿새의 여정이 무려 두 배로 늘어났다. 서주 대군이 힘겹게 계현으로 회군했을 때, 다행히 요동의 공손강을 정벌하지 않은 효과가 나타났다. 공손강은 과연 원상을 죽이고 그의 수급과 적토마를 도응에게 바치며 항복을 청했던 것이다.

도응은 사신에게 중상을 내리고 공손강을 좌장군 겸 양평후(襄平侯)에 봉했다. 이어 고순을 유주자사에 임명하고 견초, 전예, 선우보 등 유주 토호에게 보좌를 맡겼다. 또한 군자군을 기주 최북단 중산군에 확대 편성해 외침에 대비하도록 한 후, 스스로 대군을 이끌고 업성으로 돌아갔다.

이로써 건안 7년 10월 기주 북벌에 나선 이후 건안 9년 9월 원상의 목을 얻기까지 기나긴 가주와 유주 대전이 마침내 종식을 고했다.


서주군은 북방의 너른 영토를 얻는 혁혁한 전과를 올렸지만 그에 못지않은 후유증에 시달렸다. 장장 2년간의 원정으로 인해 극심한 피로에 시달린 데다 오랜 기간 가족을 만나지 못해 고향을 그리워하고 전쟁에 염증을 느끼는 자가 많았다. 더욱 심각한 것은 2년 동안 쉬지 않고 대군에 양초를 대느라 서주 5군을 포함한 후방의 전량이 다량 소모돼 더 이상 전투를 이어나갈 여력이 없었다.

이런 상황에 직면하자 도응은 급히 공을 이루려는 생각을 버리고 전군에 업성에서 휴식을 취하며 군대를 정비하도록 명했다. 또한 군사들이 교대로 고향으로 돌아가 가족을 방문하는 한편, 문무 관원들의 가솔을 업성으로 불러들여 그곳에서 건안 10년(205년) 새해를 맞이하기로 결정했다. 도응이 곧바로 허도로 돌아가지 않은 건 북방이 이제 막 평정돼 인심이 아직 귀순하지 않았기 때문이다.

주력 부대를 기주에 배치해 만일의 사태에 대비하며 위의 명령을 전달하자, 피로에 지친 서주 삼군은 우레와 같은 환성을 내질렀다. 격무에 시달린 도응 역시 그제야 길게 한숨을 내쉬고 2년간 보지 못한 가족을 그리워했다.

물론 도응은 그 기간에도 한가로이 여유를 즐길 시간이 없었다. 대내적으로는 양초를 비축해 다음 전쟁에 대비해야 했고, 대외적으로는 적의 동정을 면밀히 주시해야 했다. 특히나 가장 위험한 두 적수 조조와 유비에 대해서. 이에 도응은 12월 중순 업성에서 부인과 자식을 만나 회포를 풀자마자 곧바로 그간 군사들이 수집한 조조와 유비 양군의 정보를 취득해 적을 견제할 계책에 골몰했다.

유비가 장로를 배반하리라는 건 도응 등의 예상 속에 있었고, 이로 인해 빚어질 각종 결과에 대해서도 여러 차례 의견을 나누었기에 유비가 손쉽게 한중을 차지하고, 또 조조가 감히 한중으로 출병하지 않은 데 대해 누구도 크게 놀라지 않았다.

회의 중에 순심이 먼저 말을 꺼냈다.

"주공과 문화 선생이 설계한 삼군의 조조 협공 계책이 이상적으로 효과를 거두었군요. 유비가 교활하게 한중을 차지한 후 인심이 안정되지 않은 틈을 타 조조가 한중으로 쳐들어가지 못한 건 반년 전 삼군의 공격으로 원기가 크게 상했음을 증명합니다."

그러자 유엽이 문서 하나를 꺼내 보이며 반론을 제기했다.

"아군 세작의 보고에 따르면, 9월에 조조가 전군을 장안에 집결시켰다가 무슨 이유에선지 갑자기 출병을 포기했다고 합니다. 제 생각에는 출격 직전에 아마도 마등과 한수의 출병 소식을 듣지 않았을까 사료됩니다. 그리고 지난달 마초가 관중으로 쳐들어갔을 때, 조조가 고의로 산관을 열어 마초 대오를 한중으로 들어가게 한 목적은 유비와 마초가 불화하도록 유도해 삼군의 동맹을 이간하려는 것이 분명합니다."

이어 가후도 자신의 견해를 밝혔다.

"유비는 자못 도량 있는 간웅이라 조조의 이번 조치가 당장 효과를 보기 어렵습니다. 마초가 이끌고 간 군사는 1만 남짓

이어서 한중의 식량으로 충분히 먹일 수 있기 때문이지요. 전 오히려 유비가 이 기회에 마초를 저현에 주둔시키고 외곽 장벽으로 삼지 않을까 걱정입니다. 물론 마초에게 전량을 떼어주고 돌려보낼 수도 있고요. 어쨌든 지금 상황에서 유비가 맹우와 반목하는 어리석은 짓을 할 리는 없습니다."

유엽은 자신과 생각이 다른 가후를 힐끔 쳐다보고 말했다.

"유비가 어떤 조치를 취하든 관중과 익주 일대에 대해 당분간 염려할 필요는 없어 보입니다. 유비가 서천을 취하려 했다간 조조가 필시 한중으로 쳐들어올 테고, 조조도 한중을 공격하려다간 마등과 한수가 뒤를 급습할 것이기 때문에 서로 큰 손해를 볼까 견제하고 자중하는 구도가 형성될 것입니다."

이때 도응이 고개를 절레절레 흔들며 자못 심각한 표정을 지어보였다.

"꼭 그렇지만도 않소. 유장이 유비와 교섭을 벌이러 보낸 사자가 바로 익주별가 장송이라는 사실을 다들 간과한 것이오?"

그러자 모사들은 도응이 무슨 말을 하는지 몰라 서로 얼굴만 멀뚱멀뚱 쳐다보며 물었다.

"주공, 장송이 유비에게 사신으로 간 것이 무슨 문제라도 있습니까?"

"그건……."

도응은 이미 알고 있는 사실을 솔직히 밝힐 수 없었기에 잠시 생각에 잠겼다가 에둘러 말했다.

"내 특수한 경로를 통해 본의 아니게 다음의 정보를 입수했소. 이 장송이란 자는 스스로 비범하다고 자처해 늘 유장처럼 무능한 주군 밑에서는 자신의 재능을 발휘하기 어렵다고 입버릇처럼 말하며, 자신의 재주를 펼칠 만한 새로운 주인을 갈구해 왔다고 하오. 이런 그가 한중으로 들어갔다가 유비와 결탁하고, 심지어 익주를 그에게 넘길 마음을 품어 유비의 첩자가 된다면 큰일 아니겠소?"

가후는 여전히 이해 못 하겠다는 표정을 짓고 물었다.

"주공, 농담이 지나치십니다. 익주목의 별가라면 이미 서천 최고의 문관인데, 장송이 약을 먹지 않은 이상 어찌 유비의 첩자가 되어 유비가 서천을 도모하도록 돕는단 말입니까? 유비가 서천을 취한다고 그에게 무슨 좋은 점이 있는지요?"

유엽까지 가후의 말에 맞장구를 치며 나서자, 도응은 말 못할 속사정에 주저주저하다가 멋대로 둘러댔다.

"나 역시 처음에는 이 일이 너무 터무니없다고 여겼지만 그럴 가능성을 전혀 배재할 수 없다는 생각이 들더구려. 애초에 미축도 서주별가였으나 결국 유비의 첩자가 되기로 자처한 일을 잊었소이까?"

가후는 그제야 무슨 뜻인지 깨닫고 말했다.

"그러니까 주공의 말씀은 장송이 유비를 당대 영웅이라 여겨 그의 휘하에서 자신의 재능을 펼치고 야심을 이루기 위해 유비에게 몰래 투신하지 않을까 걱정한다는 뜻이군요."

도응은 재빨리 고개를 끄덕이며 대꾸했다.

"맞소. 바로 그 말이오! 천하에 유비보다 위선적이고 사람 마음을 사는 데 능한 자는 어디에도 없소. 여기에 장송까지 이처럼 사악한 마음을 생각을 품고 있으니 이에 대비하지 않으면 안 된다는 말이오."

유엽은 도응의 두서없는 얘기에 여전히 반신반의하면서도 계책을 올렸다.

"장송이 정말 이런 짓을 꾸미고 있다면 우리는 병사 하나 허비하지 않고 유비를 제거할 수 있습니다."

"자양, 그게 대체 무슨 뜻이오?"

도응의 다급의 물음에 유엽이 미소를 띠며 대답했다.

"유비가 한중을 취한 지 얼마 되지 않아 민심이 아직 불안할 뿐 아니라 장로도 호시탐탐 재기를 노리고 있습니다. 이런 때에 유비가 장송이라는 내응을 얻더라도 당분간은 서천을 취할 여력이 없습니다. 따라서 우리는 장송과 유비가 서천을 도모하기로 결탁했다는 증거를 찾은 연후 이를 유장에게 까발린다면 유장은 크게 노해 당장 장송을 죽이고 한중으로 쳐들어가지 않겠습니까?"

"오, 내 어찌 그런 생각을 꿈에도 하지 못했꼬."

도응은 무릎을 치며 기뻐하더니 말했다.

"그렇게만 된다면 유장이 설사 귀 큰 도적놈을 멸하지 못하더라도 최소한 경계를 엄중히 강화할 테고, 배후의 조조에게 견제를 받는 유비로서는 함부로 서천을 취할 엄두를 내지 못하게 되오. 우리가 군대를 정비하고 전쟁을 준비할 충분한 시간을 벌겠구려!"

이어 도응은 모사들에게 유비와 장송이 결탁했다는 증거를 어찌 찾을지 방법을 논의하라 이르고 한마디 더 덧붙였다.

"내가 찾아낸 사실 두 가지를 더 일러줄까 하오. 첫째로 장송이 유비와 공모해 유장을 배반할 때, 법정(法正)이란 조력자가 나타날 것이오. 둘째로는 장송의 친형인 익주 광한태수(廣漢太守) 장숙(張肅)이 있소. 그런데 장숙은 아우와 반대로 유장에게 충심이 깊고 공평무사하여 주인을 팔아먹는 행위를 절대 용납하지 못하는 성품을 가지고 있소. 따라서 장숙의 손을 빌려 장송의 죄행을 밝히는 방법도 고려해 보시오."

가후와 유엽 등은 오늘 하루만 도응의 뜬금없는 얘기를 대체 몇 번째 듣는지 몰라 어안이 벙벙할 지경이었다. 이들은 머릿속이 복잡해 대책을 강구하는 데는 뒷전이고, 의심의 눈초리로 도응만 멍하니 바라보고 있었다.

도응은 모사들의 표정에서 자신의 말을 믿지 못한다는 눈빛을 읽었지만 어떻게 설명할 방법이 없었기에 단지 계책을 빨리 세우라고 독촉할 뿐이었다.

*       *       *

조조가 고의로 마초를 놓아주어 한중으로 들어가게 한 구호탄랑(驅虎呑狼) 계략은 효과를 거두지 못했다. 이제 막 한중을 접수한 유비는 맹우와 급하게 반목할 이유가 없었기에 주저 없이 대량의 전량을 내주며 마초 대오를 위로했다. 마초 역시 사양 않고 이를 받아들인 후, 향후 조조를 공격하는 데 용이하도록 자신의 군대를 한중에 진주하게 해달라고 요청했다.

마초가 좋은 의도로 이런 제의를 했을 리 만무하지만 유비는 두말없이 마초의 청에 응낙하고, 그에게 양평관 밖 저현성에 주둔할 것을 제의했다. 마초도 흔쾌히 이에 응하고 당분간 유비의 관문을 지키며 서량보다 부유하고 풍요로운 한중 땅을 취할 기회가 찾아오길 바랐다.

유비가 불순한 의도로 찾아온 마초에게 양보를 거듭한 데에는 피치 못할 사정이 있었다. 간교한 수단으로 한중을 취한 뒤 안으로는 민심이 아직 심복하지 않은 데다 장로가 재기를 도모하고 있었고, 밖으로는 숙적 조조가 호시탐탐 쳐들어올 기회만 노리고 있었기 때문이다. 내우와 외환이 겹치다 보니 유비로서도 든든한 조력자를 옆에 두고 힘을 비축할 시간이 필요했다.

어쨌든 유비는 운이 좋았다. 힘만 세고 꾀가 없는 마초를 잘 달래 어렵지 않게 통제하는 데 성공했고, 장로 역시 메뚜기도 한철이라고 며칠 길길이 날뛰다가 서성, 상용 등의 병사가 적고 양식이 부족한 것을 보고 감히 반격에 나설 엄두를 내지 못했다.

여기에 가장 중요한 유장과의 관계도 의외로 술술 풀렸다. 유장은 유비의 동맹 제안에 두말없이 응낙하고, 중신 장송을 파견해 종친을 지켜주려 한 유비의 기개에 감사하는 한편 정식으로 동맹을 체결했다.

장송이 유장의 명을 받고 한중에 당도했을 때, 유비는 인심을 사고 성의를 표시하기 위해 친히 양평관 밖까지 나가 장송을 맞이하고 극진한 예로 대하며 날마다 연회를 열어 환대했다. 동시에 자신이 믿을 만한 유장의 형제임을 과시하기 위해 장송 앞에서 패왕의 기개를 드러내고, 손가락 한 번만 튕기면 반란을 기도하려는 장로 무리쯤은 단숨에 멸할 수 있다고 허풍을 떨었다.

늘 유약하고 무능한 유장만 봐왔던 터라 자신의 재능을 펼칠 새로운 군주를 오매불망 바라왔던 장송은 유비의 박력 있는 모습에 눈이 번쩍 떠졌다. 그는 장시간 유비와 대화를 나눈 뒤 유비야말로 개세의 영웅이자 인중지룡이라고 굳게 믿었다. 이에 장송은 작별하고 서천으로 돌아갈 때, 양평관 밖으로 마중 나온 유비에게 자다가도 미소 지을 만한 커다란 선물을 안겼다.

며칠 후 성도로 돌아온 장송은 유장 앞에서 유비야말로 어질고 의로운 관후장자(寬厚長者)이자 조조, 도응에 대적할 만한 영웅이라고 입에 침이 마르도록 칭찬했다. 그러니 마땅히 유비와 형제의 의를 맺어 함께 도응 등에 대항하자고 극력 권고했다. 자신이 신뢰하는 별가의 진언인지라 유장도 장송의 의견을 받아들여 즉각 유비에게 정예병 5천과 군량 10만 휘, 전백(錢帛) 3백 수레를 지원하라고 명했다. 이 틈을 타 장송은 유비와 연락을 취하러 북상할 사신으로 친우인 군의교위(軍議校尉) 법정을 천거했다.

유장의 이 조치에 당연히 많은 익주 관원이 잇달아 간언을 올리며 반대하고 나섰다. 종사 왕루(王累)와 주부 황권(黃權)은 도겸 부자와 조조, 유표, 장로의 일을 일일이 거론하며 배신을 밥 먹듯 하는 유비를 절대 도와서는 안 된다고 만류했다. 심지어 대장 장임(張任)은 한중이 아직 안정되지 않은 지금 당장 출격해 한중을 탈취하자고 건의하기까지 했다.

하지만 유장은 황권, 왕루 등의 충언을 단호히 거부하고, 출병을 건의한 장임에게는 심한 욕을 퍼부었다. 이어 그는 다시 장송의 건의를 받아들여 뚱딴지같은 일을 벌였으니, 바로 허도로 사람을 파견해 유비를 대사마(大司馬) 겸 사례교위(司隷校尉)에 임명해 달라고 주청한 것이다! 후에 익주 관원들은 이 소식을 듣고 깜짝 놀라 발을 동동 굴렀다.

"아, 끝장이로구나! 유비와 불공대천의 원수인 도응이 이 일로 우리 서천을 원수로 여기게 생겼어!"

                    *          *          *

건안 10년 2월에 서주 사자 신비는 조정의 깃발을 내걸고 형주를 경유해 유장을 만나러 갔다. 서주 주력군이 유주를 점령하고 개선했다는 소식에 마음이 불안해진 유표는 신비 일행에게 길을 열어 주라는 채모의 건의에 따라 저들이 한수, 장강을 거쳐 서천으로 들어가도록 내버려 두었다. 익주목에 오른 이후 한 번도 조공을 바치지 않은 유장 역시 뒤가 켕겨 문무 관원을 모두 이끌고 30리 밖까지 나가 무릎을 꿇고 헌제의 어지를 받들었다.

그런데 이번에 도응이 조정 명의로 신비를 보낸 이유는 뜻밖에도 유장 및 몇몇 익주 중신에게 상을 내리기 위함이었다. 헌제의 이름으로 유장을 성도후(成都侯) 겸 정남대장군에 봉하고, 중신 방희(龐羲)를 어부정후(魚符亭侯) 겸 건위태수(犍为

太守), 대장 오의(吳懿)를 덕양정후(德陽亭侯) 겸 재동태수(梓潼太守), 서천의 명사 허정(許靖)을 촉군태수(蜀郡太守) 겸 문강정후(汶江亭侯)에 임명했다.

또한 신비는 유장의 천거를 받아들여 유비를 사례교위에 임명한다는 조서를 전달했다. 다만 유비를 대사마로 삼아 달라는 요청은 거절했다. 사실 이때 사례 대부분 지역이 조조수중에 있었기 때문에 도응은 선심 쓰는 체하며 허울 좋은 관직을 내린 것이다.

신비가 대독한 어지를 듣고 유장은 과분한 대우에 몸 둘 바를 몰라 다시 무릎을 꿇으며 성은에 감사했다. 익주 관원들은 유장을 따라 고분고분 고개를 조아리면서도 도응이 대체 무슨 꿍꿍이로 이러는지 몰라 머릿속만 복잡해질 뿐이었다. 그런 가운데 장송은 고양이 쥐 생각하는 도응의 조치에 상황이 이상하게 돌아가는 것을 감지하고 불길한 예감을 지울 수 없었다.

신비의 어지 대독이 끝난 뒤, 그날 밤 성도의 익주목 대당에서는 성대한 연회가 열렸다. 친히 문무 관원을 거느리고 신비를 환대하던 유장은 술이 서너 순배쯤 돌았을 때 문득 신비에게 물었다.

"좌치 선생, 내 본디 조정에 아무런 공적도 없는데 태위께서 관직과 작위를 내린 데에는 분명 이유가 있겠지요? 분부가 있다면 솔직히 얘기해 주시오. 내 힘닿는 데까지 도와 드리리다."

신비가 공손한 어조로 답했다.

"주목이 기왕 그리 말씀하시니 실례를 범하겠습니다. 우리 주공이 절 성도로 파견한 데는 어지를 전하는 것 외에 사실 한 가지 청이 더 있어서였습니다."

장송은 드디어 속셈을 드러내는구나 라며 코웃음을 쳤고, 왕루와 황권 등도 잔뜩 경계심을 가지고 신비의 말에 귀를 쫑긋 세웠다. 하지만 유장은 그런 것쯤은 개의치 않는다는 듯 웃으며 말했다.

"그렇게 예의 차리지 말고 어서 말해보시오. 내 능히 도울 수 있다면 보잘것없는 힘이라도 다해 태위의 은혜에 보답하리다."

그런데 신비는 주저주저하며 입을 열지 않고 계속 좌우만 돌아보았다. 유장은 신비의 의중을 알아채고 급히 몸을 일으키며 말했다.

"좌치 선생, 후당으로 가서 얘길 나눕시다."

"저도 주공을 따라가 도 태위의 밀령을 들어야겠습니다."

장송이 다급한 마음에 자리에서 일어나 따라나서려는데, 예상 밖으로 신비가 연신 손을 젓고 말했다.

"오해하지 마십시오. 주목에게 좌우를 물리쳐 달라는 것이 아니라 곤란한 부탁일 수도 있어서 쉬이 말을 꺼내지 못했을 뿐입니다. 사실대로 말씀드리면 우리 주공의 작은 요청이 하나 있었습니다. 기밀을 유지하기 위해 주목 혼자만 우리 주공의 편지를 읽은 뒤 즉각 불살라 버리고 이를 누구에게도 발설하지 않아 조정 대사를 그르치지 말아달라고 청했습니다."

"오, 원래 그런 것이었구려."

유장은 그제야 무릎을 치고 물었다.

"태위의 서신은 어디 있소? 좌치 선생이 편지를 건네면 내 편지를 읽을 때 좌우의 관원들이 다섯 걸음 안으로 접근하지 못하게 하리다."

익주 관원들은 일제히 어이없는 표정을 지으며 이런 말도 안 되는 요구를 수용해선 안 된다고 간청했지만 유장은 엄한 어조로 태위의 영에 따르라고 명했다. 좌중이 시끄러운 가운데 신비가 유장에게 서신을 건네자, 장송은 그 내용이 궁금해 속이 바짝 타들어 갔다.

유장은 봉랍으로 밀봉한 서신을 뜯고 도응의 편지를 쭉 읽어 내려가다가 갑자기 낯빛이 확 바뀌었다. 편지의 내용인즉, 서주군 세작의 정보에 따르면 연내에 조조군이 서천 공습을 준비하고 있으니 백수관(白水關)과 검각(劍閣), 가맹관(葭萌關) 등지의 방어를 한층 더 강화하라는 것이었다. 여기에 유장이 조조군의 진공을 격퇴한다면 천자께 표를 올려 유장을 전장군으로 삼고, 그의 두 아들에게도 관직을 내리겠다는 내용을 덧붙였다.

유장은 선의로 가득한 도웅의 서신을 다 읽고 아무 말 없이 사람들 앞에서 그 편지를 재로 만든 뒤 신비에게 말했다.

"염려 마시오. 태위의 분부를 내 가슴속 깊이 새기리다. 내일 당장 백수관과 가맹관, 검각에 군대를 다수 배치하겠소."

이미 편지 내용을 알고 있는 신비는 미소를 지으며 유장에게 감사를 표했다. 반면 익주 관원들의 표정은 각기 제각각이었다. 편지의 내용을 대충 짐작한 장임과 왕루 등은 도웅의 부추김으로 유장이 한중을 공격하리라는 기대감에 속으로 흐뭇해했지만 장송은 반대로 조마조마한 마음에 몰래 중얼거렸다.

'도웅의 편지를 보고서 한중으로 갈 때 반드시 거쳐야 하는 요지에 군대를 증원한다고? 음, 그렇다면 도웅이 유장을 사주해 한중을 침공하려는 걸까 아니면 단지 유비에 대한 방비를 강화하라고 경고한 것일까?'

도웅의 편지 때문에 잠시 중단됐던 연회가 다시 이어졌다. 유장은 술잔을 들어 도웅의 호의에 거듭 감사를 표시했고, 신비는 뛰어난 말재주와 겉 발린 말치레로 자신에게 반감을 품은 익주 관원들의 마음을 돌리고 그들과 친분을 맺으려 노력했다. 이때 장송만이 걱정이 태산 같아 술과 음식이 어디로 들어가는지 몰랐다.

연회가 거의 끝나갈 무렵, 유장은 신비에게 익주에서 며칠 더 머물다 가라고 만류했다. 도응의 밀명을 받은 신비는 쾌히 이에 응했다. 이어 그는 촉중(蜀中)의 멋진 풍광을 감상하려면 며칠로는 부족하다 말하고, 바쁘지 않다면 유장이 직접 명승지를 안내해 달라며 농을 던졌다. 이 말에 유장은 호쾌하게 웃음을 터뜨린 뒤, 머물고 싶은 만큼 얼마든지 머물라고 말하고, 빈주 모두 마음껏 마시며 놀다가 헤어졌다.

　연회는 끝났지만 제 발 저린 장송의 불안과 초조는 시간이 지날수록 더욱 가중되었다. 이에 장송은 직접 유장을 모시겠다며 함께 후당으로 가다가 기회를 엿봐 은근슬쩍 도응이 보낸 편지 내용에 대해 물었다. 하지만 유장은 조정의 명을 어길 수 없다며 편지 내용에 대해 일언반구도 언급하지 않았다.

　유장이 끝까지 입을 다물자 마음이 더욱 초조해진 장송은 집에 돌아온 후 이런저런 생각에 잠을 이루지 못했다. 그러다가 결국 미리 방비하는 차원에서 유비에게 이 일을 몰래 알리기로 결정했다. 밤새 장송은 오늘 벌어졌던 일의 전후 과정을 낱낱이 적은 뒤, 다음 날 심복을 시켜 한중으로 가 서신을 유비에게 전하라고 일렀다.

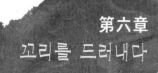

第六章

꼬리를 드러내다

　군대의 전진 배치에 흐뭇함을 감추지 못하던 왕루와 장임
은 신비의 뛰어난 입담까지 더해져 술자리 내내 웃음이 그칠
줄 몰랐다. 이에 기분이 한껏 고조돼 직접 신비를 역관까지
배웅했는데, 도중에 왕루와 장임이 그 편지 내용에 대해 일언
반구 언급도 없자 계획에 차질이 생긴 신비는 자발적으로 저
들에게 잠시 역관에서 이야기나 나누자고 청했다. 밤이 아주
깊었던 터라 왕루와 장임은 동시에 난색을 표하며 거절했다.

　"먼 길을 오느라 피곤할 테니 오늘은 일찍 들어가 쉬시지
요. 얘기야 다음 기회에 마음껏 나누기로 합시다."

그러자 신비가 목소리를 낮춰 말했다.

"유 주목에 대한 두 분의 충심이야 제가 잘 알고 있습지요. 그래서 말인데, 잠깐 들어가 저와 얘기를 나누다 보면 서천의 기업과 촉중의 백성에게 막대한 이익이 되는 얘길 들으실 수 있습니다."

서천의 이익이라는 말에 귀가 쫑긋해진 왕루와 장임은 서로 눈짓을 교환하고 고개를 끄덕인 후 신비를 따라 역관 내실로 들어갔다. 자리를 잡고 앉자마자 왕루가 급히 물었다.

"좌치 선생, 어서 얘기해 보시오. 그토록 중대한 일이란 대체 뭐요?"

"왕 종사, 장 장군, 그 전에 먼저 물어보고 싶은 것이 있습니다. 두 분은 유 주목과 유비의 결맹을 어찌 생각하십니까?"

신비가 물어보는 말에는 대꾸하지 않고 외려 민감한 질문을 던지자, 왕루가 엄숙한 표정을 지으며 경고했다.

"그대의 주공이 계략을 부리는 데 능하단 사실을 익히 들어 알고 있소. 만약 우리 주공과 유현덕 사이를 이간할 생각이라면 얘기는 여기서 그만둡시다."

이어 왕루가 옷을 떨치며 자리에서 일어나려 하자, 신비가 급히 만류하고 웃으며 말했다.

"왕 종사, 오해하지 마십시오. 이간이라니요? 전 다만 두 분께 경계하라는 말씀을 드리려는·것뿐입니다. 우리 노주공은 물론 조조, 유표, 장로가 유비를 받아들였다가 어떤 일을 겪었는지 잘 아시잖습니까? 두 분이 진심으로 유 주목을 위한다면 응당 제이의 장로가 되지 않도록 시시각각 주군을 일깨워야 마땅합니다."

이 말에 왕루와 장임의 얼굴이 점점 굳어지더니, 장임이 언짢다는 투로 입을 열었다.

"좌치 선생, 우린 오늘 겨우 얼굴을 안 사이인데 익주 내정에 깊이 관여하는 건 너무 과하지 않소?"

왕루와 장임의 냉담한 반응에 신비는 그제야 도웅이 일렀던 말들이 새록새록 떠올랐다. 저들이 유장에게 충성스럽지 않다면 과연 이런 반응을 보였을까? 한 치의 오차도 없는 도웅의 예측에 속으로 경이로움을 표한 신비는 자세를 고쳐 앉고 공손하게 말했다.

"장 장군, 제가 주제넘게 나선 점을 너그러이 용서하십시오. 왕 종사도 너무 개의치 마시고요."

신비의 진솔한 사과에 왕루도 다소 기분이 풀려 말했다.

"그만 됐소이다. 선생이 서천 일에 간여하지 않는다면 우린 지금처럼 친구로 지낼 수 있소. 더 할 말이 없으면 이만 일어나리다."

신비가 이간을 부추기러 왔다고 여긴 왕루는 즉시 자리에서 일어났고, 장임도 따라서 벌떡 몸을 일으켰다. 신비는 얼른 이들을 붙잡고 말했다.

"뭐가 그리 급하십니까? 잠시만 제 얘기를 들어 주십시오. 지금 드리는 말씀은 잘 새겨두셔야 할 겁니다. 먼저 우리 주공이 유 주목에게 내린 관직과 작위보다 불살라 버린 편지가 더욱 중요합니다."

"그게 무슨 뜻이오?"

"그건 차차 아시게 될 겁니다."

장임의 물음에 신비는 확답을 주지 않고 계속 말을 이었다.

"다음으로 두 분은 한중으로 통하는 촉중 관문을 면밀히 주시해 주십시오. 그 편지로 인해 바삐 움직이는 사람이 분명 있을 테니까요. 이들 관문의 감시와 경비를 엄밀히 강화한다면 뜻하지 않았던 성과를 올릴 수 있을 겁니다."

"그건 또 대체 무슨 말이오?"

이번에는 왕루가 물었다. 신비는 여전히 만족할 만한 답을 주지 않고 간절한 어조로 말했다.

"제가 두 분에게 이런 말씀을 드리는 건 이번 서천행이 우리의 선의에서 비롯되었기 때문입니다. 두 분이 제 말을 믿기만 하면 틀림없이 유 주목을 낭떠러지에서 구하고, 서천 41개 성을 지켜낼 수 있습니다. 제 얘기는 여기까지이니 결정은 두 분 스스로 내리십시오."

왕루와 장임은 신비의 이 말을 믿어야 할지 말아야 할지 몰라 한동안 서로의 얼굴만 쳐다보다가 섣불리 결정을 내리지 못하고 역관을 나왔다.

　신비가 성도에 도착한 다음 날, 유장은 과연 익주 관원들을 소집해 북쪽 전선 증병 문제에 대해 논의했다. 여러 차례 유장에게 유비를 조심하라고 권고했던 대다수 관원은 영명한 결정이라며 쌍수를 들고 찬성했다.

　이에 고무된 유장은 그날로 북쪽 전선에 3만 군사를 증원하기로 결정했다. 그는 유괴(劉璝)와 냉포(冷苞) 등에게 군사를 이끌고 북상해 백수, 검각, 가맹 등 주요 관문을 방어하고, 특히 최북단 천험의 요새 백수관에 중병을 배치하라고 일렀다.

　유장의 이 조치에 유일하게 반대한 이는 당연히 장송이었다. 유비와 동맹을 맺은 지 얼마 되지 않아 북쪽에 군대를 증원한다면 저들이 우리의 동맹 의지를 의심하지 않을까 걱정된다고 호소했다. 하지만 왕루가 유비와 맺은 맹약서 어디에도 변경에 주둔하는 군사 수에 관한 조항이 없다고 지적하자, 장송은 더 이상 반박하지 못하고 힘없이 유장에게 아뢰었다.

　"주공, 기왕 군사를 증원하기로 결정했으니 저도 더는 반대하지 않겠습니다. 다만 오해가 생기지 않도록 현덕공에게 사신을 파견해 아군의 의도를 알리는 것이 옳다고 사료됩니다."

　"장 별가, 군대 배치는 우리 익주 내부 소관이거늘 어찌 유비에게 사람을 보내 일일이 이유를 설명한단 말이오?"

장송의 말을 듣다 못한 황권이 갑자기 삿대질을 하며 버럭 화를 내자, 장송도 열에 받혀 맞받아치려는데 유장이 책상을 치며 말을 막질렀다.

"지금 뭣들 하는 짓이오? 이제 그만두시오! 그리고 자교(自 喬)의 말도 일리가 있소. 현덕은 참된 군자니 오해를 사지 않도록 우리의 증병 이유를 밝히는 것이 도리요. 황 주부가 내 대신 현덕공에게 보낼 서신 한 통만 써주시오. 우리가 북쪽 전선에 군대를 증원하는 목적은 다른 이유가 아니라 바로 조조의 서천 기습을 막기 위함이라고 말이오."

자교는 장송의 자다. 황권은 이 말을 듣고 하마터면 헛웃음이 나올 뻔했다. 그는 웃음을 꾹 참고 재빨리 붓을 들어 서신을 작성했다. 왕루와 장임, 이회(李恢) 등도 울지도 웃지도 못하는 표정을 지었다. 조조가 한중을 손에 넣지 않고 서천을 기습했다간 유비에게 허리가 잘림은 물론 앞뒤로 협공을 당할 텐데, 어찌 함부로 서천을 침공한단 말인가?

하지만 전화위복이라고 했던가. 시간이 지나면서 유장의 구실에 고개를 끄덕이는 관원들이 점점 더 늘어났다. 이런 황당한 핑계일수록 유비에게는 함부로 소란을 피우지 말라는 강력한 경고로 작용할 수 있었기 때문이다.

조조의 기습을 막으려 한다는 말에 장송은 어이가 없어 울상을 짓고 속으로 중얼거렸다.

'유장아, 유장아, 도응 간적 놈이 편지에서 대체 무슨 수작을 부렸단 말인가? 군대를 증원하는 진짜 목적이 무엇인지 별가인 내게도 왜 말해주지 않는 것인가?'

이틀 뒤 3만 익주군이 북쪽을 향해 출발했다. 그중에는 유괴가 통솔하는, 익주에서 전투력이 가장 강한 동주병(東州兵) 1만도 포함되었다. 장임 등이 성 밖에서 군대를 전송할 때, 마침 소식을 들은 신비가 달려와 관원들에게 일일이 인사를 건넸다.

하지만 신비가 어지를 전달하는 것 외에 다른 목적이 있음을 안 왕루 등은 경계심을 가지고 냉담한 태도를 보였다. 신비는 이에 전혀 개의치 않고 목소리를 낮춰 물었다.

"왕 종사, 이틀 전 제가 일러준 일은 어떻게 됐습니까?"

왕루는 잠시 주저하다가 조용히 대답했다.

"내 비밀리에 북부 각 관문에 검문을 강화하라는 공문을 보내긴 했소. 하지만 이는 바닷속에서 바늘 찾는 격이라 뭔가를 찾아내기란 쉽지 않을 것이오."

사실 왕루 등은 신비의 말을 반신반의했지만 밑져야 본전이기에 그의 말을 따랐었다.

"그건 상관없습니다. 다만 왕 종사가 제 호의를 알아주신

걸로 족합니다."

신비 역시 장송이 유비와 결탁했다는 증거를 단박에 찾아 내리라 기대하지 않았기에 형식적인 위로의 말을 건넨 뒤, 은 근한 어조로 다시 물었다.

"참, 귀군의 기밀과 무관한 일 하나만 물어도 되는지요? 유 주목이 증병을 결정할 때 반대한 중신이 있었습니까?"

"좌치 선생, 이것이 기밀이 아니라면 익주 어디에 기밀이라 고 부를 것이 있겠소!"

왕루의 단호한 대답에 신비는 입을 꾹 다물었다. 왕루 등 이 여전히 자신을 신임하지 않는다는 사실에 오늘은 이쯤에 서 포기하고 돌아가려는 순간, 멀리서 이곳을 바라보는 장송 의 모습이 눈에 띄었다. 자신의 일거수일투족을 염탐하는 것 이라 확신한 신비는 기지를 발휘해 왕루에게 대놓고 말했다.

"제 추측이 틀리지 않다면 장 별가가 귀군의 증병을 극력 반대했을 텐데요?"

왕루가 비록 입을 열진 않았지만 놀란 얼굴이 이미 대답을 대신해 주고 있었다. 확신을 얻은 신비는 자신감에 차 계속 말을 이었다.

"장 별가를 잘 지켜보십시오. 특히 장 별가의 심복이 북상 했다는 증거를 찾아내기만 한다면 유 주목을 위해 서천을 지 키려는 종사의 바람이 이뤄지리라 장담합니다."

이어 신비는 대답을 기다리지 않고 곧바로 왕루와 장임에게 작별 인사를 고했다. 남겨진 왕루와 장임이 멍한 표정으로 신비의 뒷모습을 응시하고 있을 때, 이런 사정을 모르는 장송이 마침 달려와 다급히 물었다.

"왕 종사, 장 장군, 방금 전 저 허도 사자와 무슨 얘기를 나누셨소?"

신비가 장송을 조심하라고 경고하자마자 장송이 곧바로 나타나 이렇게 묻자, 왕루와 장임은 의심의 눈초리로 장송을 바라보았다. 잠시 뒤 장임이 떠보듯 장송에게 대꾸했다.

"우리 주공과 유비의 결맹 상황에 대해서 묻더군요."

장송은 낯빛이 살짝 변해 다시 물었다.

"무얼 주로 묻던가요? 어지를 전하러 온 사자가 우리 익주 일에 관심을 갖는 이유가 뭐랍니까?"

"결맹의 세부 내용과 함께 우리와 유비가 얼마나 가까운지 물었소이다. 하지만 이는 기밀과 관련된 일이라서 나와 왕 종사 모두 입을 다물었고요."

장임의 대답에 장송은 놀란 가슴을 쓸어내리며 희색을 드러냈다.

"역시 두 분이 신중하게 대처하셨구려. 도응은 간사하고 비열하기로 이름 높으며 사신을 통해 계략을 꾸미는 데 장기가 있소. 조조, 원소, 유표 같은 자들도 도응 휘하의 양광이라는 사신에게 여러 차례 된통 당했다고 들었소. 일찍이 주인을 배반한 이 신비도 섣불리 믿어서는 아니 되오."

장송은 이 말을 던지고 몇 마디 얘기를 나눈 후 자리를 떴다. 장송의 과민 반응에 왕루와 장임은 서서히 의심이 들기 시작했다. 장임이 먼저 왕루에게 조용히 말했다.

"내가 일부러 유비 얘기를 꺼냈을 때 장 별가의 표정이 변하는 걸 보셨소? 그가 왜 이 일에 그토록 관심을 보이는 걸까요?"

왕루도 의심스러운 표정으로 잠시 생각에 잠기더니 목소리를 낮춰 말했다.

"우리 집 하인 중에 항상 장 별가 부중으로 공문을 전달해 그 집 하인들과 꽤 친한 자가 하나 있소. 오늘 그에게 장송 부중에 공문을 심부름 보내면서 별가 심복 중에 며칠 전 성을 나간 자가 있는지 알아봐야겠소."

"가능하겠소? 장 별가가 정말 그런 일을 벌였다 해도 입단속을 단단히 했을 텐데."

"어찌 됐든 알아보긴 해야지요. 그리고 꼭 그렇게 어렵지만도 않을 거요. 장 별가는 스스로 재주가 대단하다고 자부해 다른 사람을 안중에 두지 않는지라 일을 그리 꼼꼼히 처리하는 편은 아니라오."

장임은 고개를 끄덕이고 왕루의 시도에 찬동을 표했다.

그날 밤, 장송 부중에 공문을 전하러 간 왕루의 하인이 술에 잔뜩 취해 집으로 돌아왔다. 그는 술을 대접받으면서 그쪽 하인들에게 슬쩍 알아본 이야기를 왕루에게 보고했는데, 이틀 전 아침 장송 부중의 집사 아들 장홍(張洪)이 낙성(雒城)을 지키는 장송의 형 장숙에게 편지를 전하러 갔다는 것이었다.

가만히 따져 보니 장송의 하인이 성을 나간 시점은 바로 신비가 성도에 도착한 다음 날 아닌가. 수상쩍은 낌새를 챈 왕루는 장숙에게 안부를 묻는다는 구실로 그 하인을 낙성으로 보내 정말 장송의 하인이 왔었는지 알아보도록 했다. 명을 받은 하인은 이튿날 편지를 가지고 바삐 낙성으로 달려갔다.

성도에서 낙성까지는 겨우 80리 거리에 불과해 이틀여 만에 하인은 성도로 돌아왔다. 그는 장숙의 회신뿐 아니라 깜짝 놀랄 만한 소식도 함께 가지고 왔다. 장숙 부중의 사람 누구도 장홍이 낙성에 다녀갔다는 사실을 모른다는 것이었다. 왕루는 흠칫 놀라 다그치듯 하인에게 물었다.

"확실한 것이냐? 몇 명에게 이를 물어보았느냐?"

"확실하다마다요. 장 태수의 하인 대여섯 명에게 물어본 것은 물론 직접 장 태수의 집사까지 찾아가 장홍이 술을 얻어먹으러 낙성에 간다 했다고 슬쩍 떠보았는데, 그 집사가 금시초문이라며 지난번 장 별가가 한중에 사신으로 갈 때 낙성을 들러 잠깐 장홍의 얼굴을 본 것밖에 없다고 말했습니다."

"뭐라고?"

왕루는 소리를 지르며 자리에서 벌떡 일어났다. 턱에 손을 괴고 고민하며 방 안을 서성이던 왕루는 급히 하인에게 말했다.

"이번 임무를 훌륭히 완수했으니 너에게 중상을 내릴 것이다. 그 전에 한 번만 더 수고를 해줘야겠구나. 다시 장 별가의 집으로 가서 장홍이라는 자가 성도에 있는지 물어보고 오너라. 저들이 의심하지 않게 그럴싸한 이유를 대야 하는데……."

그러자 그 하인이 웃음을 짓고 대답했다.

"소인에게 다 구실이 있으니 걱정 마십시오. 장 태수 집사는 장 별가 집사와 동서지간입니다. 그의 아내가 성도로 돌아가는 저를 불러 장 별가 집사의 아내, 즉 자기 동생에게 낙성의 음식과 편지를 전해 달라고 부탁했습니다. 이 정도면 장 별가의 집을 방문할 충분한 이유가 되겠지요."

"그거 마침 잘됐구나! 지체하지 말고 당장 가서 알아보도록 해라."

그 하인이 명을 받고 나가자 왕루는 따로 하인을 불러 분부를 내렸다.

"여봐라, 속히 황 주부와 장 장군에게 가 화급을 다투는 일이니 빨리 이리로 오시라고 전해라."

잠시 뒤 장임과 황권이 차례로 왕루의 집에 이르자, 왕루는 이들에게 저간의 사정을 낱낱이 설명했다. 장임과 황권이 이를 듣고 대경실색하고 있을 때, 마침 그 하인도 집으로 돌아왔다. 그가 왕루 등에게 다녀온 소식을 보고했는데, 장송 집사의 아내가 자기 입으로 장홍이 지금까지 성도로 돌아오지 않았으며 어디로 갔는지는 자신도 확실히 모른다는 것이었다.

왕루, 황권, 장임은 뭔가 일이 잘못 돌아가고 있음을 직감하고 논의 끝에 일단 신비를 찾아가기로 결정했다. 이들은 미복(微服)으로 갈아입고 몰래 역관으로 가 신비에게 어떻게 이 사실들을 알았느냐고 물었다.

신비는 이들이 찾아올 줄 알았다는 듯 여유로운 표정을 짓고 대꾸했다.

"제가 지금 무슨 말씀을 드린다 해도 믿지 못하실 겁니다. 그래서 사실 한 가지만 말씀드리지요. 오늘 밤 제가 장 별가를 만나러 갈 터이니 공들은 비밀리에 그의 부중을 지켜보십시오. 이때 성을 나가 북상하는 그의 하인을 붙잡으면 모든 사실이 명백해질 겁니다."

왕루와 황권이 그게 무슨 말이냐며 어리둥절해할 때, 장임이 무릎을 치고 물었다.

"장 별가에게 유비에 관한 불리한 소식을 알려 당황한 장 별가가 급히 유비에게 사람을 보낼 수밖에 없을 때, 그를 붙잡아 심문해 보면 증거를 확보할 수 있다는 얘기 아닌가요?"

신비는 아무 대답 없이 엷은 미소를 지어보였다. 황권과 왕루도 그제야 황연히 깨닫고 큰 소리로 웃음을 터뜨렸다.

왕루와 황권, 장임은 즉시 역관을 나와 장송 부중 근처에 몰래 가병을 배치하고 엄밀히 감시했다. 신비는 저녁이 돼서야 예물을 가지고 장송의 집을 방문했다. 신비가 찾아왔다는 얘기에 장송은 의외이기도 하고 기쁘기도 해 친히 문 앞까지 나가 그를 영접한 후 기회를 틈타 신비가 성도에 온 진짜 목적을 알아내고자 했다.

장송이 예물을 보고 짐짓 기뻐하는 모습에 신비가 공수하고 말했다.

"별가에게 청이 하나 있어서 실례를 무릅쓰고 밤늦게 찾아왔습니다. 솔직히 말씀드리면 며칠 전 유 주목이 북쪽 전선에 군대를 증원한 이유는 사실 한중 침공을 위한 준비 공작이었습니다. 그런데 요사이 지켜본 결과 유 주목이 선뜻 결정을 내리지 못할 것 같다는 걱정이 들더군요. 그러니 별가가 나서서 속히 한중 공격 결정을 내려 달라고 권해주십사 부탁드립니다."

이 말에 겉으로 드러나진 않았지만 장송의 가슴은 철렁 내려앉았다. 신비는 장송이 생각할 여유를 주지 않고 계속 말을 이었다.

"제가 이미 몇몇 익주 중신의 지지를 얻어냈을 뿐 아니라 유괴 장군을 잘 구슬려 언제든지 한중을 칠 수 있도록 만반의 준비를 갖춰두라고 일렀습니다. 따라서 익주에서 가장 입김이 센 별가의 말 한마디면 대사는 이뤄진 바나 다름없습니다. 일이 성공하기만 하면 유비와 불구대천의 원수인 도 태위의 후한 보답이 분명 따를 것입니다."

장송은 머릿속이 하얘지고 눈앞이 캄캄해지는 기분을 느꼈다. 하지만 얼굴에는 이를 전혀 드러내지 않은 채, 너무 갑작스러운 일이라 며칠 더 생각할 시간을 달라고 얘기했다. 이어 그는 내쫓듯 신비를 대문 밖까지 전송한 후 급히 방 안으로 들어가 유비에게 이 사실을 알리는 편지를 썼다. 또한 자신이 최대한 유장의 한중 진병을 막아볼 테니 유괴 대오의 기습에 철저히 대비하라 이르고, 유괴군의 병력과 양초 상황 및 주둔 계획을 함께 알렸다.

밤새 한잠도 못 자고 편지를 작성한 장송은 이튿날 아침 일찍 심복을 시켜 편지를 유비에게 전하라고 명했다.

새벽에 성문이 열리자마자 장송의 사신은 말을 달려 성도 성을 빠져나갔다. 하지만 일찌감치 이를 주시하고 있던 장임이 친병을 이끌고 쫓아가 장송의 사신 앞을 가로막고서 물었다.

"너는 어디로 가는 중이냐?"

장송의 사신은 당황한 빛이 역력해 잠시 머뭇거리다가 낙성의 장숙에게 서신을 전하러 가는 길이라고 둘러댔다. 그러자 장임은 마침 잘됐다며 자신도 공무 때문에 낙성으로 가는 길이니 함께 가자고 말했다. 장송의 사신은 일이 발각됐음을 알고 증거를 인멸할 생각에 서신이 든 봇짐을 길 옆의 강 아래로 던져 버리려고 했다. 하지만 이를 눈치챈 장임이 순식간에 봇짐을 빼앗고 사신을 말에서 떨어뜨렸다. 그는 노한 목소리로 이자를 유장에게 압송하라고 명령했다.

마음이 조급했던 장임이 성 밖의 멀지 않은 곳에서 손을 쓴 탓에 성도성 주변이 크게 시끄러워졌다. 그리고 이 소식은 신속히 장송의 귀로 들어갔다. 이에 장임이 사신을 유장에게 압송할 때, 일이 탄로 났음을 깨달은 장송은 집 주변 감시를 피해 재빨리 성을 빠져나가 자신의 친형 장숙이 다스리는 광한군 치소 낙성으로 도망쳤다.

유장은 서신을 보고 발연대로해 당장 장송을 잡아들이라고 명했다. 하지만 장송은 이미 멀리 달아난 뒤였다. 유장은 이 보고를 받고 길길이 날뛰며 장임에게 즉시 그의 뒤를 추격하라고 명했다. 또한 장숙까지 장송의 배반에 가담한다면 형제를 함께 성도로 끌고 오라고 고래고래 소리쳤다.

장숙이 광한군에서 두터운 신망을 받고 있었기 때문에 장임은 큰 전투가 벌어질지도 모른다는 생각에 유장에게 1만 군사를 지원해 달라고 요청했다. 유장의 허락을 얻어낸 장임은 먼저 경기병을 거느리고 낙성 아래까지 달려갔다.

그런데 뜻밖에 장숙이 이미 장송을 밧줄로 꽁꽁 묶고 성밖에서 기다리고 있는 것 아닌가. 장임을 본 장숙은 눈물을 뚝뚝 흘리며 유장에게 죄를 청하겠다고 말하고, 사람들 앞에서 부귀영화 때문에 주인을 배신한 아우를 크게 꾸짖었다.

장송은 낙성으로 도망친 후 형에게 현재 상황을 소상히 설명하고, 함께 반란을 일으켜 현명한 군주 유비가 서천에 입성하도록 돕자고 권유했다. 그러나 장숙은 이를 듣고 크게 노해 그 자리에서 장송을 체포했던 것이다. 장임은 대의멸친(大義滅親)을 실천한 장숙에게 경의를 표하고 함께 장송을 압송해 밤새 성도로 돌아왔다.

유장과 동료들을 줄곧 무시하던 장송은 고문을 가하기도 전에 유비와 서천을 도모하기로 결탁했으며, 법정과 맹달(孟達)이 이에 공모했다고 순순히 자백했다. 대로한 유장은 장숙을 제외한 장송 일가를 모조리 죽이고, 빨리 사람을 보내 법정과 맹달까지 체포하라고 명했다. 애석하게도 법정과 맹달은 이미 낌새를 채고 달아난 터라, 유장은 하는 수 없이 방을 붙이고 이들의 목에 현상금을 내걸었다.

이번 사태가 얼추 마무리된 후, 유장은 신비를 불러 감사의 뜻을 전하고 일의 자초지종에 대해 물었다. 신비는 그제야 자신은 명을 받고 유장과 유비 사이를 이간하러 왔다고 솔직히 인정했다. 하지만 이는 유장이 장로의 전철을 밟지 않도록 도와주려는 도응의 선의에서 나온 것이라고 강조한 데 이어 유비를 경계하라고 권한 도응의 편지를 유장에게 꺼내 보였다.

유장은 편지를 읽고서 부끄럽기도 하고 감격스럽기도 해 신비의 손을 꼭 잡고 말했다.

"좌치 선생은 돌아가 도 태위에게 아뢰어 주시오. 큰 은혜는 갚기 어려워 마음에 새기는 것이라 했으니, 이번에 입은 태위의 은혜를 내 평생 잊지 않으리다. 그리고 유비 같은 위군자 놈에게 다시 속는 일은 절대 없을 것이오. 놈이 감히 서천으로 쳐들어온다면 남은 이 목숨을 내걸고서 촉중의 군민과 함께 끝까지 싸울 것이오!"


장송이 죽음으로써 천하 제패를 위해 먼저 익주를 도모하려던 유비의 계획은 물거품으로 돌아가고 말았다. 그리고 한중이 비록 양식이 풍족하고 안정된 땅이라 하나 도처에 널려 있는 위협은 유비의 운신의 폭을 더욱 좁게 만들었다.

북쪽 관중에는 조조가 버티고 있어서 영토 확장을 꾀하기는커녕 오히려 조조의 침공을 걱정해야 할 판이었다. 서쪽은 땅은 넓고 사람은 적은 데다 용맹스러운 기병이 날뛰는 양주였고, 동쪽의 상용은 길이 험해 대군을 움직이기 쉽지 않았다. 여기에 병력이 많고 양식이 풍부한 유표는 물론 가장 위험하고 두려운 존재 도응이 호시탐탐 한중을 노려보고 있었다.

결국 남쪽이 상대적으로 가장 도모하기 용이한 땅이었지만 장송의 배반이 사전에 발각되는 바람에 이제는 서천을 손에 넣는 것도 호락호락하지 않았다. 아무리 무능한 유장이라 하나 천험의 요새를 틀어막고 지키기만 해도 유비군이 쉽사리 전진할 수 없어 단시간 내에는 성도 근처에 얼씬하기도 어려웠다.

이런 상황을 잘 알고 있던 유비는 장송이 거사에 실패해 살해됐다는 소식을 듣고 그만 할 말을 잃고 말았다. 군사 방통 역시 얼굴이 잔뜩 일그러져 통한의 탄식을 내뱉었다.

"아, 서천으로 진출하기란 이제 하늘을 오르기보다 어려워졌구나!"

第七章
형주 정벌전

　조조와 유비 등 몇몇 제후가 서로를 견제하고 있을 때, 서주군은 이미 기주와 유주에서 확고히 입지를 굳혔고, 병주 쪽에서는 후성이 나머지 군소 세력을 무력으로 병탄해 마침내 기주, 유주, 병주의 하북 3주를 일통했다. 이에 도응은 건안 10년 5월, 서주 주력군을 거느리고 정식으로 허도성으로 귀환했다.

　이때에 이르러 서주군은 기주, 유주, 병주, 청주, 서주, 연주, 예주, 7개 주를 직접 통제했고, 양주 대부분과 사례, 형주의 일부 토지까지 점령했다. 영토가 광대하고 병력이 막강해 실력은 이미 천하의 나머지 제후의 총합보다 몇 배 더 강했다. 아직 멸

망하지 않은 제후와 군웅들은 숭산 서쪽과 한수 이남으로 쫓
겨나 서주군의 위협 앞에 남은 목숨을 거우 부지할 뿐 반격에
나설 힘이 없었으니, 천하통일은 단지 시간문제일 뿐이었다.

물론 신중하고 냉철한 성격의 도응은 무턱대고 병력을 동
원해 전면 공격에 나서지 않았다. 이번 북방 정벌에서 수년간
쌓아놓은 전량을 거의 다 소모한 탓에 올해 수확한 가을밀로
는 대규모 전쟁을 치르는 데 무리가 따랐기 때문이다.

이에 도응은 좀 더 객관적인 시각으로 대세를 바라볼 목적
에 몇몇 심복 모사를 각기 따로 불러 이후 취할 행동에 대한
의견을 물었다. 그런데 자못 의외였던 건 모사들의 생각이 각
기 다 달랐다는 점이다.

우선 순심은 가능한 한 빨리 관중으로 쳐들어가 조조를 제
거하자고 건의했다. 당대의 간웅 조조에게 숨 돌릴 여유를 줬
다가는 조만간 재기에 나설 수 있으니, 조조군이 사방으로 적
에게 둘러싸인 이 기회에 냉큼 가장 위험한 적수를 없애 버리
자는 것이었다. 조조가 가장 위험한 상대이긴 하지만 이미 곤
경에 처한 그를 몰아붙였다가 역효과가 날까 우려해 도응은
고개를 절레절레 저었다.

유엽이 제시한 답안은 2년 정도 휴양생식하며 일부 군사를
파견해 강동 전역을 평정하자는 것이었다. 또한 서주군의 영토

확장이 빠르게 진행돼 통제력이 미치지 않는 지역이 많으므로 이 틈에 잔적들을 몽땅 소탕하고 힘을 하나로 모으자고 건의했다. 도응도 대규모 전쟁을 잠시 미루자는 유엽의 의견에는 찬성했지만 왠지 조금 보수적인 계획인 것 같아 선뜻 응하지 못했다.

가후의 의견이 그나마 도응의 구미에 가장 맞았다. 가후는 현재 서주군에게 시급한 것은 휴양생식이라고 말한 연후, 두 곳으로 군대를 출동시키자고 건의했다. 일군은 강동의 잔적을 소탕해 노숙 군대의 뒷걱정을 없애주고, 다른 일군은 사례와 하내로 서진해 하내와 동관(潼關) 서쪽 성지를 취함으로써 허도의 안전을 확보하는 완충지대를 마련하자고 했다. 이를 통해 조조의 발전 가능성을 억제하고, 얌전히 유비 및 마등, 한수의 바람막이 역할을 하게 하는 효과를 거둘 수 있었다.

시의가 단호히 반대하지 않았다면 도응은 분명 가후의 건의를 채납했을 것이다. 그러나 이 얘기를 들은 시의가 열을 올리며 지적하고 나섰다.

"지금 하내와 홍농(弘農) 등지를 공격하는 것은 불가합니다! 이 지역에서 생산되는 전량은 조조군 전량 수입의 7할 이상을 차지하고 있기 때문에 아군이 이곳들을 빼앗으려 한다면 조조는 필시 목숨을 걸고 덤벼들 것입니다. 그때가 되면 전쟁 규모가 눈덩이처럼 확대되고, 또 한중에 갇힌 바나 다름없는 유비의 숨통을 틔워주게 됩니다."

조목조목 따지는 시의의 설명에 도응은 일리가 있다 여기고 가후의 제의를 잠시 미뤄놓은 뒤, 시의에게 장래의 전략에 대해 물었다. 그런데 시의가 제시한 의견에 도응은 그만 깜짝 놀라고 말았다. 시의는 이렇게 말했다.

"형주를 공격하십시오. 사례 서쪽이나 강동 남부의 토호 세력은 쳐다보지 말고 전력으로 형주를 공격해 적어도 장강 이북의 형주 땅을 취하십시오!"

도응은 벌어진 입을 겨우 다물고 말했다.

"지금 농담하시오? 주변 적들 중 전량이 가장 풍족하고 병력이 많은 곳이 바로 형주요. 또 유표의 근거지 양양은 한수로 가로막혀 있어서 형주로 출격했다간 아군에게 매우 불리한 소모전이 될 가능성이 크지 않소?"

"그건 염려 마십시오. 형주 대전은 절대 소모전이 될 리가 없고, 오히려 속전속결로 끝날 가능성이 더 큽니다."

시의의 자신만만한 대답에 도응은 감히 태만히 하지 못하고 자세를 고쳐 앉아 그의 의견을 경청했다.

"아군의 형주 공격에는 세 가지 필승의 이유가 있습니다. 첫째로 아군의 출사에는 명분이 있는 반면, 적은 군색한 변명조차 쉽지 않습니다. 건안 8년 말에 유표는 돌연 화친을 파기하고 그의 아들 유기를 파견해 우리의 시상과 평려택을 급습했습니다. 아군의 반격에 비록 목적을 이루진 못했지만 죗값 역시 치르지 않았고, 또 주공의 처남 원매를 양양에 구금한 채 아직까지 송환하지 않고 있습니다. 따라서 아군은 형주에 원수를 갚으러 출병하는 것이므로 사기가 드높고 군심이 하나로 뭉칠 수 있지만 형주군은 자업자득이라는 생각에 군심이 이반할 것이므로, 이는 대의로서 무도함을 정벌하는 것과 같습니다."

시의는 잠시 숨을 고른 후 계속 말을 이어 갔다.

"두 번째로 아군은 상하가 협력하는 반면, 적은 내부에 분열이 일어나고 있습니다. 주공은 영명함과 위엄으로 인재를 적재적소에 기용하고 군무와 정사를 모두 장악했으며 기율과 명령을 엄히 집행하고 있습니다. 하지만 유표는 전적으로 문벌의 지지 아래 형주를 다스리는지라, 용병과 시정(施政)이 명목상으로는 유표의 입에서 나오지만 실제로는 내부 이익에 따라 좌지우지되고 있습니다. 채모, 황조, 괴월 등 형주 내 권력자들은 자신의 이익을 위해 암투를 벌이느라 갈등이 첨예하고 충돌이 끊이지 않고 있습니다. 따라서 일심 단결한 아군이 자신의 이익 챙기기에 급급한 적을 어찌 이기지 못하겠습니까? 셋째로는 지리도 아군에게 유리합니다."

이 세 번째 논거에 도응은 고개를 번쩍 들고 깜짝 놀라는 표정을 지었다. 시의는 개의치 않고 말을 이었다.

"형주의 전량 대부분은 장강 북쪽의 양양, 강릉, 강하 등지에 집중돼 있습니다. 인구가 많은 번화한 지역도 마찬가지로 장강 이북에 자리하고 있고요. 이곳들을 한수가 가로막고 있다고 하나 그 너비는 장강에 한참 미치지 못해 수군이 결정적 역할을 수행하기 어렵습니다. 더욱이 아군은 시상 대첩에서 대량의 형주 전선을 노획해 전선 양은 이미 형주 수군을 넘어섰습니다. 따라서 수군까지 가세한다면 장강 북쪽의 형주 토지를 손에 넣는 것쯤이야 주머니에서 물건 취하듯 할 수 있습니다. 이때 유표가 투항을 거부하고 장강 이남으로 달아난다 해도 더는 우리의 허도와 강동 등지를 위협할 힘이 없기 때문에 근심거리가 완전히 사라지게 됩니다."

정곡을 콕콕 찌르는 시의의 시원한 분석에 도응도 마음이 움직일 수밖에 없었다. 시의의 지적은 계속 이어졌다.

"아군이 장강 이북의 형주 토지를 점령하면 세 가지 이익이 있습니다. 첫째로 손에 넣은 형주의 전량을 서정에 사용할 수 있습니다. 둘째로 뒷걱정이 사라져 강동 군단의 숨통을 틔워 줄 수 있습니다. 마지막으로 익주의 변고에 즉각 대처가 가능해집니다. 조조나 유비가 갑자기 서천을 침공한다면 아군은 곧장 강을 거슬러 올라가 저들보다 앞서서 서천을 취하거나 혹은 유장을 지원해 저들을 물리칠 수 있으므로 조조와 유비가 서천에 웅거할 기회를 완벽히 차단할 수 있습니다."

"기왕 세 가지 이익이 있고, 또 세 가지 필승의 이유까지 있으니 그리하기로 결정합시다! 가급적 출병을 서둘러 형주의 전량과 요지를 빼앗은 다음 서진에 대해 다시 논의합시다!"

책상을 쾅 내려친 도응의 얼굴에서는 비장감이 묻어나왔다.


그날 밤, 도응은 태위 부중으로 문무 관원들을 모두 불러모아 남정 대계에 대해 논의했다. 서주 장수들은 일제히 환호성을 지르며 앞다퉈 선봉을 자청했고, 가후 등 모사들도 시의 분석이 일리가 있다고 여겨 찬성을 표했다. 이어 이들은 물 들어올 때 노 저으라 했다고, 즉시 장강 이북의 형주 토지를 취할 방안에 골몰했다.

토론 끝에 군대를 둘로 나눠 형주를 치기로 결정했다. 보기 주력군은 허도에서 남하해 신야와 양양 등지를 공격하고, 수군은 강동에서 강을 거슬러 올라가 무창과 강하를 침공해 형주군이 수미를 모두 돌보기 어렵게 만들기로 했다.

이 작전을 수립하고 출병 시기를 논의할 때 가후가 건의했다.

"주공, 출병 준비를 서두름과 동시에 양양에 사신을 파견해 유표에게 즉각 원매를 돌려보내고 아들 유기를 허도로 입조시키라고 요구하십시오. 유표가 이를 거부할 때를 기다려 형주 정벌에 나선다면 적의 저항을 크게 줄일 수 있습니다."

"적의 저항을 줄일 수 있다니, 그게 대체 무슨 말이오?"

도응이 그 의미를 채 간파하기도 전에 갑자기 양굉이 앞으로 나와 손뼉을 치고 크게 웃음을 터뜨리며 말했다.

"묘계입니다. 역시 문화 선생이구려! 유기를 인질로 보내라고 요구한다면 유표와 괴월 쪽은 분명 응낙하지 않겠지만 채가 형제나 황조 등은 쾌재를 부르겠지요. 이에 채가나 황조는 유기를 제거하기 위해 최선을 다해 전쟁에 임하지 않고, 유표를 핍박해 유종의 계위에 걸림돌이 되는 유기를 넘겨주라고 강요할 것이 확실합니다. 이렇게 되면 우리가 맞닥뜨릴 저항력이 크게 줄고, 또 형주 내부의 갈등이 더욱 격화돼 황조와 채모 등 형주 중신을 매수할 가능성도 생기니 어찌 일거양득이 아니겠습니까."

도응은 물론 가후와 현장의 관원들은 눈이 동그래져 일제히 양굉 쪽으로 시선을 집중했다. 양굉은 의관을 잘못 입었나 싶어 자세히 살펴보았지만 아무런 이상도 없었다. 그러자 켕기는 것이 있었는지 쭈뼛거리며 입을 열었다.

"주공, 문화 선생, 제 말이 틀렸는지요?"

"틀리기는. 아주 정확했소. 다만 중명이 이렇게 빨리 분석해 냈다는 점에 다들 놀란 것이오."

"그게……."

양굉은 주저주저하며 말을 잇지 못하다가 한참 뒤에야 부끄러운 기색을 드러내며 입을 뗐다.

"주공, 아비가 되어 자식의 발목을 붙잡을 순 없지 않습니까?"

이 말에 사람들이 일제히 웃음을 터뜨렸고, 도응도 아연 실소하며 양굉에게 분부했다.

"양굉에게 얼른 서신을 보내시오. 이번에 자경을 수행해 강하로 진격하라고 말이오. 문빙의 강하 주력군을 격퇴하기만 한다면 내 그대 부자에게 큰 상을 내리리다."

"감사합니다, 주공."

양굉은 기쁨에 겨워 대답한 뒤 자진해서 나섰다.

"이번에 저도 주공을 따라 남정에 동참하겠습니다. 제가 황조, 채모 등과는 구면인지라 쉽게 연락을 취할 수 있으니 미약하나마 주공을 위해 작은 힘을 보태겠습니다."

도웅은 다시 한 번 크게 웃음을 짓고 양굉의 동행을 허락했다.


건안 10년 8월, 도웅은 형주에 사신을 보내 유표에게 처남 원매를 송환하고 유기를 허도로 입조시키라고 요구했다. 유표는 채모와 황조의 압력을 물리치고 유기의 허도 입조를 단호히 거부한 채 원매만 허도로 돌려보냈다. 이 소식을 듣고 대로한 도웅은 당장 조정에 표를 올려 남정을 주청했다.

이어 도웅은 9월 하순에 친히 10만 대군을 거느리고 남하해 남양군으로 쳐들어갔다. 노숙도 같은 달에 강동의 5만 군사를 이끌고 강을 거슬러 올라가 강하군을 공격했다. 전에 남양군 내에 배치된 4만 군사까지 합쳐 무려 19만 대군이 하늘을 찌를 기세로 형주 정벌에 나섰다.

　　　　　*　　　　　*　　　　　*

　역적 토벌과 복수의 기치를 높이 든 서주군이 태산을 누를 기세로 진격해 오자 유표는 병든 노구를 이끌고 회의를 소집해 적을 막을 대책을 논의했다. 논의 결과에 형양 제군의 군민은 물론 관원들까지 모두 놀랐으니, 유표는 재차 장자 유기를 전군 주장으로 삼고 서주군의 침입을 막기로 결정한 것이다.

　사실 이는 유표로서도 어쩔 수 없는 결정이었다. 주장의 임무를 맡길 대장 중 문빙은 강하를 지키고 있어서 차출이 불가능했고, 황조는 서주군이 이르렀다는 소식을 듣자마자 즉각 화친을 주장해 그에게 군사를 맡기는 것은 모험이나 다름없었다.

　채모와 장윤은 상황이 더욱 심각했다. 이들은 유종의 계위를 위해 유기라는 걸림돌을 제거하는 데만 골몰해 연왕(燕王) 희(喜)가 태자 단(丹)을 죽인 일을 본받아야 한다고 극력 권고했다. 유표는 이 얘기를 듣고 발연대로해 당장 저들을 자리에서 쫓아내 버렸다.

　이리하여 형주 방어의 중책을 맡게 된 유기는 지지 세력인 괴가 형제와 논의 후 적을 막을 방책을 발표했다. 장윤에게 수군을 이끌고 하구의 문빙을 지원하는데, 군대를 둘로 나눠 장윤의 수군은 하구를 지키고 문빙은 육군을 거느리고 무창을 방어하라 명했다. 또 별가 유선과 종사 등의에게는 전량 창고 강릉을 사수하라고 일러 서주군의 북상 속도를 최대한 늦춘 뒤 풍향이 형주군에게 유리한 겨울에 반격을 도모하기로 했다. 북쪽 전선에서는 채모에게 한수의 요지 등현(鄧縣)을 지키라고 명한 뒤, 스스로 6만 주력군을 이끌고 신야로 북상했다. 황조의 4만 병력과 회합한 유기는 총병력 10만으로 신야를 전략 거점으로 삼아 서주군의 침략에 대항했다.

10월 중순, 도응이 거느린 서주 주력군은 완성에 당도해 이곳에 주둔 중인 진도, 태사자와 회합했다. 그런데 도응은 진도에게 2만 군사를 주어 남양군 서남부의 안중, 양성 등지를 공격하게 할 뿐, 열흘 내내 주력군을 움직이지 않았다.

유기와 괴월은 이 소식을 들은 뒤 고개를 갸우뚱했다. 얼마 전 북방 3주를 평정한 서주군으로서는 양초가 충분치 않은 관계로 응당 전기를 틀어쥐고 속전속결에 나서는 것이 이치에 부합했기 때문이다. 괴월은 도응이 무슨 꿍꿍이를 꾸미는지 몰라 깊은 고민에 잠겼다. 그러다가 결국 형주군이 참호가 깊고 성벽이 높은 신야 방어선을 나와 서쪽을 구원하도록 유인한 뒤 병력의 우세를 앞세워 신야에 맹공을 퍼부으려는 의도가 아닐까 의심해 유기에게 군사를 움직이지 말고 적의 동태를 유심히 관찰하자고 건의했다.

주력 부대의 구원을 받지 못하자 군사가 많지 않은 열양과 안중 두 성은 하는 수 없이 진도에게 투항했고, 양성에 주둔 중인 황조의 부장 진취는 거듭 유기에게 전령을 보내 구원을 요청했다. 황충, 등룡 등도 서주군이 주력군과 남양 서북부 각지와의 연락을 차단하지 못하도록 빨리 양성에 구원병을 보내라고 요구했다.

하지만 유기는 이것이 도응의 유인계가 아닐까 두려워 감히 병졸 한 명도 진취에게 보내지 않았다.

이리하여 진도는 군사를 휘몰아 양성을 사방으로 포위하는 한편, 형주 주력군과 순양, 관군(冠軍), 역국(酈國) 등지의 직접적인 연락을 끊어버렸다. 사태가 급박해지자 진취는 연달아 구원을 청했으나 유기의 태도는 요지부동이었다.

이때 서주군도 마침내 움직이기 시작했다. 태사자가 2만 군사를 이끌고 육수를 건너 황조가 지키는 육양으로 곧장 쳐들어갔다. 황조는 급히 유기에게 이 사실을 알림과 동시에 몸소 육양으로 출동해 겁도 없이 아군 진영 깊숙이 들어온 태사자를 손보자고 요청했다.

하지만 유기와 괴월은 도응의 용병이 이치에 어긋나 강한 의심이 밀려오는 데다 함부로 신야 요지를 떠날 수 없었기에 단지 황조에게 육양을 굳게 지키며 적에게 빌미를 주지 말라고 명했다. 황조는 이 명을 받고 책상을 치며 유기의 나약함과 무능함

을 한바탕 욕한 뒤, 극양에 병마를 파견해 앞뒤로 태사자를 협
공하려던 계획을 포기하고 육양 성문을 굳게 걸어 잠갔다.

이로써 태사자는 순조롭게 육양 전장에 이르러 도랑을 깊
이 파고 보루를 높이 쌓아 안정적으로 진지를 구축할 수 있
었다. 이어 다시 도응의 명을 받은 조운이 2만 군사를 이끌고
극양을 공격하자, 유기와 괴월은 그제야 도응의 계략에 떨어
졌음을 깨달았다. 형주군의 북방 방어 3대 요지인 양성, 육양,
극양이 부지불식간에 적군에게 포위돼 서주군이 병력 우세를
최대한도로 발휘할 수 있게 되자 형주군은 손쓸 겨를도 없이
수동적인 입장에 처하고 말았다.

도응의 간사함을 욕해봤지만 이미 때는 늦었다. 병력이 빈
약한 극양의 소비와 양성의 진취는 서주군의 맹공을 근근이
버티며 필사적으로 구원을 청했다. 그러나 황조는 태사자의
견제로 원병을 보낼 형편이 아니었고, 유기는 출병을 주저하
며 소비와 진취가 각개격파당하는 것을 그저 지켜볼 뿐이었
다. 하지만 상황이 급박하게 돌아가자 유기는 미간을 잔뜩 찌
푸리며 어쩔 수 없이 5만 군사를 거느리고 육양으로 향했다.
먼저 황조를 구원해 태사자를 육양에서 쫓아낸 연후 양성과
극양의 포위를 풀 방법을 강구할 요량이었다.

유기가 황조를 구원하러 출격하자 태사자는 즉각 이 사실
을 완성의 도응에게 알렸다. 형주 주력군이 신야에서 나오길

기다리던 도응은 쾌재를 부른 뒤, 즉시 대군을 이끌고 육양으로 남하했다. 동시에 태사자에게는 영채를 굳게 지키며 최대한 시간을 끌라고 명했다.

사흘 뒤, 도응이 친히 6만 주력군을 거느리고 육양 전장에 당도했을 때 유기는 본래 도응과 싸울 마음이 없었다. 하지만 육양성이 너무 협소해 7만 군사를 모두 수용할 수 없었던 관계로 야전이 불가피했다.

유기가 어쩔 수 없이 결전에 나서려고 할 때 형주 노장 황충이 계책 하나를 올렸다. 도응에게 출진해 대화를 나누자고 유인하면 자신이 뒤에 숨어 있다가 불시에 달려 나가 화살로 도응을 쓰러뜨리겠다는 것이었다. 유기는 이 방법이 그럴싸하다고 여겨 즉각 채납했다.

하지만 애석하게도 유기가 직접 나가 도응의 출진을 요구했을 때, 서주 군중에서는 마충이 나는 듯 달려 나와 유기를 조롱했다.

"유 공자는 대관절 조정의 무슨 관직과 작위를 가지고 있기에 함부로 우리 주공인 도 태위와 말을 섞으려 하십니까? 시간 낭비하지 말고 자신 있으면 장수를 출진시켜 통쾌하게 한 번 겨뤄 봅시다. 자신이 없다면 당장 무기를 버리고 투항하십시오. 아군 중신인 중명 선생의 얼굴을 보아 특별히 목숨은 살려드리리다."

도응이 부러 유기를 조롱한 이유는 그를 격발시켜 가능한 한 결전을 유도하기 위함이었다. 혈기왕성한 유기는 결국 도응의 격장지계에 떨어지고 말았다. 화가 머리 꼭대기까지 난 유기는 즉각 황충을 출진시켰다. 황충이 출전한 것을 본 도응은 감히 태만히 하지 못하고 위연을 내보내 교전하게 하는 한편, 마충에게 몰래 화살을 조준하며 기다리라고 명했다.

위연과 황충이 30여 합을 겨뤘지만 좀체 승부가 나지 않았다. 상대를 한 방에 쓰러뜨리기 어렵다고 여긴 황충은 거짓 패한 척 말 머리를 돌려 달아나다가 불시에 위연에게 암전을 날렸다.

미처 피할 틈이 없었던 위연은 어깻죽지에 화살을 맞고 하마터면 말에서 떨어질 뻔했다. 이 기회를 틈타 황충이 다시 말을 돌려 위연에게 달려들 때, 이번에는 마충이 몰래 황충에게 화살을 쏘았다. 마충의 화살에 마찬가지로 어깻죽지를 맞은 황충은 화들짝 놀라 비명을 지르며 곧장 본진으로 도망쳤다.

황충이 부상을 입자 마충은 활을 바닥에 내던진 후, 창을 비켜들고 맹렬히 황충의 뒤를 추격했다. 형주군 진영에서는 등룡이 출전해 마충을 가로막았지만 마충의 현란한 창술을 당해내지 못하고 황급히 말 머리를 돌려 달아났다. 마충은 즉각 등룡의 뒤를 쫓아가 단창에 그를 말 아래로 떨어뜨렸다. 도응은 이 기회를 놓치지 않고 전군에 돌격 명령을 내렸다.

이리하여 양군이 야전에서 맞붙게 되자 서주군의 전투력 우위가 유감없이 발휘되었다. 특히 대장이 화살을 맞은 데 격분한 단양병은 위연의 통솔 아래 형주군 방진 정면으로 무작정 돌진해 들어갔다. 항장 마연은 일군을 거느리고 우회해 형주군의 배후를 공격했고, 여광은 형주군 좌익으로 쳐들어가 삼로로 적군을 협공했다.

형주군이 필사적으로 저항해 봤지만 이미 사기가 크게 떨어진 군대로 적을 막기에는 역부족이어서 전열이 점점 흐트러지기 시작했다. 이에 크게 당황한 유기는 아직 공격을 받지 않은 우익으로 여공(呂公)을 보내 위연 부대의 측면을 끊음으로써 서주군의 공세를 늦추고자 했다.

도응이 형주군 우익을 공격하지 않은 데는 다 그만한 이유가 있었다. 우선 그쪽은 육수와 가까워 병력을 전개하기 불편했고, 또 형주군이 비교적 방어력이 강한 방원진을 이탈하길 바랐기 때문이었다. 이에 여공의 대오가 출진하자마자 도응은 투항한 기주 대장 장기를 보내 적군이 위연 부대의 측면에 다다르기 전에 공격을 퍼부으라고 명했다.

양군이 뒤섞여 싸운 지 얼마 지나지 않아 여공의 대오는 공세를 이기지 못하고 본진으로 달아나고 말았다. 수천 군사가 한꺼번에 몰려들자 방패를 들고 지키던 형주 사병은 황망히 길을 터주었다. 이때 뒤를 추격하던 장기의 대오가 이 기회를 놓치지 않고 재빨리 형주군 방진 내부로 시살해 들어갔다. 이들이 방진을 들쑤시며 사방을 휘젓고 다니자 형주군 내부는 금세 혼란 속으로 빠져들었다.

이는 자연적으로 연쇄반응을 일으켜 무너지는 방진이 갈수록 늘어났고, 진지를 버리고 달아나는 사병의 수도 급속히 많아졌다. 형주군의 군심이 혼란에 빠짐에 따라 서주군의 공격을 가까스로 막아내던 대오에게까지 영향이 미쳤다. 위연과 마연, 여광은 이 틈에 공세를 더욱 강화해 전투 전에는 엄밀하기 그지없었던 방진을 절반 이상 무너뜨렸다.

도응이 이런 절호의 기회를 놓칠 리 만무했다. 전고 소리가 울려 퍼지는 사이에 서황과 장수가 각기 일군을 거느리고 이미 크게 어지러워진 형주군 진영을 향해 정면으로 돌진했다. 유기를 사로잡으라는 구호가 천지를 진동하는 가운데 6로의 서주군은 파죽지세로 유기가 있는 대장기를 향해 달려들었다.

이 광경을 본 유기는 군사들을 독려하며 대오의 붕괴를 막기 위해 안간힘을 썼다. 하지만 괴월은 이미 때가 늦었다고 여겨 유기에게 빨리 징을 치라는 명을 내리라고 요구했다. 유기는 몇 마디 논쟁을 벌이다가 결국 괴월의 권유를 이기지 못하고 철수 명령을 내렸다.

유기와 괴월이 계략에 떨어져 어쩔 수 없이 서주군과 야전을 벌이기 시작한 순간, 형주군의 참패는 이미 정해진 운명과 다를 바 없었다. 형주군은 양적으로나 질적으로 절대 서주군의 상대가 될 수 없었기 때문이다. 유기가 징을 치길 원치 않더라도 형주군은 머지않아 서주군의 무력에 궤멸될 운명이었고, 또 징을 쳐 군대를 거두는 것은 형주 사병에게 도망칠 기회를 주는 것일 뿐이었다.

그러나 가까스로 전기를 손에 넣은 서주군으로서는 쉽사리 기회를 날려 버릴 수 없었다. 총공격 명령이 떨어지자 6로의 서주군은 전력으로 적을 추격하며 닥치는 대로 도망치는 적군을 베고 찔렀다. 사방에 곡소리가 울리고 시체가 들판에 뒹구는 가운데, 도웅은 친히 주력 부대를 휘몰아 형주군의 뒤를 추살했다.

추격전 중에 이미 싸울 마음을 잃은 형주군은 깃발을 버리고 무기를 끌면서 사방으로 달아나기 바빴다. 반면 사기가 하늘을 찌를 듯한 서주군은 함성을 지르며 맹렬히 돌진해 패잔병 하나도 놓아주지 않을 기세로 끝까지 추격했다. 유기와 괴월 등은 더 이상 싸우기는 무리라고 판단해 곧장 육양 대영을 향해 달아났다.

第八章
양양으로 진격하다

형주군 대영을 지키던 황조는 유기의 대패 소식을 듣고 무능한 애송이가 일을 망쳤다며 크게 불만을 터뜨린 뒤 억지로 접응에 나섰다. 이때 도응은 나는 듯이 전령을 보내 위연, 서황, 장수 등 6로 군대에게 황조군의 측면으로 돌아가라 명하고, 이번에는 허저에게 황조군을 정면으로 돌파하라고 일렀다.

　교전 시작부터 몸이 근질근질했던 허저는 일각도 아까운 듯 재빨리 달려 나가 황조의 부장을 연달아 베었다. 이를 본 형주군 상하가 모두 크게 놀랐고, 황조는 가장 먼저 말 머리를 돌려 꽁무니를 뺐다.

허저가 선봉이 돼 곧장 형주군 대영으로 시살해 들어가고, 도응도 친히 대군을 이끌고 뒤따라가 적의 진영을 쑥대밭으로 만들었다.

황조와 유기는 적의 공격을 당해낼 수 없다고 여겨 대영과 육양 성지를 모두 버리고 급히 남쪽으로 달아났다. 서주군은 날이 어두컴컴해질 때까지 40여 리나 형주군의 뒤를 쫓다가 저들이 육수를 건너는 것을 보고 그제야 추격을 멈추었다.

가까스로 육수를 건넌 유기와 황조는 감히 쉴 엄두를 내지 못한 채 신야성까지 냅다 달아나고서야 놀란 가슴을 겨우 진정시켰다.

그러나 곁에 남은 병마를 점검해 보니 채 3천 명도 되지 않았다. 육양 전장에 출전했던 7만 대군이 이렇게 쪼그라들자 유기는 분을 참지 못하고 큰 소리로 목 놓아 울었다. 황조는 이에 개의치 않고 사방으로 사람을 보내 패잔병을 속히 신야로 모으는 한편, 양양에 이 사실을 보고하고 유표의 처분을 기다렸다.

괴월은 유기를 거듭 위로하며 육양 일대는 지세가 드넓고 육수가 적군의 추격을 가로막고 있기 때문에 자기 군사들이 참패했다 하나 단번에 그 많은 군사가 궤멸될 리 없어 흩어진 병사들은 반드시 신야로 귀대할 것이라고 말했다. 괴월의 위로에 유기는 그제야 눈물을 거두었다.

괴월의 예상대로 달아났던 형주 사병이 속속 신야로 찾아와 하루 이틀 만에 근 4만에 이르는 군사가 모였다. 형주군의 군세가 다시 일어나 유기가 얼마간 자신감을 되찾았을 때, 서쪽 양성에서 비보가 전해졌다.

양성을 지키던 진취는 형주군이 참패했다는 소식을 접한 뒤 결국 옛 동료 위연의 권유를 받아들여 성문을 열고 진도에게 투항했다. 이어 육양 수비군도 주력군이 패주함에 따라 더는 성을 지키기 어렵다고 여겨 순순히 서주군에게 항복했다.

이로써 형주군이 심혈을 기울여 구축한 남양 방어선이 순식간에 무너지고, 신야 이북에는 극양의 소비만이 남아 고립된 성을 사수하고 있었다.

연달은 악재에 유기는 혼비백산이 돼 괴월에게 급히 계책을 구했다. 이에 괴월은 신야를 버리고 등성으로 물러나 양양과 기각지세를 이루고 한수를 틀어막아 적군의 공격을 막아내자고 건의했다.

황조는 이 계책에 찬동을 표했지만 유기는 신야를 쉽게 포기하는 것이 너무 아까워 그 자리에서 결정을 내리지 못했다.

그런데 이때 단수(湍水) 상류의 척후병이 급히 달려와 보고했다. 육양을 손에 넣은 도응이 남양 지리에 밝은 장수에게 단수를 건넌 뒤, 신야를 우회해 조양을 취하라고 명했다는 것이다. 이는 유기의 퇴로를 차단해 독 안에 든 쥐로 만들려는 계획이었다.

이 소식에 대경실색한 유기는 서둘러 황조에게 조양을 구하고 퇴로를 확보하라 일렀다. 그런데 황조가 군사를 이끌고 황급히 조양으로 달려가고 있을 때, 서주군 대부대가 돌연 신야 북쪽에 나타났다. 그리고 선봉에 선 장수는 다름 아닌 조양으로 갔다던 장수였다.

서주군이 조양을 취하러 갔다고 알린 척후병은 원래 육양 전투에서 항복한 형주군이었다. 그는 재물에 눈이 멀어 도응이 시킨 대로 형주군 진영에 거짓 정보를 전해 유기가 군대를 나누도록 유도했다.

도응의 간계에 속았음을 안 유기는 성지를 굳게 지키며 황조가 돌아오길 기다려야 했지만 이제는 그럴 용기조차 없어 아예 군대를 거느리고 조양으로 퇴각해 버렸다. 서주군은 재차 유기의 뒤를 추살하는 한편, 신야성 안으로 들어가 자못 많은 전량을 확보했다. 신야성마저 잃었다는 소식이 알려지자 조운의 공격을 근근이 버텨내던 소비는 더 이상 희망이 없음을 깨닫고 성문을 열어 투항했다.

유기와 황조가 연전연패했다는 소식은 즉각 양양에 전해졌다. 본래 병환이 있었던 유표는 이 소식에 큰 충격을 받고 병세가 갑자기 악화돼 침상에서 일어나기도 어려워졌다. 만일에 대비해 유표는 유기와 황조를 불러들여 황조에게는 등현을 지키고 유기에게는 양양으로 곧장 돌아오라고 일렀다.

유표는 병상으로 형주 관원들을 모두 소집해 장자 유기를 후계자로 책립하고, 군무와 정사를 모두 유기에게 일임한다고 선포했다. 또한 자신의 병세가 심각해 일어나지 못하면 유기가 곧 형주의 주인이니 전력으로 그를 보좌하고 절대 두마음을 품지 말라고 신신당부했다. 형주 관원들은 하나같이 눈물을 뿌리며 명을 받들었다.


가볍게 남양을 손에 넣은 도웅은 양초가 많지 않은 관계로 장기전을 펼치기 어려워 즉각 군사를 휘몰아 남하했다. 11월 상순에 서주군은 등현에 이르러 등성 북쪽 10리 밖에 영채를 차렸다.

등현 방어선을 지키는 황조는 일찍이 서주군에게 여러 차례 혼이 난지라 감히 성을 나와 응전하지 못하고 성문을 꽁꽁 걸어 잠갔다. 채모의 형주 수군도 한수 수면에 엄밀한 방어진을 구축한 채 함부로 육지에 오르지 않았다. 이로써 교전 양측 사이에는 잠시 아무 일도 일어나지 않았다.

도웅은 영채를 세우는 동시에 사람을 시켜 형주군의 주둔 상황을 알아보았다. 그런데 적의 방어 태세는 생각보다 의외로 견고했다.

　유기는 이미 양양성 안으로 들어갔고, 황조는 2만 군사를 거느리고서 등성에 주둔했다. 또 주위의 두 견고한 성채에는 각각 5, 6천 명 정도의 군사를 배치했다.

　한 성채의 이름은 등새(鄧塞)로 육수가 한수와 만나는 입구에 위치해 육수 상류의 전선이 남하하는 길목을 틀어막고 있었다.

　또 하나의 성채는 그 이름도 유명한 번성(樊城)이었다. 양양과는 강을 사이에 두고서 서로 바라보고 있고, 성과 성채 사이의 거리가 고작 수 리에 지나지 않아 변고가 발생하면 곧바로 지원이 가능했으며, 여기에 한수를 지키는 채모의 수군이 언제든 접응에 나설 수 있었다. 이처럼 두 성과 두 성채가 상호 기각지세를 이룬 탓에 공략이 심히 어려웠다.

　이에 서주 모사들은 직접적인 강공보다 교묘하게 적을 격파할 계책을 찾는 데 골몰했다. 이때 양굉이 앞으로 나와 등성이나 양양에 사신으로 가 채모, 황조 등 형주 중신들의 배반을 꼬드겨 적진 내부로부터 방어선을 허물겠다고 자진해서 나섰다.

　도웅은 곰곰이 생각에 잠겨 장고를 거듭하더니 뜻밖에 양굉의 제안을 거절했다. 마음속으로 이미 사신으로 갈 준비를 하고 있던 양굉은 크게 놀라 물었다.

"주공, 설마 이 방법이 효과가 없을 것이라 여기시는 겁니까? 황조는 유기와 줄곧 불화하고, 채모 형제는 유기를 눈엣가시로 여기고 있습니다. 이때 신이 나서서 저들에게 투항을 권유한다면 일이 성사될 가능성이 크게 않겠습니까?"

"불가하다는 것이 아니라 지금은 아직 때가 아니기 때문이오. 유표는 단지 병이 깊을 뿐, 아직 병사하진 않았소. 유표가 살아 있는 한 황조와 채모의 투항을 받아내기란 말처럼 쉽지 않소이다."

도응의 대답에 유엽도 맞장구를 쳤다.

"주공의 말씀이 옳습니다. 황조는 오랫동안 유표를 섬긴 자라 유표가 살아 있는 한 쉽사리 형주를 배신할 리 없습니다. 채모도 마찬가지입니다. 어찌 됐든 유표는 그의 자형인데 골육의 정을 버리고 아군에게 귀순한다는 것은 상상하기 어렵습니다. 따라서 아군이 채모, 황조에게 투항을 권유할 적기는 바로 유표 사후입니다."

거듭된 반론에 양굉의 얼굴은 금세 우거지상으로 변했다.

"그렇다면 저더러 유표가 죽은 뒤에나 움직이라는 말씀입니까? 하지만 유표가 만약 병이 깊은 상태로 두세 해씩 버티면 어찌합니까? 또 유기가 철이 들어 채모, 황조와의 갈등을 해소해 버리면 영영 기회가 사라지고 맙니다."

도웅은 양굉의 억지스러운 논리에 껄껄 웃음을 짓고 대꾸했다.

"그럴 가능성은 거의 없으니 안심하시오. 유표가 이번에 발병한 원인은 연로하고 병약한 탓도 있지만 그보다는 우리 대군이 영토를 침범해 시름하고 두려워하다가 병세가 갑자기 악화됐기 때문이오. 따라서 아군이 몇 차례 더 승리를 거둔다면 그의 심리적 압박을 더욱 가중시켜 결국 죽음에 이르게 될 것이오. 그리고 유기와 채모, 황조와의 갈등은 더더욱 염려할 필요가 없소이다. 저들의 갈등은 이익 충돌에 뿌리를 두고 있소. 유기가 채모, 황조의 군권을 용인한다는 것은 결국 자신의 버팀목인 괴가의 권력 축소를 의미하기 때문에, 저들이 갈등을 해소한다거나 동심협력하는 일은 절대 일어나지 않을 것이오."

이때 침묵으로 일관하던 가후가 마침내 입을 열었다.

"주공의 말씀이 일리가 있지만 중명의 걱정도 근거가 없는 것은 아닙니다. 아군이 신속히 형주를 취할 수 있느냐의 열쇠는 바로 채모와 황조가 쥐고 있습니다. 저들이 사력을 다해 끝까지 대항한다면 우리가 종내 원하는 바를 얻더라도 이에 상응하는 상당한 대가를 치러야만 합니다. 게다가 이번 전투의 형세가 형주군에게 그다지 불리하거나 위험하지 않게 전개

된다면 유표의 병세가 갑자기 악화되리라는 보장이 없습니다. 따라서 채모와 황조를 겨냥한 행동은 지금부터 시작해야 한다고 사료됩니다."

다른 사람도 아닌 가후의 말이었기에 도응은 감히 태만히 하지 못한 채 자세를 고쳐 앉고 물었다.

"그럼 지금 당장 황조와 채모에게 투항을 권유해야 한단 뜻이오?"

"물론 그건 아닙니다. 우선은 이간책을 써야 합니다. 황조와 채모는 시종일관 유기와 불화했기 때문에 지금 형주의 대권을 장악한 유기는 틀림없이 사람을 몰래 심어놓고 저들의 일거수일투족을 감시하고 있을 것입니다. 이때 황조와 채모가 아군에게 투항하려 한다는 단초를 제공해 유기가 의심을 품게 된다면 우리에게 더욱 좋은 기회가 생길 것입니다."

도응이 박수를 치고 큰 소리로 웃음을 터뜨리며 구체적인 계획에 대해 묻자, 가후가 엷은 미소를 지으며 대답했다.

"그건 간단합니다. 주공이 직접 황조에게 안부를 묻는 서신과 함께 예물을 등성에 보내십시오. 또한 중명은 채덕규(德珪)와 사이가 좋으므로 옛 우정을 논하는 편지와 귀중한 예물을 보내는 겁니다. 그런 연후 우리는 편안히 앉아서 구경만 하면 그만입니다."

덕규는 채모의 자다. 도응과 양굉은 쾌재를 부르고 가후의 계획에 따라 바삐 움직였다.

도웅은 사신을 등성으로 보내 황조에게 서신과 예물을 전달했다. 물론 사신은 쓸데없는 언사를 늘어놓지 않고 곧바로 본영으로 돌아왔다. 양꽹도 수종 한 명을 골라 편지와 예물을 형주군 수군 대영에 보냈다. 그 역시 마찬가지로 전할 것만 전하고 채모에게 작별 인사를 고했다.

유기는 이 사실을 알게 된 후 과연 크게 의심이 생겨 사람을 몇 명 더 붙이고 좀 더 엄중히 황조와 채모 형제를 감시하라고 명했다. 이것이 바로 이간계의 무서운 점이다. 적이 이간계를 쓴다는 사실을 뻔히 알면서도 의심과 걱정이 드는 것을 멈출 수가 없다.


서주군은 적의 사이를 이간함과 동시에 전투도 등한시하지 않았다. 며칠 후 완벽한 준비가 갖추어지자 최전방에 위치한 등성에 맹공을 퍼붓기 시작했다.

벽력거와 우전으로 성벽의 공격력을 억제하면서 보병을 파견해 등성의 해자를 메우는 작업에 돌입했다. 또 정예병에게는 번성과 등새를 엄밀히 감시하며 등성으로 향하는 적의 원군을 철저히 차단하라고 명했다.

서주군의 정공법은 이미 준비를 단단히 한 적의 방어에 막혀 처음에는 큰 효과를 거두지 못했다. 하지만 전투가 길어짐에 따라 형주군의 방어력도 점점 힘에 부치기 시작했다. 서주군이 연일 쏟아내는 석탄과 화살의 위협 앞에 황조 대오는 전전긍긍해했고, 갈수록 사상자가 늘어나자 고생이 이만저만이 아니었던 황조는 거듭 유기에게 구원을 요청했다. 이에 유기도 어쩔 수 없이 번성과 등새의 군대에게 등성으로 출격해 황조를 지원하라고 명했다.

번성과 등새에서 등성까지는 고작 4, 5리에 불과했지만 서주군이 길목을 눈에 불을 켜고 지키고 있었던지라, 형주군은 구원은커녕 통렬한 반격을 만나 쫓기듯 다시 성안으로 되돌아갔다.

낭패를 당한 형주군이 성문을 굳게 걸어 잠그고 옴짝달싹하지 못하면서 등성 구원은 헛수고로 돌아가고 말았다. 상황이 여의치 않자 유기는 꾀를 내 한밤중에 몰래 길을 돌아 등성을 구원하기로 결정했다.

그러나 이는 바로 도응이 기다리고 있던 바였다. 서주군은 성을 나온 형주군 원병을 계속 주시하기만 하다가 저들이 등성 가까이 이르렀을 때 돌연 습격을 감행했다. 이 공격으로 적진이 혼란에 빠졌을 때 이미 형주군 군복으로 갈아입고 대기하던 서주군 수백 명이 은근슬쩍 적군 사이에 섞여 등성 안으로 들어갔다.

이후 서주군이 재차 등성에 공격을 퍼부을 때, 형주군으로 위장한 서주군은 적군이 방어에 여념이 없는 틈을 타 내부에서 난리를 일으켰다.

이들이 한쪽 성문을 점거하고 아군이 성안으로 들어오도록 접응하자, 질풍처럼 들이닥친 서주군의 공세에 성안은 극도의 혼란에 빠졌다.

낭패한 황조는 등성을 버려둔 채 군사를 이끌고 양양과 물을 사이에 두고 마주한 번성으로 달아나 버렸다. 유표는 등성이 함락됐다는 소식을 들은 후 병세가 자연히 더욱 악화되었다.

서주군이 등성을 얻어 안정된 거점과 양초 저장지를 확보함에 따라 번성과 등새는 서주군의 사정권 안에 놓이고 말았다.

도응은 각개격파 전술을 취해 먼저 번성에 대군을 보내 적의 움직임을 제어한 뒤 벽력거 수백 대를 단숨에 등새 앞에 배치해 화력을 집중시켰다. 서주군이 벽력거로 성을 쑥대밭으로 만들고 나서 공격을 개시하자 등새는 순식간에 풍전등화의 위기에 처했다.

등새의 구조 요청을 받은 유기는 다급히 채모에게 수군을 거느리고 구원에 나서라고 명했다. 하지만 이미 전의를 상실한 형주 수군은 서주군의 벽력거 대응에 놀라 감히 육지 가까이 다가가지 못했고, 과감하게 강기슭을 따라 북진하던 선대는 벽력거 포격을 만나 배 대부분이 부서지고 침몰했다.

요행히 포격을 피해 육지에 오른 형주군이 등새에 합류했으나 고작 수백 명에 불과한 군사로는 전세에 어떤 영향도 끼치지 못했다. 이로 인해 겁을 집어먹고 달아나는 병사가 계속 늘어나면서 군심은 더욱 동요할 수밖에 없었다.

형주군이 심혈을 기울여 건설한 등새 요지는 결국 공격에 나선 지 하루 만에 서주군 수중으로 들어가고 말았다. 채모가 등새에서 도망친 일부 군사를 구해 한수로 철수하자, 서주군은 즉각 칼끝을 번성으로 돌려 마찬가지 방법으로 맹포격을 가했다.

막다른 골목에 몰린 유기는 황조에게 필사적으로 번성을 사수하라고 명했다. 그러나 황조는 스스로 서주군의 적수가 될 수 없음을 깨달았다. 게다가 작은 성에 불과한 번성이 서주군의 벽력거 공격을 당해낼 수 없음을 알았기에 유기에게 자신이 한수를 건널 수 있도록 수군을 보내 접응해 달라고 간청했다.

하지만 유기가 단칼에 이 요청을 거부하자, 발연대로한 황조는 심복에게 양양성으로 가 유기 몰래 유표를 만나서 자신을 기어이 죽음으로 내몰려는 건 자신이 서주군에게 투항하길 바라는 것 아니냐고 묻는 서신을 전하라고 명했다.

병세가 더욱 가중된 유표는 황조의 편지를 다 읽고 눈물을 주르륵 흘리며 당장 유기를 불러들였다. 그는 아들과 대면한 자리에서 황조의 철수를 허락하고, 함께 힘을 합쳐 양양성과 한수의 방어선을 지키라고 일렀다. 그러자 유기가 갑자기 유표 앞에서 방성대곡하며 말했다.

"번성은 절대 버려서는 안 됩니다! 한수는 장강만큼 큰 강이 아니어서 번성을 포기했다간 서주군이 작은 배 몇 척만 띄워도 능히 강을 건너게 됩니다. 게다가 도응이 요 며칠 한수 상류의 수문을 답사한다는 보고가 들어왔습니다. 이는 부교나 수책을 세우려는 의도이니 번성을 지켜내지 못한다면 한수까지 위험에 처할 수 있습니다!"

"그럼 황조는 어찌하느냐?"

유표가 숨을 껄떡이며 겨우 입을 열었다.

"서주 적군의 발석기 위력이 무시무시하다고 들었다. 그런 돌덩이가 한수 한복판까지 날아와 우리 수군이 번성을 증원하는 데 어려움을 겪고, 또 신속히 번성의 수비군을 이동시키지 못했다가 번성이 도응에게 함락되는 날에는 황조야말로 죽은 목숨이 아니더냐?"

그러자 유기가 핏대를 올리며 버럭 화를 냈다.

"그냥 죽으라고 내버려 두십시오! 부친이 이 필부 놈에게 중임을 맡긴 이래로 그럴싸한 승전을 거둔 적이 있었습니까? 항상 도응에게 패하고 꽁무니나 빼기 바빴습니다. 이런 자를 살려 둬야 식량만 축낼 뿐, 어디 써먹을 데가 있단 말입니까?"

도가 지나친 유기의 말을 듣고서도 유표는 그저 아무 말 없이 뜨거운 눈물만 흘렸다. 잠시 후 유표는 노파심에 형주에 뿌리를 깊이 내린 황조를 잘 대우하고, 또 번성의 형주 장사들을 불쌍히 여기라고 권유했다.

입이 닳도록 설득하고서야 유기는 마지못해 황조를 한수 남쪽으로 철수시킨 뒤, 함께 양양 요지를 지키겠다고 약속했다.

그런데 유표와 유기 모두 전혀 생각지 못한 일이 있었으니, 그 시각 유표의 침소 창밖에서 유표의 후처 채씨가 귀를 쫑긋 세우고 있다가 얼굴에 독살스러운 미소를 드러냈다.


유표가 직접 나서서 권고한지라 유기도 명을 거역하기 어려워 황조의 철수를 허락할 수밖에 없었다. 이에 유기는 채모에게 야색을 틈타 번성으로 수군을 보내 황조 대오의 철수를 도우라고 일렀다.

하지만 황조군의 철수 움직임은 금세 서주군 척후병에게 발각되고 말았다. 이 보고를 받은 도응은 때를 놓칠세라 급히 번성에 맹공을 퍼부으라고 명했다.

황조가 전선에 올라 한수의 남쪽 기슭으로 철수해 버리

자, 성벽을 굳게 지키던 형주군은 자신만 배에 오르지 못할까 두려워 모두 무기를 버리고 나루 쪽으로 달려갔다. 서주군이 이 틈을 타 성안으로 물밀 듯 밀려들어 번성마저 점령했다.

서주군은 이미 싸울 마음을 잃고 달아나는 적의 뒤를 바짝 쫓으며 닥치는 대로 베고 찔렀다. 형주군은 적의 창칼뿐 아니라 먼저 도망치려고 다투다가 자기들끼리 밟고 밟혀서 죽는 자도 많았다.

이어 서주군이 번성 남쪽의 고지를 점거하고 나루에 집중적으로 모여 있는 적에게 화살을 난사하자, 형주군은 더욱 혼란에 빠지고 사상자가 크게 늘어났다.

결국 번성의 1만 수비군 중 절반도 안 되는 군사만이 한수를 건너 남쪽으로 도망쳤고, 나머지는 투항하거나 비참한 죽음을 맞이했다.

높은 곳에 올라 한수의 전황을 지켜보던 유기는 황조와 채모의 무능함에 화가 나 길길이 날뛰며 이들에게 연거푸 욕을 퍼부었다.

군사들을 내버려 둔 채 아들과 친병만 이끌고 번성을 빠져나온 황조는 이내 채모와 조우했다. 채모는 황조를 만나자마자 자기 누이가 몰래 엿들은 유기의 말을 그대로 전했다. 황조는 이 얘기를 듣고 부아가 치밀어 큰 소리로 마구 욕을 해됐다.

"황구소아 놈아, 내 네 아비를 따라 생사를 넘나든 지가 몇 핸데 감히 이토록 날 모욕하고 각박하게 대한단 말이냐! 네 아비가 아직 살아 있어서 감히 함부로 날뛰나 본데, 네 아비가 죽으면 네놈의 가죽을 모두 벗기고 말 테다!"

그러자 채모가 좋은 말로 권유했다.

"장군, 너무 역정을 내지 마십시오. 이는 대공자가 무심결에 뱉은 말일 거요. 형주의 주인 자리에 오르면 자형보다 장군을 더 중용할 터이니 그리 마음에 담아두지 마시오."

"그 말을 그대 스스로도 믿고 있소?"

황조는 물끄러미 채모를 바라보며 외려 반문을 던졌다. 그러더니 목소리를 낮춰 물었다.

"주공이 유기를 후계자로 삼아 그가 형주의 주인 자리에 오른 뒤 그대에게 묵은 빚을 갚으려 하지 않을까 진정 두렵지 않소? 그대와 유기의 관계는 나와 유기의 관계보다 백배는 더 고약할 텐데요."

채모는 고개를 끄덕여 이를 순순히 인정한 뒤 탄식을 내뱉었다.

"하지만 달리 방도가 없지 않소? 자형이 이미 유기에게 자리를 넘긴지라 아무리 두려워도 무슨 소용이겠소?"

그러자 문득 황조의 얼굴에 미소가 떠올랐다.

"정말 방법이 없는 거요? 내가 알기로 덕규는 명무공의 친신 양굉과 여간 친하지 않다고 들었소만. 그리고 양굉의 아들 양징 역시 그대를 집안 어른으로 깍듯이 모신다고 들었소. 그들이 있는데 유기를 두려워할 이유가 무에 있겠소?"

이 말에 채모는 얼굴이 점점 펴지며 황조를 보고 옅은 미소를 지었다. 황조는 채모에게 웃음으로 화답하다가 문득 무슨 생각이 들었는지 다급히 물었다.

"참, 주공의 병환은 어떻소? 호전될 기미가 있소?"

채모가 고개를 가로저었다.

"아니오. 점점 더 심각해지고 있소. 의관 말로는 근심이 깊어 병이 난지라 전황이 호전되면 자형의 병세도 호전될 가능성이 높고, 전황이 지금처럼 계속 악화될 경우 어쩌면……."

황조는 가만히 채모의 말을 듣고 있다가 태연자약하게 말했다.

"이따금 대공자가 사사로운 이익을 위해 주공에게 전황을 속일지도 모르오. 하지만 우리 같은 형주 충신은 절대 자신의 이익을 앞세워선 아니 되는 법. 그러니 그대의 누이를 통해 항상 전황을 정확히 알려 대공자가 주공을 속이지 못하도록 해야 하오."

순간 채모의 눈이 번쩍 떠졌다. 그는 황조의 의도를 알아채고 웃으며 말했다.

"걱정 마시오. 대공자는 절대 주공을 속일 수 없을 테니."

유표가 아직 살아 있는 관계로 유기와 황조, 채모는 서로
에게 불만이 많으면서도 이를 공개적으로 드러내지 않고 단
지 마음속 깊이 감추어둔 채 훗날 빚을 갚을 날만을 기다렸
다.

그래서 황조가 한수 남쪽으로 철수한 뒤 유기는 둥성 둥을
잃은 죄를 추궁하지 않았고, 황조도 유기가 자신의 철수를 거
절한 일에 대해 한마디도 따지지 않았다.

황조가 한수로 철수함에 따라 형주군은 한수 북쪽에서 발
붙일 땅이 완전히 사라졌다. 따라서 형주군 앞에 닥친 가장
큰 난제는 이 한수 방어선을 어떻게 지키느냐에 있었다.

유기와 괴월 형제는 척후병의 보고를 받고 서주군이 양양
서쪽의 한수 상류를 건널 가능성이 아주 높다는 데 의견 일
치를 보고 두 곳에 방어 거점을 설치했다.

하나는 양양 서쪽의 아두산(阿頭山)으로 황조에게 이곳에
주둔하며 물살이 완만한 곳을 찾아 산에서 내려오는 서주군
을 전력으로 방어하라고 명했다. 다른 하나는 채모에게 수군
을 둘로 나눠 방비하라고 명했다.

일군은 양양성 밖의 수채에 주둔하며 육수를 통해 한수로
들어오는 서주군 전선을 막게 하고, 다른 일군은 양양성 서

쪽의 산도성(山都城) 밖에 주둔하며 언제든지 강을 따라 내려오며 서주군의 부교나 전선을 공격할 수 있도록 준비하라고 명했다.

『전공 삼국지』 17권에 계속…

# 초대형 24시 만화방

신간 100%, 샤워실, 흡연실, 수면실(침대석), 커플석, 세탁기 완비

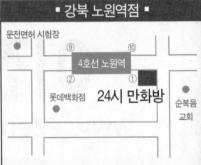

## ■ 강북 노원역점 ■

서울 노원구 상계동 340-6 노원역 1번 출구 앞 3층
02) 951-8324 (화용빌딩 3층)

## ■ 일산 정발산역점 ■

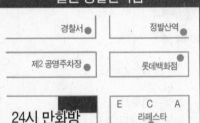

라페스타 E동 건너편 먹자골목 내 객잔건물 5층
031) 914-1957

## ■ 일산 화정역점 ■

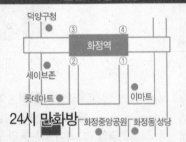

경기도 고양시 덕양구 화정동 984번지 서일빌딩 7층
031) 979-4874 (서일사우나 건물 7층)

## ■ 부천 역곡역점 ■

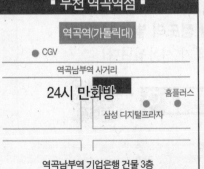

역곡남부역 기업은행 건물 3층
032) 665-5525

## ■ 부평역점 ■

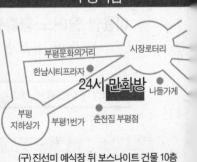

(구) 진선미 예식장 뒤 보스나이트 건물 10층
032) 522-2871

요람 新무협 판타지 소설

FANTASTIC ORIENTAL HEROES

마도
진조휘

귀환병사의 요람 작가 신작!

십중팔구는 죽어나간다는 뢰주의 군영.
그곳에서 마도가 태어났다.

# 『마도 진조휘』

남들은 살고 싶어 몸부림칠 때 그는 복수심에 몸부림쳤다.

처절하게 울부짖다가 죽길 바랐지?
내가 뭐 때문에 십 년을 버텼는데!

황명에 의해 재림한 무의 말살의 시대,
그러나 진조휘를 막을 순 없다.

**복수의 길, 그 끝에 서 있을 그림자를 향할 뿐!**

FUSION FANTASTIC STORY

텀블러 장편소설

# 현대
# 천마록

천하를 호령하고, 전 무림을 통합한
일월신교의 교주 천하랑.
사람들은 그를 천마, 혹은 혈마대제라고 불렀다.

## 『현대 천마록』

무공의 끝은 불로불사가 되는 것이라 생각했지만
그로서도 자연의 섭리 앞에선 어쩔 수 없었다!

'그렇게 많은 피를 흘렸음에도 불구하고
죽을 때가 되니 남는 것이 없군그래.'

거듭된 고련 끝에 천하랑의 영혼이
존재하지 않게 된 그 순간
**그의 영혼은 현세에서 천마로서 눈을 뜬다!**

Book Publishing CHUNGEORAM

유행이 아닌 자유추구-
WWW.chungeoram.com

허담 新무협 판타지 소설
FANTASTIC ORIENTAL HEROES

신력을 타고났으나 그것은 축복이 아닌 저주였다.

『십자성 - 전왕의 검』

남과 다르기에 계속된 도망자의 삶.
거듭된 도망의 끝은 북방 이민족의 땅이었다.
야만자의 땅에서 적풍은 마침내 검을 드는데……!

"다시는 숨어 살지 않겠다!"

쫓기지 않고 군림하리라!
절대마지 십자성을 거느린
적풍의 압도적인 무림행이 시작된다!

Book Publishing CHUNGEORAM

강준현 장편소설
FUSION FANTASTIC STORY
인생을 바꿔라
『복수의 길』, 『개척자』 강준현 작가의
2016년 신작!
자신이 무엇인지 알지 못하는 정신체, 염.
세상을 떠돌며 사람의 몸속으로 들어가
에너지를 얻고 나오길 반복하던 어느 날.
사고로 인한 하반신 마비, 애인의 이별 선언,
삶에 지쳐 자살하려는 김철의 몸에 들어가게 되는데…….
"뭐, 뭐야! 아직도 못 벗어났단 말이야?"
새로운 삶을 살리라,
정처 없이 떠돌던 그의 인생 개척이 시작된다!
"어떤 삶인지 궁금하다고? 그럼 한번 따라와 봐."
Book Publishing CHUNGEORAM
유행이 아닌 자유추구 -
WWW.chungeoram.com

# 궁극의 쉐프

*Ultimate chef*

## 가프 장편소설

FUSION FANTASTIC STORY

태초의 우물에서 찾은 사막의 기적.
사람의 식성과 식욕을 색으로 읽어내는 능력은
요리의 차원을 한 단계 드높인다.

## 『궁극의 쉐프』

요리란!
접시 위에 자신의 모든 것을 담아내는 것.

쉐프란!
그 요리에 자신의 가치를 증명하는 사람.

**"요리 하나로 사람의 운명도 좌우할 수 있습니다."**

혀를 위한 요리가 아닌, 마음을 돌보는 요리를 꿈꾸는
궁극의 쉐프 손장태의 여정이 시작된다!

철순 장편소설

FUSION FANTASTIC STORY

# 괴물 포식자

지구 곳곳에 나타난 차원의 균열.
그것은 인류에게 종말을 고하는 신호탄이었는데.

## 『괴물 포식자』

괴물을 먹어치우며 성장한 지구 최강의 사내, 신혁돈.
그는 자신의 힘을 두려워한 인류에 의해
인류의 배신자라는 낙인이 찍히고 죽게 되는데…

[잠식이 100%에 달했습니다.]
[히든 피스! 잠들어 있던 피닉스의 심장이 깨어납니다.]

불사의 괴물, 피닉스의 심장은
신혁돈을 15년 전으로 회귀하게 한다.

## 먹어라! 그리고 강해져라!
## 괴물 포식자 신혁돈의 전설이 시작된다!

Book Publishing CHUNGEORAM

유행이 아닌 자유추구 -
WWW.chungeoram.com